ज्ञान गरिमा के
72 वर्ष

भारतीय
ज्ञानपीठ

हुजूर-ए-आला

(उपन्यास)

हुज़ूर-ए-आला

शिव शर्मा
रोमेश जोशी

भारतीय ज्ञानपीठ

लोकोदय ग्रन्थमाला : ग्रन्थांक 1278

ISBN 978-93-263-5452-3

हुजूर-ए-आला

(उपन्यास)

शिव शर्मा, रोमेश जोशी

प्रकाशक : भारतीय ज्ञानपीठ

18, इन्स्टीट्यूशनल एरिया, लोदी रोड, नयी दिल्ली-110 003

मुद्रक : आर.के. ऑफसेट, दिल्ली

आवरण-सज्जा : महेश्वर

HUZUR-E-AALA

(Novel)

by Shiv Sharma & Romesh Joshi

Published by

Bharatiya Jnanpith

18, Institutional Area, Lodi Road, New Delhi-110 003

Ph. : 011-24698417, 24626467; 23241619 (Daryaganj)

Mob. : 9350536020; e-mail : bjnanpith@gmail.com

sales@jnanpith.net; website : www.jnanpith.net

Second Edition : 2017

Price : Rs. 220

राजा–महाराजाओं को हँसाकर अपने परिवार का पेट पालनेवाले मेरे पिता
स्व. बाबूलाल मुसाहिब (भू.पू. रियासत राजगढ़)
एवं
मालवा की हास्य–व्यंग्य परम्परा के कबीर
एवं
शीर्ष व्यंग्यकार स्व. शरद जोशी को

हँसोड़ मुसाहिब की शेषकथा...

'हुजूर-ए-आला' किसी औपन्यासिक शैली में लिखा गया अफसाना नहीं है, इसी कारण लम्बी भूमिका लिख रहा हूँ। मेरे बचपन से मेरे जेहन में खदबदा रही एक अधूरी किन्तु सच्ची कहानी एवं भाई रोमेश जोशी की गढ़ी गयी अद्‌भुत शैली का यह सुफल या कुफल है। इसे साहित्यवाले स्वीकारें या न स्वीकारें ठेंगे से, किन्तु करोड़ों मालवी और भारती जनों को, जिन्होंने पीढ़ियों तक इन रजवाड़ों को सहा है, यह व्यंग्य उपन्यास पसन्द आएगा।

मेरे स्व. पिता एक अत्यन्त छोटी-सी रियासत के राजा के हँसोड़ मुसाहिब हुआ करते थे। कान से बहरे होने के कारण उन्हें देखकर भी लोग हँस लिया करते थे। वे अपनी शेरो-शायरी और लतीफों से राजाओं को हँसाकर अपने परिवार का पेट पाला करते थे। अचानक भरी जवानी में दारू एवं कोठों की संगत से राजा परलोक सिधार गये और मेरे पिता बेरोजगार हो गये। उनकी जवानी की तस्वीरों में वे सूट-बूट पहने राजा की बगल में मुस्कराते खड़े दिखाई देते थे। मैं उनकी बुढ़ापे की औलाद था। तब मैंने उन्हें बरमूडा टाइप पायजामे और आधी बाँह की कमीज में वीतरागी की तरह देखा। बार-बार मेरे मन में प्रश्न उठता कि यह सब कैसे और क्यों हुआ? टुकड़ों-टुकड़ों में उन्होंने मुझे अपने जवानी के दिनों की रजवाड़ों की कहानी सुनाई।

यह रचना उन्हीं सुनी-अनसुनी कहानियों का कोलाज है। सत्तर के दशक में सारिका में मेरी कहानी 'घोड़े के फेफड़ेवाला आदमी' प्रकाशित हुई। मेरे गुरु डॉ. प्रभात भट्टाचार्य को इसमें उपन्यास बनने की कूवत दिखाई दी, किन्तु मेरी शक्ति बड़े केनवास पर उपन्यास लिखने की कतई नहीं थी। मैं तो स्व. शरद जोशी की प्राथमिक शाला का छात्र था, जहाँ सिखाया गया था कि साहित्य-वाहित्य के चक्कर में मत पड़ो। जो कुछ आसपास देखो, समझो उसे व्यंग्य में ढालो और समाज की विसंगतियों पर जमकर प्रहार करो। मैं इसी कारण फटाफट व्यंग्य लेखक बन पाया। लेकिन हाँ, आजतक कोई शाश्वत लेखन नहीं कर पाया। एक व्यंग्य उपन्यास

'बजरंगा' लिखा भी, किन्तु वह फुस्स होकर रह गया। तब से कसम खायी कि उपन्यास हरगिज नहीं! उपन्यास का भरपूर मसाला तो मेरे नोट्स, फटे-पुराने पन्नों में था, किन्तु सामर्थ्य नहीं था। वैसे 70-80 के दशक में मैंने रजवाड़ों पर शोध भी किया था, जिसे मध्य प्रदेश पाठ्यपुस्तक निगम ने प्रकाशित भी किया।

मेरी अपेक्षा मेरे पिता के ज्यादा नजदीक रहे मेरे बड़े भतीजे नरेन्द्र शर्मा के पास भी उनकी यादों का खजाना शेष था, किन्तु कविमन होने के कारण व्यंग्य से कोसों दूर थे, और वे अपना तथा मेरा मसाला अपने परममित्र व्यंग्यकार रोमेश जोशी के मत्थे मढ़ आए। रोमेश जोशी पक्के बैठकबाज लिक्खाड़ निकले। ठिएवाले बाबा की तरह कम्प्यूटर पर खूँटा गाड़कर बैठ गये और 'हुजूर-ए-आला' की फाइनल प्रिन्ट लेकर ही निकले। रोमेश भाई स्व. शरदजोशी के भ्राता तो हैं ही, किन्तु उनमें नीमाड़ी तड़का और मालवी मिठास का मिश्रण भी है। इस उपन्यास में मेरी आत्मा और उनका शरीर दोनों विराजमान हैं। कुल मिलाकर इसे मैं रोमेश जोशी, नरेन्द्र शर्मा और मेरे द्वारा तैयार किया गया देसी रजवाड़ों का काढ़ा या कॉकटेल ही कहूँगा।

मैं इसे मेरे स्व. पिता मुसाहिब पं. बापूलाल शर्मा और मालवा की व्यंग्य परम्परा के कबीर स्व. शरद जोशी की स्मृति में सादर समर्पित करता हूँ।

—शिव शर्मा

गुरु पूर्णिमा
22 जुलाई, 2013

हुजूर-ए-आला

देसी रियासत के उस लिफ़ाफ़े पर राज्य मुद्रा के रूप में लाल झंडा छपा था। झंडे पर हनुमानजी कुछ इस तरह अंकित थे कि ध्यान से देखो तो लगे कि या तो हनुमानजी झंडे को फहराने से रोकने का प्रयास कर रहे हैं या फिर झंडे की कोशिश है हनुमानजी से मुक्त हो जाने की। जो भी हो, ख़त का मजमूँ भाँप लेने की काबिलियत न होते हुए भी पता था, अन्दर क्या है। डॉक्टर शिव शर्मा ने फोन पर पहले ही सब बता दिया था। लिफ़ाफ़े में निमन्त्रण था। बुलाया गया था, उस पूरी तरह भूतपूर्व हो चुकी रियासत के हालचाल जानने और अगर वाकई में हालचाल जैसा कुछ जान ही लें, तो उस पर पी.एच.डी. की थीसिस जैसा कुछ लिखने को।

निमन्त्रण भेजनेवाले का नाम लिफ़ाफ़े पर छपा था, महाराज वीर विक्रमादित्य सिंग, भूतपूर्व स्टेट लालगढ़, उमठवाड़, मालवा और इसके बाद महाराजा के नाम के आगे के.सी.आई.ई. जैसी इतनी अनाम और स्वनामधन्य डिग्रियाँ टँकी थीं कि पढ़ते-पढ़ते राहत महसूस होने लगी कि भला है जो अँग्रेज़ी वर्णमाला में छब्बीस ही अक्षर हैं। निमन्त्रण कल शाम आया, पर मैंने सुबह तब देखा, जब राजासाब की भेजी एकमात्र स्टेट-व्हीकल यानी अटाला जीप ने मेरे दरवाज़े को खड़-खड़ ध्वनि से हिलाकर रख दिया। परिचय देने के साथ ही ड्राइवर हीरासिंग ने स्पष्ट कर दिया कि चलने में कितनी भी देर हो, जीप बन्द नहीं की जाएगी, क्योंकि फिर स्टार्ट करना असम्भव होगा।

पुराने कस्बे की तीनेक दिन की यात्रा के हिसाब से ज़रूरी सामान झोलानुमा बैग में डालकर जीप की ओर बढ़ा, तो हीरासिंग मुझे आश्चर्य से देखने लगा। बैग पीछे की ओर फेंक उसने पूछ ही लिया, "आप अकेले ही चलेंगे?"

"हाँ, क्यों?" मैंने पूछा। शिव भाई ने किसी अन्य के साथ जाने की कोई बात नहीं की थी। इस पर उसने जेब से एक अधगीली पर्ची निकालकर पढ़ते हुए कहा, "इसमें तो चार नाम हैं, प्रोफेसर साब, अवनिजी साब, शुक्ला साब और...।"

एक क्षण 'कुरु-कुरु-स्वाहा' को याद करते हुए मैंने आदरणीय मनोहर

श्यामजी को नमन कर, ठहाका लगा, उसे चिन्तामुक्त किया, "ये तीनों यानी प्रोफेसर अवनि शुक्ला मैं ही हूँ।"

ज़्यादा वजन नहीं ढोने की राहत के साथ उसने जीप को गीयर में डाला। रियासतकालीन जीप शहरी सड़क पर भी अपने हर पुरजे के आन्दोलनकारी स्वभाव का परिचय देती आगे बढ़ी। मित्र शिव भाई, जो मेरे पी.एच.डी. के गाइड होनेवाले हैं, कब से पीछे पड़े हैं, "भाई, लालगढ़ रियासत पर कुछ लिख दो ना! नहीं तो सब ख़त्म हो जाएगा, रहे-सहे वैभव को, विरासत को जमाना बिलकुल भूल जाएगा। मेरी पी.एच.डी. में इलाका छूटा रह गया है, तुम इसे निपटा लो।"

शिवभाई जब भी मिलते, रियासत के ऐसे-ऐसे किस्से सुनाते कि मन होता, जो बता रहे हैं उसी को लिख मारूँ। फिर शिव शर्मा तो आप जानो कि पिछले कुछ साल से डॉक्टर भी हो गये। जो किस्से सुने, उन्हीं को लिख देने की बात पर उनका कहना होता, "एई, ऊँट पर बैठकर बकरी मत चरा। पहले जाकर देख, सारे बचे-खुचे करेक्टरों से एक बार मिल, उनसे पूरी जानकारी ले। रियासत के बारे में उन लोगों से सब कुछ जाने बगैर तेरी डाक्टरेट नहीं हो सकती।"

एक बार तो जोश में आकर उन्होंने ख़ुद ने भी शुरुआत कर दी। रामचन्द्र त्रिपाठी का चरित्र उठाया, लेकिन बीच में ही रुक गये और जितना लिखा था, उसे कहानी के रूप में कुछ पत्र-पत्रिकाओं में छपवा लिया। जो दो-चार कहानियाँ उन्होंने लालगढ़ पर लिखीं, उससे उन्हें महसूस हुआ कि वे अगर लिखेंगे, तो जाने कहाँ भावनाओं में बह जाएँगे। इसीलिए पिछले कुछ दिनों से तगादा ठोस होता गया, जब तब फोन करते और पूछते, "बोलो, जीप कब भिजवाऊँ?"

मना करने को मैंने पिटे-पिटाए बहाने बनाए, जैसे, "यार भाई, तुम तो जानते हो, मैं किस टाइप का हलका-फुलका व्यंग्य और राजनीतिक विश्लेषण करनेवाला लेखक हूँ। एक रेडियोलॉजिस्ट से तुम रेडियो दुरुस्त करवाने पर क्यों तुले हो? कोई दूसरा विषय बता दो ना!"

और उनका जवाब था, "जी नहीं, हम एक रेडियो दुरुस्त करनेवाले से रेडियोलॉजिस्ट का काम करने को कह रहे हैं। मान जा भाई, पी.एच.डी. करना है या नहीं? ये अपनी लेखकवाली अकड़ हमें तो मत दिखा।"

जो भी हो, फिसल पड़े तो हर गंगे की अदा के साथ मैंने जीप पर सवार होकर उस पुरानी रियासत पर क्या और कैसे लिखा जाए, सोचना शुरू किया। रियासत के राजाओं के अलावा याद आए सेनापति यानी मामासाब, रामचन्द्र त्रिपाठी, मोहनलालजी और उनकी पत्नी विजयालक्ष्मी, डाकू मंगलू-मस्तान, नगरसेठ, सूरजभान, इन्द्रमहल, नागर नदी, मुस्कान अम्मा। लेकिन ज़्यादा सोच नहीं पाया, क्योंकि सतत उस जीप की ख़ासियत यह थी कि आगे जाने के साथ दाहिने-बाएँ

जाने का भी प्रयास करती और इसी प्रयास में अपनी जगह से बाहर आ जाती। हर बार गीयर कुछ ऐसी अदा से बदला जाता कि चल रही सोच भी बदल जाती। कुछ बातचीत करने के इरादे से मैंने कहा, ''तो हीरासिंगजी, आप प्रोफेसर अवनि शुक्ला के नाम से तीन लोगों को लेने आए थे?''

''नहीं घणीखमा, चार लोगों को।'' संक्षिप्त उत्तर मिला। मैंने आश्चर्य से पूछा, ''अच्छा, चौथा कौन?''

''साब, वो हमारी रियासत और गढ़ी के बारे में लिखने के लिए आपके साथ कोई लेखक साब भी तो चलनेवाले थे।'' कहते हुए उसने पर्ची निकालकर मेरे आगे कर दी। वाकई शुक्लाजी साब के आगे 'लेखक साब' भी लिखा था। अगले के प्रति आदर व्यक्त करते हुए 'साब' और 'जी' का अतिरेक हमारे मालवा में कोई ख़ास बात नहीं है। यहाँ तो अख़बार में भी आदरणीय श्रीमान अटलजी बिहारीजी बाजपेयीजी पढ़कर किसी को अजीब नहीं लगता। तो लालगढ़, उमठवाड़ की इस यात्रा में अपने तीन स्वरूपों के साथ एक लेखक के भी चलने के रूपक पर मैं कुछ सोच पाता, तभी हीरासिंग ने चेतावनी दी, ''सँभलकर बैठ जाइए साब, खमा, कच्ची सड़क शुरू हो रही है।''

सँभलकर तो मैं पहले से बैठा था, पर चेतावनी के बाद मैंने दोनों हाथों से सामने दिखाई दे रहे डंडे को पकड़ लिया। अब यहाँ मेरे विचार सड़कों की ख़राबी और भ्रष्टाचार की ओर मुड़ने चाहिए, लेकिन याद आया कि अपन यहाँ राजनीति-फाजनीति के लिए नहीं, बल्कि इस धरती से लोटपोट होकर गुज़रे इतिहास की रिपोर्टिंग करने आए हैं। पहला ख्याल आया, जीप जिस धरातल पर आगे बढ़ रही है, उसे सड़क कहना कहीं मालव माटी का अपमान तो नहीं होगा? ख्याल नम्बर दो ये कि नदी के साथ बहकर ही नहीं, जीप और बैलगाड़ी के पहियों से घिस-घिसकर जो पत्थर गोल हो जाते हैं, उनकी शिवलिंग के रूप में पूजा की जा सकती है क्या? ख़याल यह भी आया कि अगर लालगढ़ यात्रा में कुछ ठीक-ठाक किस्म के पात्र और पात्राएँ भी मिल जाएँ, तो क्यों नहीं एक फड़कता सा आधुनिक आँचलिक उपन्यास ही खींच दिया जाए। किड़-किड़ ढम्म-ढमाक।

रियासत शब्द का बोलते ही एक भव्य टाइप का फोटू आँखों में खिंचता है, इसलिए 'भूल चूक लेनी देनी' के साथ बता रहा हूँ, इस लालगढ़, उमठवाड़, नामक रियासत से ग्वालियर, जयपुर, हैदराबाद जैसी अपेक्षा न रखें। वो जो गुलामी का टाइम था ना, जिसे अँग्रेजों के जाने के बा़द से आज़ादी का टाइम कहा जाने लगा, तभी बात है, हमारे 'जम्बू द्वीपे भरत खंडे' पर कुल जमा पाँच सौ से ज़्यादा रियासतें थीं और उनमें कुछ तो ऐसी थीं कि रियासत शब्द लजा जाए। जैसी भी थीं, पर उनको एक झटके में मिलाया गया और मिलावट से जो खिचड़ा सामने आया, उसके

बारे में दावा किया गया कि ये है आधुनिक भारत दैट इज इंडिया। अस्तु, सामयिक चेतावनी— लालगढ़ रियासत से फ़िल्मी टाइप भव्य होने की ज़्यादा आशा हरगिज न करें। आगे रामजी की मरजी।

वैसे राजस्थान की जयपुर-उदयपुर जैसी रियासतों के आगे फटेहाल-पिछड़ी उपमा से शोभित लालगढ़ के रियासत बनने का रहस्य राजस्थान में ही छुपा है। बता दूँ कि ये जो डकैत शब्द है ना ये आज़ादी के बाद के नेताओं-अफसरों के कारण उपजी अवधारणा नहीं है। पुराने जमाने में भी डकैत होते थे। कोई पाँच सौ साल पहले मेवाड़ के डकैतों ने मालवा के इस नीमबंजर इलाके पर कब्जा जमाया। अन्दर की सूचना यह कि मेवाड़ के राजा ने राज्य के डकैतों से तंग आकर उन्हें इधर राजकाज जमाने की प्रेरणा बल्कि फ्रेंचाइसी दी और मदद भी की थी।

डकैतों का सरदार यहाँ लालगढ़ आकर राजा नाम से सुपूजित हुआ और अँग्रेज़ जिस टाइप के बहादुर थे, उसका प्रमाण यह रहा कि उन्होंने डकैत के वंशज को न केवल राजा माना बल्कि परमवीर महाप्रतापी केसीआईई उपाधियों से भी नवाज़ा। मैंने सोचा, लिखूँगा तो शुरुआत उस पहले राजा से करूँगा। उसके साथी डकैतों की भी जानकारी मिलेगी क्या? यही प्रश्न था जिसके दिमाग में आते ही पूरी जीप ऐसे थर्राकर रुक गयी, जैसे कोई प्रेत बदन में आकर निकल लिया हो और अगले ही क्षण हीरासिंग का अर्धप्रसन्न स्वर सुनाई दिया, "आप बड़े ही लकी हो खमाघणी।"

"क्यों क्या हो गया?" रुकने के झटके के साथ ख़ुद को सम्हालने के बाद मैंने लकी होने का कारण पूछा। उसने कहा, "उतार पे गरम हुई है खमा। ठंडी हो जाएगी, तो धक्का लगाने को लोग नहीं बुलाने पड़ेंगे।"

हाथ-पैर सीधे करने के लिए नीचे उतरा, वैसे ही लगा कि जीप ने मेरे शरीर को अपने जैसा करने के लिए जो किया, उसे कहते हैं भगीरथ प्रयत्न। शरीर के विभिन्न जोड़ों को सही ठिकाने लाने की कोशिश के साथ मैंने पूछा, "हीरासिंगजी, राजासाब की सेवा में कब से हो?"

"जनम से हुकम।" उसने कहा और मुझे आश्चर्य करते देख आगे कहा, "खमाघणी, प्रोफेसर साब हम रियासत के कुँवर हैं।"

ठंडी होकर जीप लुढ़की। स्टार्ट हुई। हीरासिंग शेष रास्ते बताता रहा कि चौदह साल की उमर में ही उसने इस खटारा को चलाना सीख लिया था और अब तो कोई दूसरा इसे चला भी नहीं सकता। आसपास के इलाके में यही तो लालगढ़ स्टेट की पहचान है। फिर एक मोड़ आया और हीरासिंग बजरंगबलीजी के कई नामों का कतारबद्ध उच्चारण करने लगा, क्योंकि आगे सीधा चढ़ाव था। चढ़ाव के अन्त में मोड़ था और मुड़ते ही धूल खाकर पिचके हुए हेट जैसे दिखाई दे रहे आकार की

ओर पूरे उत्साह से इशारा कर हीरासिंग ने कहा, ''हुकुम, आ गयी गढ़ी।''

क़रीब पहुँचे। सामने शेर के पिंजरे-सा लोहे का गेट था। उस पर द्वारपाल सशरीर राष्ट्रसंघ का आभास देता, वर्दी पर विभिन्न झंडों-सी चिन्दियाँ फहराते हुए, कुछ ऐसे आगे-पीछे हो रहा था, जिसे परेड भी कहा जा सकता है और मच्छरों से बचने का प्रयास भी। शायद हीरासिंग ने कोई इशारा किया था। द्वारपाल रुका, आसपास तमाशा देखने खड़े गरीब और अधनंगे बच्चों के झुंड को भगाने का प्रयास किया और लगभग अटेन्शन की मुद्रा अपनाते हुए, सलाम ठोंककर सिद्ध कर दिया कि दो पट्टी की स्लीपर के साथ भी सैनिक अनुशासन भलीभाँति निभाया जा सकता है।

उसकी कमर में लगे हनुमानजी की आकृतिवाले बेल्ट को देख दो निष्कर्ष निकलते थे या तो बेल्ट पिचके पेट से नाराज़ होकर नीचे उतरने पर आमादा है या फिर वो बेल्ट ही था जिसने परम्परा निभाने के लिए द्वारपाल के लगभग सूख चुके शरीर को पहन रखा था। ढलानवाली जगह पहुँचकर हीरासिंग ने गाड़ी बन्द की, मेरा बैग निकाला। पास आकर कहा, ''चलिए खमाघणी।''

और एक बार फिर सलाम ठोंकते द्वारपाल की लगभग चीखती आवाज़ गूँजी, ''उज्जैन से पधारे मिजवान का स्वागत है श्रीमान हुकुम।''

निरन्तर शोर करते बच्चों के झुंड के बीच सलामी स्वीकार करते हुए गढ़ी का देश-काल मुझसे अपेक्षा कर रहा था कि मैं गणतन्त्र दिवस पर परेड की सलामी लेते किसी मुख्यमन्त्री के समान गर्व वगैरह जो भी भाव होता है, वह अनुभव करूँ, सो मैं कर रहा था। गढ़ी के लोहे के दरवाज़े ने रिरियाकर खुलते हुए प्राचीन समय की याद दिलाने का प्रयास किया, तो बच्चों ने एक बार फिर शोर मचाया और हीरासिंग के संकेत पर मैंने गढ़ी लालगढ़ में कदम धरे।

अवनि शुक्ला की डायरी, फुटकर नोट्स आदि पढ़ते हुए उपन्यास का ये पहला अध्याय तो लगभग जस का तस लिखा मिला। सन् 1975-80 के बीच डॉ. शिव शर्मा के अधीन अवनिजी पी.एच.डी. करनेवाले थे, विषय था—लालगढ़ रियासत का इतिहास। उसी की सामग्री जुटाने के लिए उन्होंने लालगढ़ यात्राएँ कीं। अधेड़ राजा विक्रमसिंग और जो बचे-खुचे बूढ़े लोग थे, उनसे मुलाकातें कीं, पुराने कागजात, रोजनामचा लालगढ़, गजेटियर आदि का गहरा अध्ययन किया। उन दिनों उन्होंने डायरी, नोट्स आदि रूप में काफ़ी कुछ लिखा। पी.एच.डी. तो नहीं हुई और एक दिन अवनि शुक्ला ये नोट्स आदि डा. शिवशर्मा के पास धर कर गायब हो गये।

बरसों बाद पता चला, उन्होंने एमएसडब्लू किया, 82-83 में अमरीका के अस्पताल में नौकरी करने ऐसे घुसे कि फिर लौटे नहीं। अब तो सुना है, हिन्दी में

लिखना भी भूल चुके हैं। वो जमाना ही ऐसा था, अमरीका जाकर भारतीय मानुष में जो बदलाव आता था, उसे कहते हैं, आमूलचूल।

पुराने काग़ज़ों को झाड़ते हुए डॉ. शर्मा को एक दिन जब अवनिजी के कागजात धूल खाते मिले, तो उन्होंने इन्हें रोमेश जोशी के आगे रखा। डायरियाँ, कोई तीन-सवा तीन हज़ार फुटकर पन्ने और पर्चियाँ थीं। पढ़कर दोनों को लगा कि इसे सिलसिले में जमाएँ, तो किताब बन सकती है।

जब ख़ुद अवनिजी से इस बारे में सम्पर्क किया गया, तो किताब के लेखक के रूप में वे अपना नाम देने को भी तैयार नहीं हुए। क्यों नहीं हुए, इसका रहस्य बाद में खुला। उनका नाम तक बदलकर काल्पनिक नाम देना पड़ा। अस्तु परिवर्तित नाम के साथ उन भूतपूर्व प्रोफेसर अवनि शुक्ला के नोट्स पर आधारित किताब आपके सामने है। पहला अध्याय तो आप पढ़ चुके। आगे पढ़िए। हाँ, आप इसे उपन्यास मानें या इतिहास,, आपकी मर्जी। वैसे पहला अध्याय पढ़कर लगता है, अवनिजी अपनी जुटाई जानकारी को उपन्यास का रूप देने को ज़्यादा तत्पर थे।

2

ज़्यादा नहीं, बस सौ-डेढ़ सौ साल पहले के इतिहास में परम प्रतापी कहे गये महाराजाओं की उस गढ़ी में चरण धरते ही जो दृश्य दिखा, वो कह रहा था कि यार, ये जो इनसान हैं, ये याद के रूप में जो कुछ पीछे छोड़ जाता है, स्मारक कहानेवाला वो निशान अकसर उसकी हँसी उड़ाता दिखता है। अवनिजी के सामने एक भग्न कहे जाने योग्य महल था। कुछ दूर गढ़ी की दीवारें दिखाई दे रही थीं, उसमें सूअरों ने आवागमन के लिए ऐसी छेंटियाँ बना ली थीं कि गढ़ी के लोग भी उन्हें शॉर्ट-कट के रूप में काम में लेने लगे थे। और अवनिजी यह भी समझ गये कि मुख्य द्वार पर वो जो सलामी आदि हुए, वे बस इसलिए प्रायोजित थे कि वे प्राचीन गौरव का अनुभव ले सकें।

महल के आगे मैदान था, हाल ही में सफाई किए जाने के प्रमाण रूप में झाड़ुएँ अभी पड़ी थीं। कभी ज़रूर यहाँ राजा का बाग जैसा कुछ रहा होगा, लेकिन सूअर/समय की कृपा से अब वहाँ गड्ढे थे। सफाई अधूरी रहने का प्रमाण पीछे देखने पर मिला। लोहे के दरवाज़े के भीतरी भाग के आसपास धूल और जालों को प्रहरी अन्दर आकर पोंछने-झटकने का प्रयास कर रहा था। नज़र मिलते ही एक बार फिर उसने सेल्यूट मारा और अवनिजी ने सिर हिलाकर जवाब दिया।

जो भी हो, महल की खंडित इमारत अपनी बुलन्दी की इतनी याद अब भी

दिला रही थी कि कोई पुराना राजा लौटकर देख ले, तो आँखों में आँसू लाने में संकोच न करे। राजा विक्रमसिंग और उनका घोषित परिवार इसी महल में रहते हैं। पीछे जो आवासीय बनावट है, जिसे जमाने के अनुरूप सर्वेंट्स क्वार्टर कहने लगे हैं, उसमें रहते हैं राजा के नौकर यानी किसी जमाने में राजा के दास-दासी, गोला-गोली रहे लोगों के परिवार। इतना देखकर मैंने यानी प्रोफेसर अवनि शुक्ला साब के अन्दर जो लेखक था, उसने महसूस किया, शिवभाई ठीक कहते थे, राजा और समय के साथ सर्वेंट बने दास-दासी परिवार लिखने के लिए खड़े मसाले का काम कर सकते हैं।

महल के ड्राइंग रूम का द्वार खुला। दिख रहा था, अर्से बाद यहाँ भी धूल साफ करने का जोरदार प्रयत्न किया गया है। धूल और सीलन की मिलीजुली गन्ध ने शुक्लाजी के मन में प्रण करवा दिया, ''अगली बार आया, तो महाराजा को दुर्गन्ध नाशक स्प्रे जरूर भेंट करूँगा।''

सोफा सेट, कुर्सी, दीवान और सिंहासन कहलानेवाली बड़ी कुर्सी के पीछे पेंटिंग्स, फोटो, शेर की खालें, जानवरों के सींग टँगे थे। मसाले भरा बाघ का चेहरा पुराना हो जाने के बावजूद जंगल के राजा की गरिमा बनाने का ठीक वैसे प्रयत्न कर रहा था, जैसे राजासाब प्रयास कर रहे थे कि रियासत पर कुछ गौरवपूर्ण लिखा जाए। ड्राइंगरूम पर नजर डालते अवनिजी वो जगह तलाशने लगे, जहाँ उन्हें वह चीज़ रखना था, जिसे तशरीफ कहा जाता है।

दो कदम आगे बढ़कर उन्होंने देखा, एक शेर की खाल के नीचे विवरण लिखा था। वे उसे पढ़ने के लिए झुके और पीछे से जोगीबाबा की आवाज आई, ''साबजी, हमारे स्वर्गीय परम प्रतापी महाराणा विक्रम जंगबहादुर सिंगजी ने इस शेर को सिर्फ़ एक गोली में ढेर कर दिया था और खासियत ये भी है कि गोली ठीक कान के नीचे मारी गयी, ताकि खाल खराब न हो।''

पता चला जोगीबाबा गढ़ी में सीएसडी यानी चारण ऑन स्पेशल ड्यूटी हैं। वो क्या है कि जोगीबाबा के दादाजी लालगढ़ स्टेट के वैतनिक चारण थे। प्रिविपर्स समाप्ति के साथ यह पद भी डूब गया। उनके बेटे दिल्लाबाबा ने मजदूरी करके जोगीबाबा को पढ़ाया। अब जोगीबाबा पास के गाँव में अध्यापक हैं और समय की बरनी से प्राचीन गरिमा का अचार निकाल कर मुझ विशेष अतिथि को चखाने के लिए बुलवाए गये हैं।

दूसरा शेर, जिसके नीचे संक्षिप्त परिचय के रूप में केवल 'डरपोक शेर' लिखा था, उसकी ओर संकेत कर जोगीबाबा का विवरण जारी था, ''और खमाघणी, ये जो शेर है, मसाला भरकर इसे कई दिनों तक बीच बाग में रखा गया था, ताकि लालगढ़ के प्रजाजन इसे देखकर हँसने की इच्छा पूरी कर सकें। बड़ा ही डरपोक शेर

था, महाराणा की मूँछें देखकर ही बेहोश हो गया। फिर महाराणा ने एक झापड़ मारा और काम तमाम, एक भी गोली नहीं मारनी पड़ी।''

पाठकों को लग रहा होगा कि थोड़ी अतिशयोक्ति हो रही है, मुझे भी लगा, लेकिन यह सोचकर जब्त कर गया कि शिकार कथा तो हमारे यहाँ बढ़ा-चढ़ाकर ही बयान की जाती है। चारण परम्परा का नमूना यह भी था कि दीवार पर टँगे एक सींग की ओर इशारा कर जोगीबाबा बोले, ''हुज़ूर खमाघणी, ये जो बारहसिंगा था, इसके अन्दर अलियाबेट नाम का प्रेत रहता था। लोगों के पेट फाड़ डालता था, लेकिन महाराजा विक्रमादित्य सिंगजी की ओर जैसे ही लपका, अन्नदाता ने सींग पकड़े और खेंचकर जड़ से उखाड़ दिए। और हुकुम, मरते-मरते बारासिंगा चीखा, ''खमाघणी, आपने मुझे प्रेत योनि से मुक्त कर दिया।''

और भी जाने क्या-क्या, लेकिन एक झबरे कुत्ते की पेंटिंग देख उत्सुकता फिर जाग गयी। कहानी दर्दनाक थी, किसी बटलर नामक अँग्रेज़ ने राजासाब को कुत्ता भेंट किया। उसी नस्ल की कुतिया से शादी के लिए राजा ने बैंड-बाजे के साथ बारात निकाली। पास की रियासत में बारात लेकर गये। रायल-ब्लड की कुतिया से विवाह हुआ। उस शादी पर महाराजा ने तीस हज़ार रुपये खर्च किए थे। बटलर ने इस शर्त पर कुत्ता भेंट किया था कि रायल-ब्लड के कुत्ते को देसी कुत्ते-कुतिया के बीच न रखा जाए। रायल नस्ल किसी हालत में ख़राब नहीं होनी चाहिए।

आगे हाल बताते हुए जोगीबाबा के चेहरे पर लाली और स्वर में फुसफुसाहट आ गयी कि विवाहित विदेशी कुतिया से समागम के बाद राजासाब अपनी देखरेख में रायल कुत्ते के उस क्षेत्र को थैली से बाँध दिया करते थे। कुतिया को मौसम रास नहीं आया। मर गयी और एक रात रायल कुत्ते ने बगावत कर दी। निकल गया बस्ती में, लेकिन दूसरे ही दिन राजा ने उसे गोली मार दी। उसकी स्मृति में छतरी बनवाई, फिर राज्य के चित्रकार को बुलवाकर यह पेंटिंग बनवाई। और अवनिजी सोचने लगे, रायल नस्ल के खराब होने की इस कथा को रूपक की तरह इस्तेमाल किया जा सकता है क्या? जो यह पावन सन्देश दे सके कि रायल कुत्ते बगावत करें, तो उन्हें गोली मार देनी चाहिए और रायल ब्लड की सुरक्षा के लिए शरीर के किस भाग को बाँध कर रखना चाहिए।

''हुकुम, ये जूता देख रहे हैं।'' उनके स्वर में फिर से अतीत गरिमा भर गयी। दीवार के बीचोबीच जीवनाकार से बड़ा अर्थात लार्जर देन लाइफ जूता टँगा था। जोगीबाबा ने बताया, ''इस जूते को राज्य का 'वसूली अधिकारी' कहा जाता था। इसके प्रताप से रियासत की पाई-पाई वसूली हो जाया करती थी। मारने की तो बात ही दूर, हुकुम, इसे सुँघाकर ही लोग वश में कर लिए जाते थे। जिसने टैक्स नहीं दिया, आप समझो कि उसका मुँह इसमें घुसा कर बैठा दिया जाता था।''

और राजनीति में घुसने की आदत से मजबूर अवनिजी सोच रहे थे, काश! करोड़ों का बकाया टैक्स वसूलने के लिए आज की सरकार चमड़े का नहीं रेशम का जूता ही बनवा ले, तो देश की हालत सुधर जाए। जूता रेशमी ही क्यों न हो, सरकारी होगा तो बदबू उसमें आ ही जाएगी। जूता माहात्म्य अभी और आगे चलता, तभी ड्राइंग रूम का भीतरी दरवाज़ा खुला और मोटे से साफे पर तिलंगी लगाए, बिरजिस पहने मझोले कद के व्यक्ति ने प्रवेश किया। तत्काल जोगीबाबा ने जूता कथन स्थगित कर 'रावराजा, महाराजाओं के महाराजा, परमवीर' आदि की झड़ी लगा दी और शुक्लाजी जान गये कि यही राजा विक्रमसिंग हैं, जिन्होंने उन्हें आमन्त्रित किया है।

नमस्कार के जवाब में राजशाही अदा में सिर झुका दिया गया। फिर उन्होंने जोगीबाबा को 'तख्लिहा' किस्म का इशारा किया और तीन-चार बार कोर्निश टाइप कुछ बजाते हुए चारण महोदय बाहर चले गये। उसके बाहर जाने के साथ ही महाराजा के चेहरे पर मुस्कान आई। वे आगे बढ़े और सामान्य व्यक्ति की तरह हाथ मिलाया। इस परिवर्तन का कारण शुक्लाजी भाँपते, तभी राजा ने कहा, "कहिए, हमारी पुरानी रियासत का माहौल कैसा लगा, सर?"

अध्यापक प्रजाति के जीव की खासियत है, 'सर' सम्बोधन सुनकर वह अपने निजी लोक में पहुँच जाता है। सब कुछ भूलकर 'सर' ने उस चेहरे को ध्यान से देखा। याद करने की कोशिश की, क्या ये मेरा छात्र रह चुका है? लेकिन बीच में काफ़ी बाधाएँ थीं। बिरजिस के ऊपर जो कोट और सफारी के बीच की डिजाइन का वस्त्र था, उस पर सेनापति जैसी रंगबिरंगी पट्टियाँ टँगी थीं, जबकि व्यक्तित्व कह रहा था, ये आदमी कभी भी सेना में भरती नहीं हो सकता। उसने मुस्कान को और लम्बा किया, फिर पूछा, "आपने मुझे पहचाना नहीं सर? मैं आपके कॉलेज में पढ़ा हूँ सर।"

"ओह! ऐसा क्या?" पहचाने फिर भी नहीं। याद दिलाने की कोशिश के बाद राजा विषय पर लौटे, "सर, मैंने कोशिश की है रियासत का वो माहौल दिखाऊँ, जो कभी मैंने देखा है। मगर एकदम से सब कुछ वैसा करने में तो आप समझिये कि आज लाखों खर्च हो जाएँ, फिर भी।"

"नहीं-नहीं, आप अगर वैसे ही बोल देंगे, तो भी मैं समझ सकूँगा।" प्रोफेसर साहब ने अनौपचारिक होते हुए कहा। और जवाब मिला, "नहीं सर, दोनों का मिलाजुला कार्यक्रम रहेगा। बाकी कुछ मैं बताता जाऊँगा। आप बैठिए ना, सर।"

"आप वहाँ कब से कब तक थे?" अवनिजी के पूछते ही राजासाब ने कहा, "नहीं सर, मैं आपकी क्लास में नहीं था। शिव शर्मा सर का मैं प्रिय शिष्य था।"

इसके साथ ही राजा ने छड़ी पटक-पटक कर उस बड़ी कुर्सीनुमा बनावट की

धूल झाड़ी, जिसे पूर्व में सिंहासन कहते थे। अवनि शुक्ला को पास की कुर्सी पर बैठने का इशारा किया और फिर ड्राइंग रूम के फर्श, दीवार आदि को गुमशुदा की तलाश के विज्ञापन शैली में देखने लगे। कभी किसी तलवार या बन्दूक पर निगाहें अटकतीं, तो कभी किसी पेंटिंग को देख वे आँखें बन्द कर लेते। राजा की इस अदा के अवनिजी ने दो अर्थ निकाले। पहला यह कि बन्दा अब अतीत में डुबकी मारने की तैयारी कर रहा है और दूसरा यह कि राजासाब ने ऐसी कुछ फ़िल्में जरूर देखी हैं, जिनमें कोई बूढ़ा आदमी किसी अजनबी को किसी खंडहर की गयी-गुजरी कहानी सुनाता है।

यही हुआ। आँखों में करुण भावुकता लाने का प्रयास करते महाराजा का चेहरा कुछ ऐसा बना, जैसे किसी पहुँचे हुए दारूकुट्टे को दो दिन से शराब की बूँद नसीब नहीं हुई हो या जैसे कोई ग़रीब बाप अपने बलात्कारी बेटे की जमानत के लिए थानेदार के आगे गिड़गिड़ा रहा हो।

और हर बात को व्यंग्यकार या विश्लेषक की अदा से देखने के आदी प्रो. अवनि शुक्ला गौरवपूर्ण दर्द से ओत तथा प्रोत गाथा को सुनने के मूड में आने लगे।

असल में शुक्लाजी ने दूसरे अध्याय की ये बातें पाँच-सात अलग काग़ज़ों पर दर्ज की थी। शेर आदि की कहानियों में से कुछ की जानकारी उन्हें पूर्व चारण जोगाजी से दूसरी-तीसरी मुलाकात में मिली, जब उन्होंने मामासाब के बारे में कुछ व्यापक भ्रमों को दूर करने का प्रयास किया था। अवनिजी ने एक पर्ची पर दर्ज किया है, "जोगाजी का कामकाज एक समय मामासा के अंडर में रहा था, ऐसे में ये सम्भावना कम ही लगती है कि वे मामासा के शिकार न बने हों।"

अवनिजी ख़ुद भी मामासा से मिले, लम्बे साक्षात्कार किए, इसलिए लगता है, मामासा की भीषण आदतों के जोगाजी द्वारा किए गये बचाव के बारे में उनका निष्कर्ष सही हो। और हाँ, रियासत के लोग मामासाब को आम तौर पर मामासा ही कहते हैं। समय आने पर मामासा से आपका परिचय करवाएँगे।

3

नैमिषारण्य तीर्थ नहीं है ये, शौनकादि ऋषि की चतुष्भूमिका में अकेले अवनि शुक्ला हैं और सूतजी की जगह कथा सुनाने को तत्पर हैं लालगढ़ के शेष महाराजा विक्रमादित्यसिंग। घालमेल तो होना ही था। लेखक भी विश्वास लिए बैठे थे कि बन्दा माँ को डायन नहीं कहेगा। बाप-दादों की हरकतों को महिमा मंडित करने का प्रयास हर भला आदमी करता है, ये भी करेगा। जैसा कि इस प्रकार कही गयी हर

कथा में होता है, इस कथा का माहात्म्य बस इतना है कि जो भी इसे पढ़ेगा, वह जातक देश के पाठ्यक्रम निर्माताओं के प्रति आभार महसूस करेगा कि उन्होंने लालगढ़ के राजाओं का इतिहास कोर्स में नहीं रखा। अस्तु कथा प्रारम्भ होती है।

सर, आज से कोई पाँच सौ बरस पहले मेवाड़ इलाके की एक रियासत के विजयसिंह नामक राजा ने राज्य की सड़क पर विचरण करते एक गुंडे टाइप महानुभाव को देख उसे रोककर पूछा कि वह आजीविका कमाने के लिए कौन-सा साधन अपनाए है? गुंडे-टाइप व्यक्ति ने रिज्यूमी प्रस्तुत की, "अन्नदाता, मैं डकैत हूँ। आपके राज्य में डकैती डालकर परिवार का भरण-पोषण करता हूँ। आपके जोहरीजी को कुछ माल बेचा, उसी पैसे से घर का सामान खरीदने निकला हूँ।"

सादगी से भरा-भरा सत्यनिष्ठ उत्तर सुन राजा प्रसन्न हुआ। राजा पड़ोसी देश में आतंक को बढ़ावा देने की पाक-परम्परा में विश्वास करता था। उस डकैत को तत्काल बन्दूक तथा धन देते हुए राजा ने सन्धि कर ली और कहा, "आज से हमारे यहाँ डाका नहीं डालोगे। पड़ोसी राज्य में डाके डालो। वहाँ राजा कमजोर है, जितना इलाका छीन सको, छीनकर राज्य कायम करो। लेकिन एक शर्त है, जो भी कमाई करोगे, उसका बीस प्रतिशत हमें देना होगा।"

अस्तु सर, बीस प्रतिशत कमीशन पर लालगढ़ राज्य कायम हुआ। लालगढ़ियों ने पीढ़ियों तक बीस प्रतिशत कमीशन उन्हें भिजवाया। यहाँ अवनिजी ने प्रश्न किया, "लालगढ़ की नींव रखनेवाले उस राजा और उसके साथी डकैतों के बारे में कुछ बता सकते हैं क्या?"

"हमारे पूर्वज पहले राजा का नाम क्या था, पता नहीं सर, किन्तु उसने राजा के रूप में अपना नाम रखा विक्रमसिंग और मेवाड़ के राजा के प्रति सम्मान या प्यार जो भी कहें व्यक्त करते हुए, अपने बेटे का नाम रखा विजयसिंग, लेकिन सर एक बात आपको भी मानना पड़ेगी लालगढ़ के इतिहास में जितने भी राजा हुए, सब के सब एक से एक वीर बल्कि महावीर थे।"

इस विवरण के बाद राजपूताना में मिनी राजाओं के बीच लड़ी गयी मिनी और नैनो स्तर की लड़ाइयों में पूर्वजों के शौर्य के इतने किस्से राजासाहब ने कह सुनाए कि शुक्लाजी की दो-तीन बार जम्हुआई निकल गयी। दुख हो रहा था, किसी लड़ाई में ऐसा क्यों नहीं हुआ कि लालगढ़ के राजा बहादुरी से लड़ते-लड़ते खेत रहे और वंश चलानेवाला कोई न बचा। काश! ऐसा हो जाता तो आज ये इतिहास टाइप का लेखन करने की ज़रूरत ही नहीं पड़ती।

उनींदी स्थिति में ठीक से समझ नहीं पाए, लेकिन एक कोई विजयसिंग या विक्रमसिंग थे, उन्होंने तो अँग्रेज़ों का खात्मा करने के लिए 1857 की लड़ाई में कमर या ऐसा ही कुछ कस लिया था, लेकिन ग्वालियर के महाराजा ने इनका साथ

न देकर अँग्रेज़ों का साथ दे दिया, नहीं तो आज इस देश पर इन नेताओं का नहीं राजा विक्रमासिंग केसीआईई इत्यादि का राज्य होता। एकाएक राजासाब उठे। अन्दर दरवाज़े पर कुछ आदेश दिए और पेंटिंग की कतार के आगे आकर कहा, "ये मेरे प्रपितामह विजयसिंह उन्नीसवें, बड़े प्रतापी। सुल्ताना डाकू को मारा अँग्रेज़ों से शाबाशी पायी, खिताब भी पाए और अँग्रेज़ों ने इनकी पूरी सेना लेकर रियासत को अपने संरक्षण में ले लिया।"

"शाबाशी देकर सेना छीनने का मतलब?" प्रोफेसर की चुप्पी टूटी, अँग्रेज़ों के ऐसे कर्मों की काफ़ी जानकारी थी उन्हें। राजासाब बोले, "अँग्रेज़ों का कहना था, ऐसी वीर सेना हम साथ रखना चाहेंगे। कभी ज़रूरत हो, तो हमसे मदद माँग सकते हैं। अँग्रेज़ों ने अपनी सेना यहाँ तैनात कर दी। हम कमज़ोर हो गये। सर, अँग्रेज़ों की नीति को कौन समझ सका था उन दिनों? लेकिन हाँ, उसके बाद राज्य में ज़्यादातर अमन-चैन कायम रहा।"

सेना का खर्च बचा। पुलिस कुछ सिपाही, कुछ कारिन्दे सब सम्हाल लेते थे। तो राजा क्या करते थे? शुक्लाजी सोच ही रहे थे कि राजासाब ने एक अन्य चित्र की ओर इशारा करते हुए कहा, "ये विक्रमसिंग महाप्रतापी थे। पूरे पचास शेरों का कभी बन्दूक से कभी तीर मारकर अकेले शिकार किया था इन्होंने। इक्यावनवें शेर का शिकार करने गये थे। वापस नहीं लौटे।"

"और ये मेरे ग्रैंडफादर राजा विक्रमसिंह बीसवें, इनके टाइम में तो मजा ही मजा था। हर रात नाच-गाना होता। गवइयों, नाचनेवालियों के साथ संगत करते इतने तबले फूटे कि गिनती नहीं। कई बार तो सर, लोग गाना-वाना छोड़ तबला फूटने का ही मजा लेते थे। जरा इस कालीन को देखिए, कालीन को घिस-घिसकर बना यह विक्रमादित्य का 'वी' देख रहे हैं ना, ये बचनपुर की नर्तकी ने कथक करते हुए पैर घिस कर बनाया था। बीसवें महाराजा ने इसे ख़ूब इनाम दिया, पर जब नर्तकी ने हमबिस्तर होने से मनाकर दिया, तो इसके पैसों में से गलीचे की कीमत काट ली।"

"जिन्दगी का सबसे ज़्यादा आनन्द इन्होंने ही लिया, लेकिन सर, रियासत कंगाल कर गये।" महाराजा के स्वर में उदासी आई तो बात बदलते हुए मैंने पूछा, "एक बात समझ में नहीं आई, रियासत में बस दो ही नाम के राजा हुए हैं, विक्रमादित्य या फिर विजयसिंग, तो फिर बीच में ये एक महाराणा जंगबहादुरसिंग कौन हो गये? जिन्होंने इस शेर को एक गोली में मार दिया था।"

"ओह ये!" महाराजा ने शेर की ओर देखा, फिर बूढ़े की पेंटिंग की ओर देख बताया, "नाम इनका विक्रम था, ये दो कारणों से ख़ुद को जंगबहादुर कहलवाते। जब इतिहास लिखा जाए, तो इनका नाम हटकर दिखना चाहिए। और दूसरा, ज्योतिषी ने इन्हें बताया था कि इन्होंने नाम नहीं बदला, तो सन्तान पैदा करने योग्य

नहीं रहेंगे। वाकई में महावीर थे, पाँच शादियाँ की थीं।''

शुक्लाजी सन्तुष्ट हुए। सन्तोषजनक उत्तर था, पाँच शादियाँ यानी महावीर तो हुआ ही, लेकिन उनसे भी बड़े यानी परमवीर का ज़िक्र अभी बाकी था। लेखकजी पूछना चाहते थे कि ये राजाओं की पेंटिंग्ज में सब एक से एक बूढ़े दिखाई दे रहे हैं, तो फिर सामने टँगी महारानियाँ सब की सब जवान क्यों हैं? किसी बूढ़ी रानी का पेंटिंग क्यों नहीं है? वे रानियों की तस्वीर की ओर ध्यान से देखते रहे, वाकई सब की सब बड़ी ही सुन्दर थीं। इसीलिए कमबख्त शालीनता और संस्कार टाइप की जिन्सों ने प्रोफेसर साब को संकोच में डाल दिया। तभी महाराजा ने एकाएक कहा, ''लेकिन सर, मुझे तो लगता है कि ग्रेट महाराजा विक्रमजंग बहादुर सिंगजी ने ज्योतिषी को ख़ुद के बजाय अपने बेटे की मतलब मेरे पिताजी की जन्मपत्रिका दिखा दी थी।''

''क्या मतलब?'' प्रश्न किया, तभी दरवाज़ा खुला और बेहद पुरानी चाँदी की ट्रे में दो किशोर पानी लेकर आए। फटेहाली देख अनुमान लगाया नौकर होंगे, राजा ने बताया, ''सर, गढ़ी में अब भी कुछेक नौकर हैं, लेकिन आप जैसे मेहमानों की सेवा तो घर के लोगों को ही करनी चाहिए ना। ये दोनों राजकुमार हैं, डेली कॉलेज में पढ़ रहे हैं। अभी छुट्टियों में आए हैं।''

राजासाब ने ताली बजाई और दो युवती कम महिलाओं ने प्रवेश किया। हाथ में ग़िलास और विक्टोरिया युग की डिजाइनर बोतल थी। आड़े-तिरछे हाथ कर, उन्होंने जिस तरह गिलास पेश किए उसे बाँदियों की असफल नकल कहा जा सकता है। लेकिन असली झटका तो पेय पदार्थ में था। केसर-कस्तूरी, इलायची की अपेक्षा में सजे होठों की देसी महुए से मुलाकात होते ही सिर भन्ना गया। छोटा सा घूँट लिया और सुनने को मिला, ''अरे सर, छोटा घूँट मत लीजिए। एक गिलास भी नहीं पी पाएँगे। एक बार में आधा गिलास खाली करेंगे, तभी महुए का अस्सल स्वागत होगा।''

कहकर राजासाब ने सिद्धहस्त दारूड़े की तरह पूरा गिलास गटका। मैंने अनुसरण किया। सुरूर या कहें महुए की भन्नाटी आते-आते महाराज ने पूछा, ''सॉरी सर, मैं क्या कह रहा था?''

आशा जागी कि सूतजी सॉरी राजासाब की कथा में अब अतिशयोक्ति नहीं रहेगी, लेकिन उलट भी तो हो सकता है। मैंने याद दिलाया, ''आपके दादा ने बेटे की जनमपत्री दिखा दी।''

राजासाब बोले, ''कहने को तो दादाजी की अय्याशियों ने लुटिया डुबाई, पर मेरे पिता कहाँ कम थे? हाँ, घुँघरू-तबले कुछ कम हो गये, लेकिन पिताजी ने मुझे पैदा करने की जो कोशिश की बल्कि कोशिश की भी इन्तेहा की, एक के बाद एक

पूरी बारह शादियाँ कर डालीं।''

''क्या बताऊँ सर, एक तो नम्बर एक का शराबी था मेरा बाप। और फिर एक रानी शादी करके लाना, उससे वारिस पैदा करने की कोशिश करना। फिर थककर दूसरी लाना, फिर कोशिश करना और दारू पीना। बस, इसी में लगे रहे। राज्य की हालत सुधारने की तरफ़ मेरे महाराजा पिता विजयसिंग हुकुम भला क्या ध्यान देते।'' इस कथन के साथ उन्होंने अपने पिता की तस्वीर की ओर देखा, दोनों हाथों से अपने दोनों कान छुए और माफी टाइप कुछ माँगा।

लालगढ़ रियासत में उन्हें महाराजा, राजासाब, एच.एच. यानी हिज हायनेस पुकारा जाता, लेकिन बम्बई के रईसों राजाओं की मंडली उन्हें निरन्तर शराब पीते रहने के कारण बंटियर विजयसिंग कहती। 'स्वदेशे पूज्यते राजा' वाली कहावत को आगे बढ़ाते हुए 'विदेशे बेइज्जते राजा' के अप्रतिम उदाहरण थे राजा विजयसिंगजी।

प्रोफेसर को लगा कि उनके कॉलेज में पढ़े राजा का बयान फिसलकर देसी ठर्रे की दुकान पर पहुँच, सच से परिपूर्ण हो गया है। कथा जारी रही, ''सच बताऊँ सर, इतनी शादियाँ, दारू-पार्टी का, रानियों मतलब मेरी स्टेप मदर्स का खर्च, रनिवास का खर्च। आसपास की रियासत के लोग कहते, राजा विजयसिंग रियासत का खर्च चलाने के लिए शादी करते हैं।''

लालगढ़ का कहें या विक्रमसिंग का दुर्भाग्य, बारहवीं रानी से उनका जन्म तब हुआ जब महाराजा विजयसिंग को स्वर्गवासी हुए पाँच महीने बीत चुके थे। पैदा होते ही अँग्रेज़ों ने राज्य के वारिस के बालिग होने तक राज्य को अपने संरक्षण में लेकर जो रीजेंट नियुक्त किया, उसके बारे में एक ही बात राजासाब बार-बार कहते रहे, ''बारबर नाम था उसका और सर, अँग्रेज़ों के बाल काटता था। लालगढ़ का दुर्भाग्य, नाई को यहाँ का रीजेंट बनाकर भेज दिया।''

गमज़दा राजा किसी नर्तकी से किसी पूर्वज के डेढ़-दो सौ साल पहले हुए धरपकड़-प्रेम अर्थात कला-प्रदर्शन के लिए आई नर्तकी के कारिन्दों को जेल में डालकर किए गये जबरिया प्रेम प्रसंग को ऐसे बेतरतीब ढंग से सुना रहे थे कि गोष्ठी में उसे दोहरा दो, तो बिलकुल नयी कविता लगे, ''पवित्रता नहीं होती घमंड की चीज़/ नर्तकी को था इसी का नखरा/ चली चाल पूर्वज ने/ बुलाया और किया बन्दी पूरी टीम को/ और शुरू हुआ प्रेम का अध्याय जबरिया।''

अच्छा लगने लगा था। मुँह को कड़वेपन की आदत हो रही थी कि पीछे से सारंगी की 'तूँ-तूँ' शुरू हो गयी। मुड़कर देखा, मुजरे की तैयारी थी। फूटने को तत्पर तबला और फटी खोल वाली सारंगी लिए साजिन्दे बैठ चुके थे। खमाघणी के संकेत पर गरबा-कथक के मिक्स स्टेप्स के साथ नर्तकी प्रकट हुई। नर्तकी का बदन काबुली घोड़ी जैसा इतना कसा हुआ था कि प्रो. अवनि शुक्ला की साँसें साजिन्दों

द्वारा मालवी मुजरे की शुरुआत करते-करते तेज चलने लगीं।

किसी मानसिक-टेलर की तरह बदन की नापजोख कर रहे अवनिजी ने ध्यान दिया, नर्तकी की सलमे-सितारे वाली चुनरी कभी राजसी रही होगी, लेकिन सलमे-सितारे के बजाय अब नज़र जाती थी उन छेदों पर, जो समय के और रियासत की तंगहाली के दस्तावेज़ थे। कुल मिलाकर जो कुछ था, वो खुलकर बयान कर रहा था कि लालगढ़ की बुलन्दी टूटी भी तो कहाँ आकर!

साजिन्दों ने राग छेड़ा, राजासाब पर महुए का असर बढ़ने लगा। पता नहीं, अतीत की याद थी या नर्तकी की अदाओं का प्रभाव विक्रमसिंग के चेहरे पर चमक आ गयी। फ़िल्मी मुजरे देखे हैं, पर सामने जो दृश्य था उसे देख याद ही नहीं आया कि मुजरे पर दाद देनी चाहिए। एक सनसनी की तरह दृश्य को झेल रहे प्रोफेसर अवनि शुक्ला कुछ तय कर पाएँ, तभी नर्तकी ने झूम रहे राजा पर अपनी चुनरी फैला दी और भागकर अन्दर चली गयी। गाफिल राजासाब पर पड़ी चुनरी के छेद के लिए प्लीज, अगर मैं चाँद के धरातल की उपमा दूँ तो माइंड मत करना, हाँ।

साजिन्दों ने सामान समेटा। लम्बी चुप्पी के बाद राजासाब के शरीर में हरकत हुई। सन्तोष हुआ कि मैंने उनकी तरह टूटकर मउड़ी का सेवन नहीं किया। अपनी जगह पर कभी यहाँ कभी वहाँ से हिल-हिलाकर उठते महाराजा को देख लग गया, अब अगला अध्याय शुरू होने वाला है।

बकौल अवनिजी, ''ये मुजरे-फुजरे अपन ने कभी देखे नहीं। सुन्दर सुगढ़ शरीर को इतने पास आकर डांस करता देखकर हालत ये हो गयी कि डर लगने लगा, राजासाब ने ताड़ लिया तो? ये अनुमान भी तो नहीं था कि ये जो नाचनेवाली है, ये राजा की कोई रिश्तेदार है, नौकरानी है या कुछ और। इसी मारे अपने से न तो नाचने-गाने की दाद देते बनी और न सारंगी-तबले की।''

हम दोनों यानी लेखक द्वय ने जब लालगढ़ यात्रा की, तब बूढ़े हो चुके हीरासिंग ने याद करके बताया, नर्तकी महल के किसी सर्वेंट की बेटी थी। बड़ी मुश्किल से राजी हुई थी।

4

पोतड़े की रईसी की खासियत है, जाती है तो आँख के आँसू सुखा जाती है। फटेहाली है, पर किसी के आगे रो नहीं सकते। मेरे आगे रियासत के भव्य अतीत का ट्रेलर प्रस्तुत करने की कोशिश थम गयी थी। हमारे बीच सेंटर टेबल रख दी गयी, तो काँसे यानी भोजन का स्वागत करते राजासाब कुर्सी उर्फ सिंहासन पर आलथी-

पालथी मार बैठ गये। कुछ क्षण बाद उन्हें गरमी महसूस हुई। वे सफारीनुमा शाही कोट के बटन खोलने लगे, तो एक और कमबख़्त रहस्य उजागर हुआ।

कोट के नीचे शर्ट नहीं, केवल कॉलर थी और उससे नीचे छेद-शोभित बनियान थी। शाही कोट खुलने के साथ राजासाब भी खुले और बोले, "आप इतिहास लिखनेवाले, अँग्रेज़ों को भला-बुरा कहते हो, पर इन नेताओं से तो अँग्रेज़ ही अच्छे थे। हमारा राजकाज अपने कंट्रोल में लिया, पर हमारे खर्च पर बन्दिश नहीं लगाई। पर इन्होंने प्रिविपर्स भी बन्द किया, तो ऐसे एकाएक कि हम सम्हल ही नहीं सके। अरे, कम से कम दो-पाँच साल की वार्निंग तो देनी थी। स्साले।"

इसके बाद राजासाब काफ़ी देर बताते रहे कि रियासत के किस काम करने की अँग्रेज़ ने कितनी रिश्वत ली, लेकिन ईमानदारी से काम पूरा किया और उसकी तुलना में आज के अफसर कितना लेते हैं, फिर भी काम होने की कोई गारंटी नहीं रहती। रियासती राँडी-रोने के नाम पर लेखकजी ने इसे खारिज तो कर दिया, पर राजासाब की आँख में आँसू छलक आए थे।

काँसा मतलब हमारा डिनर लग गया। थालियाँ चाँदी की थी, लेकिन चिकन, बोटी-शोटी जैसा कुछ न होकर उड़द की दाल, प्याज और चटनी के साथ मोटी-मोटी रोटियाँ थीं। रियासत की शान-शौकत को याद करते राजासाब का बयान जारी था, "जब राजा लोग दारू पीकर नाचते, तो सुन्दर दासियाँ उन पर फूल बरसाती थीं। लेकिन अब वो सब... कहाँ! आरोगो सर।"

फिर पलकें भीगीं और एक काव्यात्मक बयान, "दारू और बारह शादियाँ। वारिस का, मतलब मेरा कोई अता-पता नहीं। कितने थक गये होंगे मेरे पिता विजयसिंगजी हुकुम। इसी गम में तो चल दिए। साली तकदीर देखो, मैं अम्मा के पेट में था, उनको पता नहीं चला, चौथा-पाँचवाँ महीना था, तो बताना तो था ना! बस, चल दिए। सूफी बाबा के करिश्मे पर भरोसा करते, रुक जाते, तो मुझे देख लेते। बाबा के तिलिस्म से तो मैं इस धरती पर आया हूँ सर!"

बाबा के कारण औलाद पैदा की बात सुन प्रो. अवनि शुक्ला की रही-सही दारू हवा हुई। रोटी का कौर धीमा हो गया।

असल में अवनिजी ने बाबा के तिलिस्म का कुछ भलता ही अर्थ लगा लिया था, मतलब उन्हें लगा कि बेटा पाने के लिए रानीजी बाबा के डेरे पर गयी होंगी। लेकिन बाद में जब रहस्य खुला, तो उन्होंने पहले लिखे पन्नों को काटा और नये सिरे से लिखा। शुक्लाजी के गट्ठर में हमें वे कटे हुए पन्ने भी मिले हैं।

किस्सा कुछ यों था, जब राजा समाज में अफवाह चली कि विजयसिंग खर्च चलाने के लिए शादी करते हैं, तो राजा ने बारहवीं शादी बिना दहेज कर डाली। दहेजविहीन रानी की बेइज्जती तो होनी ही थी। तो रानी यानी किस्सा बयान कर रहे

विक्रमसिंग की माँ पागल-सी हो गयी और उन पर भैरवजी की सवारी भी आने लगी। इलाज करके डॉक्टर, वैद्य सभी हार गये। बड़े अनुष्ठान हुए उन दिनों। रानी को ठीक करने के लिए भी और औलाद के लिए भी।

ब्राह्मणों-पंडितों की तो आप समझो चाँदी हो गयी। दान-पुण्य-हवन, रोज देखो तो कोई-न-कोई नजूमी, कोई तान्त्रिक चला आ रहा है। रोजाना चाँदी के पात्र आते। हालत ये हो गयी कि लालगढ़ का आदमी दिखा नहीं कि इन्दौर के सराफा दुकानदार चाँदी के बर्तन-थाली वगैरह चमकाने बैठ जाते। क़रीब हज़ार मुद्राएँ रोजाना खर्च हो रही थीं, उस जमाने में। एक दिन तान्त्रिक ने कह दिया, "राजासाब रात में लाल लंगोट पहन, पैरों में सोने के घुँघरू बाँध, हाथ में खप्पर लेकर निशाचरी अनुष्ठान करेंगे तो सन्तान अवश्य होगी।"

राजासाब ने यही किया। एक तान्त्रिक के कहने पर मुर्दे को श्मशान में जलाने से चार दिन के लिए रोक दिया। राजा थे, कुछ भी कर सकते थे। मुर्दे के मुँह में पूरे चार दिन ताबीज़ डालकर रखा। कहते हैं, ताबीज़ बाँधने के बाद राजासाब का वीर्य पुष्ट हुआ और उसके बाद किस्सा-गो अर्थात परम पराक्रमी विक्रमसिंग जैसे बहादुर पुत्र का जन्म हुआ।

भला बताइए, जिसके गर्भ में पहुँचने की सूचना पिता को नहीं मिल सकी और वे स्वर्गवासी हो गये। जिसके पैदा होने के बाद राज्य अँग्रेज़ों ने हथिया लिया और अँग्रेज़ों के पंजे से छूटने से पहले ही ये नामाकूल आज़ादी आ गयी। यानी ये वो राजा हैं, जो एक दिन के लिए भी राजा नहीं हुए, फिर भी कहा कि विजयसिंग को पराक्रमी और बहादुर पुत्र हुआ, तो भूल-चूक लेनी-देनी।

खाना हो गया, नींद आ रही थी और लगने लगा था कि यह राजा कितना बोलता है? कल के लिए भी कुछ छोड़ेगा या नहीं? इसी बीच उन्होंने दो-तीन पुराने अल्बम, गजेटियर और अख़बारों की कतरनों की फाइलें मेरे सामने रख दीं। मुझे लगा अब वे अल्बम के एक-एक चित्र का वर्णन करके जान निकाल लेंगे। लेकिन उन्होंने जान बख्शते हुए कहा, "रात को आप इनको देख लीजिए, ताकि कल अपन कुछ और बातें कर सकें।"

लेकिन इसके बाद भी रियासत की जानकारी से मुझे भर देने का उनका प्रयास बन्द नहीं हुआ, वे अपनी बारह माताओं में से कुछ की त्रासदी का बयान करने लगे। किस प्रकार के दुख देखकर गयीं वे। राजासाब का मत था कि उनमें से दो रानीमाताएँ तो ऐसी अतृप्त आत्माएँ थीं कि अभी भी कभी-कभी महल के किसी सदस्य को रात में झलक दिखला जाती हैं। ख़ुद उनकी नीम पागल कही जानेवाली माँ के बारे में अत्यन्त भावुक स्वर में उनका कहना था कि वे केवल पूर्णिमा की रात को आकर राजासाब के गाल सहलाकर चली जाती हैं। अन्य किसी को नहीं दिखाई

देतीं।

जिस कक्ष में मेरे लिए तथाकथित आलीशान पलंग पर सोने की व्यवस्था की गयी थी। उसकी महिमा यह थी कि उस पर पाँच-सात राजाओं ने पच्चीसों सुहागरातें मनाई थीं। सुहागरात की सिल्वर या गोल्डन जुबली मना चुके पलंग पर सोते हुए सुधी पाठक चाहे जो महसूस करें, पर राजासाब की सुनाई कथा ने मुझे कुछ चिन्तित कर दिया। मैं राजकुमार के साथ उस कक्ष की ओर बढ़ रहा था, तब 'गुड नाइट' करते राजा ने आश्वस्त किया, "प्रोफेसर साब, आप परेशान बिलकुल मत होना। आज तक किसी भी स्वर्गीय रानी माँ ने हमारे मेहमान को परेशान नहीं किया है।"

पलंग वाकई आलीशान था। इतना बड़ा कि कोई एवरेज साइज का राजा दो-तीन रानियों को साथ लेकर इस पर सो सकता होगा। लेकिन पलंग रियासत जितना ही पुराना भी था। नीचे स्प्रिंग चरमरा रही थी, गद्दे मोटे लेकिन गिल-गिले चीकट यानी समय के सशक्त हस्ताक्षर युक्त। चीकटपन के कारण, राजासाब ने जो कुछ सुनाया इस कारण या फिर मच्छरों के कारण नींद नहीं आ रही थी। कुछ ही देर में पता चला कि पुराने पलंग में जो खटमल हैं, काफ़ी दिनों से भूखे हैं।

बैग से चादर निकाल, चारों ओर लपेटकर खटमलों को तो कुछ समय के लिए दूर कर दिया, लेकिन जो थोड़ा-सा मुँह और नाक साँस लेने के लिए खुले रखे, उनसे मच्छरों का आवागमन जारी रहा। खिड़की-दरवाज़े बन्द थे, फिर भी महल के पीछे से फ़िल्मी गीत सुनाई दे रहे थे। 'बाय', बोलने से पहले पूरे बेडरूम का जुगराफिया समझाते राजकुमार ने बताया था कि पीछे शादी चल रही है, गीत उसी मारे बज रहे हैं। फिर भी लगता है, कुछ देर नींद आ ही गयी।

नींद खुली कोई दो बजे। चादर ने अस्तव्यस्त होकर शरीर के कई भागों को खटमल-मच्छरों का बुफे टेबल बना दिया था। व्यवस्थित होने की कोशिश में था कि पायल की हलकी छम-छम ने चौकन्ना कर दिया। शायद छम-छम से ही नींद खुली होगी। डर-सा लगा। महल-भ्रमण करती चुड़ैल राजमाताओं का ख्याल आता, तभी अवनिजी को याद आया कि वे भूत-प्रेत में विश्वास नहीं करते। दूसरे ही क्षण एक मस्तराम टाइप की गुलाबी ललक ने उठकर प्रश्न किया, "कहीं राजासाब ने राजसी स्वागत में कोई खास रात्रि प्रबन्धन तो नहीं कर दिया?"

चौकन्ने हो रहे बदन में अब अलग किस्म की सनसनी छाने लगी। चादर के बीच से हासिल की गयी छेंटी से देखने लगा। क़रीब आती 'छम-छम' ध्वनि की दिशा कुछ ही क्षण बाद स्पष्ट हुई। पहले लाल चिंगारी, फिर चमकीले लबादे में ढँकी महिला की धुँधली आकृति दिखी। साँस रोककर देख रहा था। तय नहीं कर पा रहा था कि आँखें बन्दकर पड़ा रहूँ या मदद के लिए चिल्लाऊँ। डर से घिग्घी तो नहीं

बँधी, लेकिन ये हिम्मत भी नहीं हुई कि उठकर पूछूँ, "कौन है?"

तो लाल चिंगारी लिए महिला आकृति सिरहाने रखी टेबल की ओर बढ़ी और क़रीब पहुँच कर स्थिर हो गयी। पीछे खिड़की से जो जरा-सा उजाला आ रहा था, उसमें बस इतना समझ में आया कि लाल चिंगारी को स्थिरता देकर महिला आकृति पीछे हटकर अँधेरे में घुलने लगी है।

भारी साँसें इन्तजार कर रही थीं कि वो जो भी थी, अगला मनभावन कदम उठाएगी, पलंग के आजू या बाजू से और क़रीब आएगी। तभी कमरे में धुएँ की तीखी गन्ध फैलने लगी। गन्ध कुछ-कुछ पहचानी लगी। फिर कुछ ज़्यादा ही पहचानी लगी। अरे, ये तो मच्छरों को भगाने के लिए अगरबत्ती जलाई है। मच्छर कम होने से ज़्यादा सुकून इस बात से मिला कि वो जो कमरे में आई थी, वो कोई चुड़ैल नहीं थी, क्योंकि चुड़ैलें मच्छर-विरोधी कॉइल नहीं जलातीं। आमीन।

उसके बाद फ़िल्मी गीतों के पूरे प्रयास के बावजूद अच्छी नींद यह सोचते आ गयी कि ये जो मच्छर अगरबत्ती वाली चुड़ैल ऑब्लिग रहस्यमय सुन्दरी आई थी, इसे लेकर क्या कोई रहस्य कथा बुनी जा सकती है? सुधी टाइप के पाठकों को ये बताना समीचीन होगा कि बन्दा यानि प्रो, अवनि कई बार अच्छी कहानी लिख लेता है। लेकिन हुआ क्या कि रात्रि-सुन्दरी को लेकर कहानी के जो भी प्लॉट बने, वे सब फ़िल्मों में आजमाए जा चुके थे।

और सुधी पाठकों को हम यह भी बता देना समीचीन समझते हैं कि जब अवनिजी ने यह डायरी लिखी, उनकी आयु पच्चीस-छब्बीस साल की रही होगी, प्रोफेसर बने दो साल हो गये थे, शादी भी नहीं हुई थी। यानी जिस टाइप की शारीरिक सनसनी होने आदि की बातें उन्होंने अपनी डायरी में उन दिनों लिखीं, उम्र के हिसाब से सहज स्वाभाविक कही जा सकती हैं।

डायरी बताती है कि अगले दिन नींद सुबह पाँच बजे खुल गयी थी। फ्रेश होकर कमरे में लौटे तो देखा, वही रातवाली रहस्यबाला चाय का कप रखकर वापस जा रही थी। इस बार बस साइड से झलक सी दिखी। उस दिन की डायरी की शुरुआत उन्होंने बिहारी की रोमांटिक कविता से की थी— कनक छरी सी कामिनी, काहे को कटि छीन। —लेकिन फिर सीरियस हो गये।

5

सुना है, रोमन साम्राज्य में सैनिकों को वेतन के साथ नमक भी दिया जाता था, इसी कारण सेलेरियम से सेलेरी शब्द बना। लेकिन वेतन के बजाय कोई चुम्बन देना शुरू

कर दे, तो क्या उसे किसेरियम या किसेरी कहा जाएगा? अल्बम, पुराने अख़बारों की कतरनों की फाइल, तारीफ में लिखे लेखों के साथ पुराने गजेटियरों को पलटते प्रो. शुक्ला के अन्दर बैठा लेखक एकाएक बगावत कर बैठा। चलने से पहले डॉ. शिव शर्मा ने हिदायत दी थी, "सबसे पहले दारोगा रामचन्द्र और मोहन लाल त्रिपाठीजी के बारे में पता करना। हो सके तो लिखने की शुरुआत भी वहीं से करना।"

लेकिन वो जो होनी कहलाती है और जो होकर रहती है, उसकी घुसपैठ इधर लेखन क्षेत्र में काफ़ी होने लगी है। तो अवनिजी का लेखक मन त्रिपाठियों से हटकर मामासाब में रमने लगा। जितने भी चरित्रों की जानकारी अब तक मिली है, उनमें मामासाब सबसे ज़्यादा चलते-पुर्जे लगे। उनका त्रिपाठियों से टकराव भी तो हुआ था। अस्तु, तय किया, पहले मामासाब से ही मिला जाए।

बन्द हो चुकी कम्पनी में किसी को परचेज ऑफिसर नियुक्त कर दें तो कैसा लगे? ठीक यही हाल इन मामासाब के हैं। अँग्रेज़ों ने सेना छीन ली। कुछ थोड़े से जवान कानून-व्यवस्था के नाम पर उनके पास रहे और वे ही सब अब रिटायर होने के बाद भी उनके आधीन थे, जो पुलिस का भी काम करते, वक़्त ज़रूरत पहरा भी दे मारते और हाँ, मार्किट जाकर राजमहल के या इन्द्रमहलवासियों के लिए साग-भाजी आदि भी ले आते। उन सैनिक कम अर्दली कम चौकीदारों के आदरणीय सेनापति होते हैं मामासा। वे राजासाब के दो रिश्तों से मामा लगते हैं, इसीलिए ज़्यादातर लोग मामासा कहते हैं। लेकिन चापलूसी में जनरलसाब कहकर भी पुकार लिए जाते हैं।

इन्द्रमहल में रहते हैं मामासाब। जिस विधि से मामा:साब ने इन्द्रमहल पर कब्जा जमाया उसके लिए एक ही शब्द याद आ रहा है, खुराफात। मौजूदा राजा विक्रमसिंग के दादा, जो पाँच शादियाँ करनेवाले महावीर थे, उन्होंने अपनी खास रानी के लिए इन्द्रमहल बनवाया था। उनकी जो भी लेटेस्ट रानी होती, वह इन्द्रमहल में रहती। बल्कि कभी तो तीन-चार रानियाँ मेरिट के आधार पर इन्द्रमहल में निवास करतीं। विक्रमसिंग के मरने के बाद अपनी खास रानी/रानियों के साथ इन्द्रमहल में रहने की विरासत विजयसिंग को भी मिली। लेकिन फिर नर्तकी से शादी करने के बाद प्रसिद्ध 'बबली और बंटियर' कांड हुआ उसने सब बदल दिया। विजयसिंग को अँग्रेज़ों ने कैद कर लिया। हाथ-पैर जोड़कर बड़ी मुश्किल से छूटे। उसके बाद जब लौटकर वापस रियासत में आए, तो इन्द्रमहल को खोड़ला घोषित कर दिया गया और विजयसिंग पुराने महल में लौट आए।

लो हो गया त्रिपाठीजी का प्रवेश। इन्द्रमहल 'खोड़ला' क्या घोषित हुआ, रियासत के बड़े अफसरों में उस पर काबिज होने का संग्राम शुरू हो गया। सुधी

पाठकगण समझ लें, अफसरों द्वारा राजधानी के शानदार बंगलों को अपने नाम अलॉट करवाने की खुराफाती परम्परा कितनी पुरानी है। अँग्रेज़ों के आधीन होने के बाद रियासत के अफसरों को कुछ खास कामकाज तो था नहीं, इसलिए आपस में टाँग-खिंचाई ही मुख्य प्रशासनिक कार्य रह गया था।

इन्द्रमहल हथियाने की दौड़ में सबसे आगे थे मामासाब यानी सेनापतिजी और पंडित रामचन्द्र त्रिपाठी। महल हथियाने के लिए चल रही खींच-तान के बीच किसी सयाने अफसर ने अफवाह फैला दी कि इन्द्रमहल में भूत-प्रेत हैं। रात में महल के सामने से निकलो, तो लाल बाल वाली चुड़ैल हाथ आगे बढ़ाकर इत्तर-फुलैल माँगती है।

त्रिपाठीजी थे घुड़साल प्रबन्धक। रियासत लालगढ़ अपने घोड़ों और घुड़साल के लिए जानी जाती थी। बम्बई की रेस में भी यहाँ के घोड़ों ने भाग लिया और एकाध ईनाम भी जीता। लेकिन फिर वही अँग्रेज़ों का रोना, खर्च कम हुए तो घोड़े भी कम हुए, ऊपर से पड़ गया अकाल। लेकिन राजकीय घुड़साल का वर्णन बाद में, अभी तो इन्द्रमहल का किस्सा। रामचन्द्र त्रिपाठी ने महल हथियाने के लिए चाल चली। कान भरे राजासाब के, "हुजूर, ये मामासा का मन आजकल काम में नहीं लगता। ड्यूटी करना भूल चुके हैं। बड़े बाज़ार में चलना मुश्किल हो रहा है, कई लोग शिकायत कर चुके, पर कोई ध्यान नहीं। अन्दाता, एक बार आप ख़ुद मुआइना कर लीजिए।"

यही शिकायत कई तरह से की गयी। एक रात राजा विजयसिंग सन्तान प्राप्ति के लिए कांकड़वाली माता की तन्त्र-पूजा और निशाचरी अनुष्ठान करके लौट रहे थे। लाल लंगोट लगाए, शरीर पर गेरू पोते, हाथ में खप्पर उठाए, बग्घी में खड़े हुए, एकाएक उन्होंने हुक्म दिया, "हमारे रथ को बड़े बाज़ार से लेकर चलो।"

और बड़ा बाज़ार यानी क्या? क़रीब छे-आठ फुट चौड़ी लम्बी गली। तमाम किस्म की दुकानें किराना, बर्तन, कपड़े, अनाज, इत्र-फुलैल, छोटे-मोटे कारीगर, कामगार, व्यवसायी, नाई, धोबी, बढ़ई, लुहार, भड़भूँजा, जूते-चप्पल सुधारनेवाला, मालिशवाला, हड्डीजोड़-तोड़ नीम-हकीम, बैंडवाला, शादी-ब्याह का सामान, घड़ीसाज, कबाड़े और कान का मैल निकालनेवाला, कुल मिलाकर जापे के सामान से लेकर अन्तिम क्रिया के सामान तक हर तरह की दुकानें। क्या करें, उस जमाने का सुपर-बाज़ार कान्सेप्ट कुछ ऐसा ही था, लेकिन था मॉल से ज़्यादा सुविधाजनक।

इसी बड़ा बाज़ार में जहाँ दूध-मिठाई आदि की दुकानें थीं, वहाँ सड़क कुछ ज़्यादा ही संकरी हो जाती। इतनी संकरी कि दुकानदार सड़क पर उतरे बगैर सामने की दुकान से लेन-देन कर लें। गढ़ीलाल हलवाई की तो मस्ती यह थी कि वे चाय बनाते, तो आसपास की पाँच यानी तीन सामनेवाली और दो अड़ोस-पड़ोस की

दुकानों तक चाय के कप सेव के झारे में रखकर पहुँचा देते और खाली कप वापस ले लेते। जब राजा विजयसिंग ने बड़े बाज़ार से बग्घी निकालने का आदेश दिया, रात के उस पहर में काफ़ी दुकानें बन्द हो चुकी थीं, लेकिन दूध-मिठाई की दुकानों पर भारी भीड़ थी। गढ़ीलाल हलवाई और उसके सामने मेवाराम चाटवाले ने गर्म दूध की कड़ाही सड़क पर कुछ ज़्यादा ही आगे बढ़ाकर लगा रखी थी। आमने-सामने लगी गर्म दूध की कड़ाहियों ने हालत यह कर दी थी कि सड़क से निकलनेवालों को कड़ाही से चिपकने का डर लगा रहता।

राजासाब ने दूर से देखा कि दूधवालों ने रास्ता चोककर रखा है। वे सजा देने को तत्पर थे। गढ़ीलाल और मेवाराम ने भी दूर से राजासाब की बग्घी देख ली। और बग्धी क़रीब पहुँचे, तब तक तेज जलती भट्टी समेत दूध की कड़ाही आदि दुकान के अन्दर पहुँचकर व्यवस्थित हो चुके थे। राजा विजयसिंग बग्घी से उतरे। कड़क स्वर में पूछा, "क्यों रे! ये कैसे किया रे तुमने ये?"

राजा चकित थे कि इतनी जल्दी दुकानें अन्दर कैसे समेट ली गयीं। डरते-डरते गढ़ीलाल ने जवाब दिया, "हुकुम खमा, हुकुम, रेल से अन्दर हुई गी, खमा।"

"गेला, याँ लालगढ में क्याँ थी आयी रेल, मजाक करे!" राजासाब ने पूछा। गढ़ीलाल और मेवाराम ने सचाई बयान की, "हुकुम आप ख़ुद देख लो, भट्टी के नीचे पहिए लगाए और गर्डर पर रखे हैं, अन्नदाता हुकुम।"

कथन की सचाई सिद्ध करने के लिए उन्होंने एक बार फिर रेल चलाकर दिखा दी। लालगढ़ रियासत में चली उस पहली रेल को राजा ने देखा, आश्चर्य किया और पूछा, "क्यों बे, तुम लोग तो डेलचीपुर ग्यारा मील से आए हो ना? बताओ, ये अकल किन्ने दी। बता, नीं तो जूतो काढूँ।"

सन्दर्भ के लिए बता दूँ, लालगढ़ से ग्यारह मील दूर बसा है, डेलचीपुर। आसपास के इलाके में डेलचीपुरवाले अपनी मूर्खता के लिए प्रसिद्ध हैं। यहाँ तक कि किसी को मूर्ख सम्बोधित करना हो तो कह दिया जाता है, "पूरो ग्यारा मील है रे।"

लालगढ़वालों को कभी डेलचीपुर की यात्रा करना पड़े तो छुपकर जाते हैं और वापस लौटते हुए वे एक मील पहले ही बस से उतर जाते हैं, ताकि लोगों की मजाक से बच सकें। और आज राजासाब उसी डेलचीपुर के मूलवासी दो दुकानदारों की अकल पर चकित थे। जूता निकालने की धमकी पर रहस्य खुला, गढ़ीलाल ने कहा, "हुकुम, हम तो ऐसे ही भट्टी धर रहे थे, पर मामासा हुकुम ने रोक दिया। ने फिर नीचे पहिए लगाने का आदेश दिया।"

उपस्थितों ने मामासा की चतुराई की ख़ूब प्रशंसा की, दुकानदारों ने राजासाब और रथ कही जानेवाली बग्घी के सईस को दूध पेश किया। इस तरह रामचन्द्र त्रिपाठी की कानभराई मामासा की तारीफ में बदल गयी, लेकिन सिर्फ़ इतने से

इन्द्रमहल मामा के नाम अलॉट नहीं हुआ। कुछ दिन बाद राजासाब टहल रहे थे, अपने प्रिय नहर बाग में। माली गजरा बनाने लायक फूल चुन रहे थे। ज़रूर रात को कोई खास महफिल जमनेवाली थी। तभी उन्होंने देखा, बाग के बाहर सड़क पर मामासाब का हाथ एक सैनिक को मारने की अदा में हवा में उठा हुआ है, लेकिन मार नहीं रहे हैं। धमकी दे रहे हैं, "चाप, राजासा से बोला, तो मारूँगा। भुस भर दूँगा खाल में।"

कारिन्दे को दौड़ाकर मामासाब और सैनिक को बुलवाया और कारण पूछा। ख़ूब बहाने बनाए मामासाब ने, कारण नहीं बताया। अब राजासाब सैनिक की ओर मुड़े। एक ही धमकी में उसने रहस्य उगला, "खमाघणी, इत्र खरीदने के पैसे माँग रहा था।"

"क्यों रे गेला, इत्तर काए लेण चइये?" विजयसिंग ने पूछा और सैनिक ने रहस्य खोला। रात को उसकी ड्यूटी इन्द्रमहल इलाके में गश्त की है। जब वो महल के सामने से निकलता है, तो भूरे बालवाली चुड़ैल दरवाज़े से बीस फुट लम्बा हाथ निकालकर इत्र माँगती है। दो-तीन बार अपनी जेब से इत्र दे चुका, इसलिए मामासा से पैसे माँग रहा है। अन्त में सैनिक ने कहा, "हुकुम, मेरे पास आपके जैसा सदा चलनेवाला खजाना तो है नहीं, इसलिए मामासा से पैसे माँगे।"

सदा चलनेवाले खजाने जैसे चमचागिरी वाले वाक्य पर राजासाब ख़ुश हुए, लेकिन लाल बालवाली चुड़ैल की सूचना ने चिन्तित भी कर दिया। सुधी पाठकों की जिज्ञासा शान्त करने के लिए बता रहा हूँ, वो जो नर्तकी बबली थी, उसके बाल लाल ही थे। और अपने चाहनेवालों के बीच वह इत्र की शौकीन के रूप में भी जानी जाती थी। चिन्तित स्वर में राजासाब ने प्रश्न किया, "सेनापति, ये गेला सच्ची बोले? चुड़ैल देखी आपने?"

मामासा ने बताया, लालबाली चुड़ैल औरों ने देखी है, लेकिन वे ख़ुद इस पर विश्वास नहीं करते। क्या बताऊँ आपको, ये मामासाब दुनिया के अकेले ऐसे सेनापति हुए, जिन पर बहादुरी वाले वाक्य सूट नहीं करते। मामासा से मिलने के बाद भी मैं कल्पना नहीं कर पाया कि कैसे कहा होगा उन्होंने, "विजयराजा, मैं तो ख़ुद आधीरात में महल के भीतर तक देख आया। कोई नहीं, अरे कोई हो, तो रियासत के इस सेनापति के आगे खड़ी होकर दिखाए। ऐसो इत्र लगाऊँ कि जाणे।"

बातों-बातों में मामासा ने राजासाब को यह भी समझा दिया कि ऐसे महल को खाली नहीं रहने देना चाहिए। यों सेनापतिजी को इन्द्रमहल में चले जाने का हुकुम हो गया। बताइए, मामासाब से मिलने का निर्णय करके मैंने क्या गलत किया? शिव भाई झल्लाएँगे, तो कोई बहाना बनाना पड़ेगा। अस्तु, मामासा से मिलने के इरादे से मैंने काग़ज़ समेटे। पता चला, राजासाब सुबह-सुबह कोई

फरियादी आ गया था, उसी का काम करवाने के लिए उज्जैन गये हैं। लेकिन हीरासिंग मिल गये, देखते ही बोले, ''खमा, मामासा से मिलेंगे? मैं उधर ही जा रहा हूँ। आपको घुमा लाऊँ।''

लो, हो गया ना होनी का हस्तक्षेप। बड़ा बाज़ार से थोड़ा-सा हटकर बना है, इन्द्रमहल। बीसवीं सदी की शुरुआत के हिसाब से देखो तो इमारत सुरुचिपूर्ण और भव्य रही होगी। समय की मार के बावजूद बूढ़ी महारानी जैसी बुलन्दी अभी भी कायम है। सेना नहीं है, जो पन्द्रह-बीस पेंशनभोगी अधभूखे सैनिक पड़े हैं, वे माँग-तूँग कर खाते-पीते और आपसी झगड़े में व्यस्त रहते हैं। आज भी वे झगड़ रहे थे। हीरासिंग ने हस्तक्षेप कर कारण मालूम किया। कारण था एक सैनिक की अद्धी किसी ने चुराकर पी ली थी। जब हम वहाँ पहुँचे, तो दो के झगड़े में सारे सैनिक आपाद-मस्तक डूबे, असली चोर का पता लगाने के लिए वे एक-दूसरे की साँस सूँघने का प्रयास कर रहे थे।

हीरासिंग की फटकार पर उन्होंने अपनी वर्दियाँ सम्हालीं। फिर सलामी या शायद परेड जैसा कुछ किया। पता चला, मामासा निकले हैं, बड़े बाज़ार की ओर। हम दोनों उसी दिशा में आगे बढ़े। बड़े बाज़ार में दूर से देख हीरासिंग ने कहा, ''लो, मिल गये। वो जा रहे हैं।''

शॉक लगा। राजा के साले हैं, इसलिए सेनापति हैं, लेकिन कोई साला सेनापति ऐसा भी होगा, सोचा न था। दरियादिली से नापो, तो भी कद पाँच फुट से ज़्यादा नहीं। थोड़ी अतिशयोक्ति की इजाजत दें, तो कहूँ कि उनका कोमल-कान्त व्यक्तित्व स्कूली छात्र के ज़्यादा क़रीब था। 'जियत-मरत झुकि-झुकि परत' की याद आ गयी। बाज़ार के दुकानदार झुककर सलाम कर रहे थे और वे उनसे भी ज़्यादा झुके जा रहे थे। हम उनके पाँच-सात फुट पीछे पहुँच गये। हीरासिंग ने मेरा हाथ दबाकर रोका। मैंने सुना, जिस दुकानदार को मामासा ने सलाम का जवाब दिया था, उस दुकानदार का बेटा भुनभुनाया, ''बस, सलाम करके ही उधारी चुकाते रहोगे मामा हुजूर?''

बदले में मामासाब ने एक बार और झुककर कोर्निश बजा दी। हीरासिंग कान के पास भुनभुनाया, ''महीनों-बरसों की उधारी है।''

लेनदार भी विनम्र, देनदार भी विनम्र, मैं सोचने लगा, बड़े शहरों की सभ्यता यहाँ पहुँचेगी, तब क्या होगा? कुछ कदम चले होंगे कि चार सैनिकों का समूह आता दिखाई दिया। मामासा ने ध्यान दुकानदारों से हटाया, जो सैनिक आगे था, उसे गले से लगा लिया। दूसरे की वर्दी की बेल्ट ठीक की, तीसरे के बटन लगाते, वे फिर चौथे के गले लग गये। हाँ, इसी बीच उन्होंने दो सैनिकों का चुम्बन भी लिया, तो हीरासिंग ने धीरे से कहा, ''मामासा, सैनिकों को तनखा दे रहे हैं।''

"क्या मतलब?" मैंने चौंककर पूछा और पता चला, सब सैनिक रिटायर हो चुके हैं, पर नौकरी चल रही है। दीवाली-दशहरे पर कोई भेंट, कोई पुराना कपड़ा या नगदी देकर हाथ जोड़ लेते हैं। कभी खेतों से आया कुछ अनाज बाँट देते हैं। अलबत्ता मामा हुजूर इन जाँबाजों को प्यार बहुत करते हैं (हीरासिंग के शब्दों में—लाड़ बहुत करते हैं)। हर एक को दिन में दो-तीन बार उनकी लाड़ भरी चुम्मी ज़रूर प्राप्त हो जाती है। और अन्त में हीरासिंग ने वैधानिक चेतावनी दी, "सम्हलकर रहना लेखकसाब, मामासा शौकीन आदमी हैं। आप जैसों को ज़्यादा पसन्द करते हैं।"

चुम्बनरत मामासाब की नज़र इस तरफ़ पड़ी, तो प्रोफेसर साब ने हीरासिंग द्वारा की गयी तारीफ के घिनेपन से बाहर आते हुए कहा, "नमस्कार मामासाब।"

शायद मेरे आने की सूचना उन्हें थी। जब तक मैं अपना परिचय पूरा करता, वे क़रीब आकर मेरे गले लग चुके थे। नहीं, पहली मुलाकात में चुम्बन नहीं।

ऊपर जो खोड़ला शब्द आया है, इन्द्रमहल को खोड़ला घोषित कर दिया गया था। तो खोड़ला स्थानीय बोली का शब्द है, जिसका सामान्य अर्थ होता है, खोटवाला, ख़राबी से युक्त और अनलकी आदि। दूर के अर्थ में इसे भूतहा भी कह सकते हैं। मामासाब असल में कुल जमा दो रिश्तों से राजा विजयसिंग के साले लगते थे और रियासत में आकर सेनापति पद पाने के उन प्रारम्भिक दिनों में कभी साले साब, कभी सेनापतिजी, कभी अजबसिंगजी आदि नामों से पुकारे जाते थे। प्रो. शुक्ला ने डायरी तथा दस्तावेज़ों में उन्हें केवल मामासा ही लिखा है। हमने उसे यथावत् रखा तो इसलिए कि पूरी किताब में पात्र का एक ही नाम रहे तो पाठक को सुविधा रहती है।

अवनिजी के नोट्स बताते हैं कि मामासा राजा विजयसिंग की दो रानियों नम्बर चार और सात के चचेरे और ममेरे भाई हुआ करते थे। इनके पिताजी साधारण किसान और किशनगढ़ के पास किसी रियासत के राजा के भाई थे। हुआ ये कि मामासा ने अपने खेत में काम करनेवाले हालियों आदि के साथ कुछ ऐसी हरकत की कि पिता ने पिटाई करके घर से भगा दिया।

कुछ दिन इधर-उधर भटके और फिर राखी क़रीब आई तो अपनी दोनों बहनों से राखी बँधवाने के बहाने लालगढ़ी में ऐसे आए कि फिर जाने का नाम नहीं लिया। राज्य के कामों में हाथ बँटाने लगे और यहीं बस गये। और हाँ, शादी भी की। दो लड़के हुए, जिन्हें थोड़ा सा बड़ा होते ही पढ़ने के बहाने इन्दौर भेज दिया गया। लड़कों की परवरिश अपने किसान दादाजी की देखरेख में हुई। मामासा की पत्नी ने भी बच्चों के जाने के बाद ज़्यादातर समय महल में रानियों की सेवा में बिताया। मामासा से उनका रिश्ता साल में आठ-दस बार मिलने और झगड़ने के

लिए विख्यात है।

असल में मामासा ने पहली-दूसरी मुलाकात में ही कोशिश की थी कि शुक्लाजी पुराना महल छोड़ उनके पास इन्द्रमहल शिफ्ट कर जाएँ, लेकिन राजासाब ने रोक दिया।

6

भले आदमी के तीन दुश्मन, एक वो जो घर बुलाकर परिवार का अल्बम दिखाए, दूसरा वो जो शिकार कथा सुनाए। अब तक जो हुआ, उसमें प्रो. अवनि शुक्ला पहले दो दुश्मनों को तो भुगत चुके। क्या करते, मजबूरी थी, इतिहास के डूबते खाते में दर्ज हो चुकी लालगढ़ रियासत का कच्चा-चिट्ठा जो तैयार करना था। और अब तीसरे दुश्मन से सामना हुआ। तीसरा दुश्मन यानी वो जो अपने मकान का कोना-कोना उसकी ख़ूबियों और खामियों के साथ दिखाए।

मामासाब ने मुलाकात के सात-आठ मिनिट के भीतर अवनिजी को दो बार गले लगा लिया था। सुन्दर पुरुष से मिलकर प्रसन्न होना तो आप जानिए कि उनके स्वभाव में ही था, लालगढ़ आने का कारण जानकर तो बस, गद्‌गद हो गये। हर चीज़ बताने को तैयार (नहीं, कोई डबल मीनिंग नहीं)। हर वाक्य के साथ दावा कि लालगढ़ी का इतिहास जुबान पर चिपका पड़ा है। छुटकारा पाने के लिए जैसी कि परम्परा है, हीरासिंग ज़रूरी काम याद करते हुए निकल लिए, तो मामा ने दावे को पुष्ट करते कहा, ''आपको लालगढ़ की असली हिस्ट्री जानना है, तो मेरे इन्द्रमहल चलिए।''

हिस्ट्री नकली भी होती है क्या? अगर ऐसा है, तो नक्कालों से सावधान। लेकिन हाँ, इतिहास में दर्ज होने से उन बातों को तो रोकना पड़ता है ना, जो 'ए' प्रमाणपत्र योग्य हों। मामासा, राजा विक्रमसिंग और विजयसिंग के जीवन के कुछ अंशों के मांसल विवरणों को हमने उपन्यास की बिक्री बढ़ानेवाला होते हुए भी छोड़ दिया है। किनारे से निकल गये हैं, सुधी पाठक समझ ही लेंगे।

अवनिजी मामासा से राजा विजयसिंह और उनके पिता विक्रमसिंह के बारे में ज़्यादा जानना चाहते थे, लेकिन दुश्मनी पूरी तरह निभाते हुए वे विस्तार से बताते गये कि इन्द्रमहल बनाने का विचार क्यों आया, नक्शा कैसे बना और कौन-सी चीज़ कहाँ से बुलवाई गयी। अवनिजी पाठकों से पूछते हैं, भला बताइए, उमठवाड़ रियासत के गौरवमय अतीत में यह सूचना कहाँ दर्ज करें कि राजा विक्रम 1910-15 के बीच इंग्लैंड यानी रियासती राजाओं के मक्का-मदीना गये थे, तो लौटते हुए चार

सेट अँग्रेज़ी टट्टी यानी कमोड भी लेकर आए थे। प्रभावित दिखाई देते हुए मैंने कहा, "इसका मतलब है, राजा विक्रम बहादुर की टेस्ट काफ़ी ऊँचे किस्म की थी।"

"वाह! क्या बात कह दी आपने लेखकसाब, इसे कहते हैं पारखी होना! और बताऊँ, उनकी जो तीसरी रानी थी कामिनीदेवी। आई थी जेसलमेर के पास की छोटी रियासत से, लेकिन थी बीए पास।" कमोड के तत्काल बाद आए रानी के उल्लेख को माइंड न करते इस बार मैं प्रभावित हुआ और मामासा ने बताया, "राजा विक्रम बहादुर हुकुम ने शादी चाहे पाँच कर लीं, पर कामिनी देवी का महत्त्व कम नहीं हुआ। हर बात में उनकी राय लेते। रानियों में सबसे ज़्यादा बातें भी उन्हीं से करते। कहीं यात्रा करके आते तो जो भी हुआ हो, लौटकर उसकी जानकारी देते।"

"और क्या बताऊँ लेखक साब, रियासत की असली राजमाता भी कामिनी देवी ही थी। राजा विक्रम बहादुर के गुजरने के बाद विजय हुकुम राजा बने, तो राजकाज की बातों में अपनी माँ के बजाय कामिनी देवी की ज़्यादा सुनते। कई बार तो तस्वीरा माँसाब को बेटे से कुछ बात मनवानी होती, तो वो कामिनी माँसाब से कहती।" मामासा कामिनी देवी के विवरण पर काफ़ी देर रुके रहे, फिर लौटकर इन्द्रमहल के कमरों और खोलियों की महागाथा सुनाते रहे कि कौन-सी रानी कहाँ से आई। सुरेन्द्रनगरवाली रानी नयना जयलक्ष्मी देवी के आने पर ये इन्द्रमहल बना।

कहते हैं, सुरेन्द्रनगरवाली नयना रानी ने पुराने महल में रहने से मना कर दिया था। उन्हें महल का पुराने किस्म का बाथरूम संडास नापसन्द था। उसकी इच्छा थी कि बाथरूम के पास ही पूजाघर भी हो। वे वापस पीहर चली गयी थीं, उनके इस नखरे ने इन्द्रमहल की नींव रखी और इस इलाके में पहली कमोडवाली लैट्रीन स्थापना का श्रेय भी उन्हीं को जाता है। फिर चौथी और पाँचवीं रानी के लिए इन्द्रमहल में पंडितों के निर्देश पर जो तोड़फोड़ की गयी, तो इसलिए कि राजा पुरुष सन्तान चाहते थे और हर रानी बेटी पैदा किए जा रही थी। यहाँ शुक्लाजी ने प्रश्न पूछा, "पर मामासा, जब तस्वीरादेवी से राजा विक्रम बहादुर को लड़का हो गया, तो पाँचवीं शादी क्यों की?"

वे मुस्कराकर घूरने लगे, मानो कह रहे हों, 'गुड कोश्चन'। फिर बोले, "इसके दो जवाब हैं, पहला ये कि पाँचवीं शादी की, तो चौथी रानी पेट से थी और राजा को पता नहीं था कि इस बार बेटा होने वाला है। और दूसरा मगर असली जवाब ये कि राजा को इश्क हो गया था।"

"क्या मतलब?" मुँह से निकल गया और मामासाब काफ़ी देर तक वो शास्त्र समझाते रहे, जिसके अन्तर्गत चार-चार पत्नियाँ कर चुके रसिया को इश्क हो जाता है। उनका कहना था, "लेखक साब, ये राजा होने का काम हमारे जैसा आसान

नहीं है। अरे, हर टाइम ध्यान रखना पड़ता है कि कुछ ऐसा न हो जाए कि लोग राजा को साधारण आदमी जैसा समझने लगें।''

''बात तो सही है, फुलटाइम टेंशनवाला जॉब है राजा होना।'' अवनिजी ने मामासा को विषय पर लाने के लिए कहा, ''लेकिन पाँच शादी के बाद इश्क, बात कुछ समझ में नहीं आई।''

''राजा लोगों की बात राजा जैसी समझो आप। राजा को कई काम दूसरे राजाओं से ख़ुद को अलग दिखाने के लिए करने होते हैं, और कई काम उनकी काम्पिटीशन में। पूरे टाइम दिखाना पड़ता है कि वो सबसे अलग है। बस रात का ही तो टाइम होता है, जो राजा का ख़ुद का होता है। तो उसकी इच्छा रहती है कि उसकी हर रात जरा डिफरेंट हो। समझे ना लेखक साब?''

इतना लम्बा विवरण चला पाँचवीं शादी के इश्क-सिद्धान्त का कि इस किताब के पाँच-सात पन्ने बेमजा हो जाएँ। इसलिए उससे हटते हुए बता दें, किस्सा कोताह ये कि राजा विक्रम बहादुर नाचने-गाने, बाँसुरी बजाने के अलावा और भी काफ़ी चीज़ों के शौकीन। उन्होंने लालगढ़ रियासत को इन्द्रमहल ही नहीं विशाल घुड़साल, नहरबाग जैसे नायाब तोहफे भी दिए। नहरबाग के मालियों को उन्होंने ख़ुद ट्रेंड किया और रियासत में पहली बार टमाटर नामक विदेशी फल उगाकर रियाया को चकित कर दिया। जब टमाटर पककर सुर्ख होते, तो खेत के आसपास मेला लग जाता। मेले में आई जनता के आगे ख़ुद राजासाब टमाटर खाकर आश्वस्त करते कि फल जहरीला नहीं है, खाया जा सकता है। ''और बताऊँ लेखक साब, उस जमाने में एक थे नन्द कवि, उन्होंने टमाटर की तारीफ़ में कविता लिखी और राजासाब से इनाम पाया।''

घुड़साल के बारे में कुछ तो पहले बता चुका हूँ, मामासा का कहना यह रहा कि घोड़ों के लिए बम्बई जाने का तो बहाना था, असल में वे जाते थे राजाओं से मिलने। ये राजा विद्रोह जैसा कुछ करना चाहते थे। अँग्रेज़ सब पर भारी हो चुके थे, लेकिन विक्रम और साथी राजा सोचते थे सबकी सेनाएँ एक ही दिन एक साथ कार्रवाई करें, तो अँगेज़ों की पूरे देश में यहाँ से वहाँ तक फैली पड़ी नाक को चने चबवाए जा सकते हैं। मामासा ने भावुक होकर कहा, ''लेखक साब, राजा विक्रमबहादुर चौदह साल के थे, तो पिताजी की सेना के साथ मुगलों से लड़े। जवान हुए तो सिन्धिया की सेना का सामना किया और फिर उसी के उकसावे पर अँग्रेज़ों की सेना का।''

बीसवीं सदी के शुरुआती दिनों में हुए विक्रमबहादुर और मामासा मुगलों से युद्ध की बात कर रहे हैं! हमारा ख्याल है, वे पिता की सेना के साथ आसपास के किसी नवाब की सेना से लड़ लिए होंगे, जिन्हें मुगल कह दिया गया। रियासत के

दस्तावेज़ों में ऐसी किसी लड़ाई का विवरण नहीं मिलता। जबकि बहादुरी की कहानियों के नाम पर दस्तावेज़ों में तारीख समेत वे लड़ाइयाँ भी दर्ज हैं, जो मेले-ठेले में या इन्दौर-उज्जैन में सिनेमा देखते हुए दुश्मन राजा से सामना हो पर दस-पाँच मिनिट के लिए लड़ी गयी और पुलिस-केस के रूप में जिनका अन्त हुआ।

विक्रमबहादुर बम्बई जाकर छोटी रियासतों का विद्रोह तो प्रायोजित न कर सके, हाँ, राजाओं की सोहबत में घुड़दौड़ और सट्टे के साथ पीने-पिलाने, कोठे का शौक पाल बैठे। कुछ खास कोठों पर जाते हुए शास्त्रीय संगीत के साथ उस जमाने की प्रसिद्ध नृत्यांगना जरीनाबाई से नृत्य सीखने और पार्ट-टाइम प्रेम करने लगे। अब हमसे मत पूछना कि ये प्रेम कब से पार्ट-टाइम होने लगा। क्योंकि मैं आपको बता रहा हूँ, चौथी शादी के बाद हुए फुल टाइम प्रेम के बारे में।

वो हुआ ये कि जब चौथी रानी तस्वीरादेवी की बेटे को जन्म देने की स्थितियाँ बनीं और राजा को रात्रिकालीन खालीपन महसूस हुआ, तो याद आया कि तस्वीरा से शादी के दौरान हुए स्वागत में उन्होंने एक अद्वितीय नर्तकी की कला का, वो क्या कहते हैं, हाँ, आस्वादन किया था। याद आते ही पता लगवाया। नर्तकी रूपा थी, मारवाड़ क्षेत्र की छोटी सी रियासत की राजकुमारी रेवती की गोली। बस, आइडिया आ गया, अगर राजकुमारी रेवती से शादी हो जाए, तो गोली रूपा यानी बाय वन गेट वन फ्री। सन्देश आदि भेजकर जुगाड़ बैठाई। राजा विक्रमबहादुर की शादी हुई रेवती से, मगर प्रेम चला रूपा से, परिणामस्वरूप रेवती से हुए तीन और गोली रूपा से दो लड़के। इस प्रकार अकाट्य रूप से सिद्ध हुआ कि इमारत में तोड़फोड़ करो, तो पुरुष सन्तान होती है।

"क्या बताऊँ आपको, गोली रूपा ने ही रेवती के इशारे पर तस्वीरा माँसाब के बेटे यानी राजकुमार विजय को बिगाड़ने के इरादे से डांस संगीत और पीने का शौक लगा दिया, ताकि रेवती का बेटा राजा बन सके। दोनों ऐसी सिर चढ़ी थीं राजा के कि तस्वीरा माँसाब शिकायत करती तो भी राजा विक्रमसिंग सुनते नहीं। डांस-वांस सीख कर भी विजयसिंग तो बिगड़े नहीं, (राजा की औलाद को बिगड़ैल मानने की वैसे भी हमारे यहाँ परम्परा नहीं है।) अलबत्ता जब विक्रमसिंगजी मरे तो रियासत के बँटवारे जरूर हो गये। कोर्ट-कचहरी और झगड़े अभी भी चल रहे हैं।" कहते हुए मामासा भावुक हो गये। जो कि सिद्ध कर रहा था, वाकई रियासत से उनका गहरा जुड़ाव है।

हम इन्द्रमहल के तलघर में थे। सजावट देख लग रहा था, गोपनीय कामों में उपयोगी रहा होगा यह स्थान। दीवारों पर लोकशैली में बने अनेक चित्र उसे 'ए' प्रमाणपत्र देने का प्रयास कर रहे थे। मैं पलंग के सिरहाने बने ड्रायर में पड़े चूड़ी के टुकड़ों को सहेज रहा था, तभी ऊपर की सीढ़ी पर लगे धुँधले पड़ चुके आड़े-तिरछे

दर्पणों की ओर संकेत कर मामासा ने कहा, ''ये काँच देख रहे हैं ना, इनका जादू या तो राजा विक्रमसिंगजी को पता था या फिर गोली रूपा को।''

अवनिजी को जादू जैसा कुछ नज़र नहीं आया, तो उन्हें कक्ष के बीच में खड़ा करते हुए उन्होंने कहा, ''यहाँ से देखिए, वो ऊपर के राजासाब का पलंग नज़र आ रहा है आपको?''

''हाँ, तो?'' मैंने पूछा और मामासाब ने बगल में हाथ लपेट कर चिपकते हुए कहा, ''आप शहरी लोग भी, अरे, ऊपर रानी के साथ राजा सोते और यहाँ रूपा का सीन देखते। मतलब लव तो चलता किसी रानी के साथ और प्यार से देखते रूपा की अदाएँ, समझे लेखक साब?''

प्यार और लव में फर्क बताने का मामासा और प्रयास करते, लेकिन राजासाब का बुलावा आ गया। कथा में इन्द्रमहल का आगे भी विवरण आएगा, मुझे पता नहीं था। हमारे लिए जीप भेजी गयी थी। विजयसिंग के बिगड़ने, रियासत को कंगाल करने के कुछ किस्से रात राजासाब ने बताए थे, मैं कुछ और जानना चाहता था, पूछ न सका। मामासा ज़ोर देकर मेरे साथ अगली सीट पर ही बैठे और कुछ मिनिट के उस रास्ते पर दुकानदारों, रास्ता चलनेवालों को सलाम मारते रहे। अब ये लिखते हुए मुझे समझ में आ रहा है कि लोग मुड़कर मेरी ओर देख मुस्करा क्यों रहे थे।

पाँवणा-पई यानी मेहमान सहित निमन्त्रण था, रात महल के पिछवाड़े जो शादी हो रही थी, उन्होंने राजासाब के परिवार के साथ मेहमानों को भी बुलाया था। राजा विक्रम चाहते थे कि आज कुछ पहले बैठ लिया जाए। हमारे पहुँचने से पहले बोतल खुल चुकी थी। शायद ये कोई रियासती प्रोटोकोल था, खमाघणी आदि के बाद मामासाब ने अपनी कुर्सी राजासाब से कुछ तिरछे होकर लगा ली। उन्होंने ख़ुद अपना पेग भरा तब उच्चारा गया, ''आरोगो हुकुम।''

''मुझे ये नहीं समझ में आ रहा है कि आपके दादा विक्रमसिंगजी इतने गुणी थे, फिर उन्होंने कैसे रियासत को कंगाल कर दिया?'' बातचीत कहीं और न भटके, इसलिए शुक्लाजी ने प्रश्न फेंका। राजासाब बोले, ''जो बीज बोए, फसल उसी की कही जाएगी ना!''

''वाह! क्या सौ टके की एक बात कही हुकुम ने।'' मामासा ने दाद दी। पाठकों की सुविधा के लिए बता दूँ, भोजन करने जाने तक आगे जितनी बातें हुईं, राजासाब की बातों पर मामासा इसी किस्म की दाद देते नहीं थके। राजासाब ने आगे कहा, ''निश्चय ही गुणी थे दादासा। डांसर ऐसे कि एक बार उस जमाने के नामी नर्तक चन्दू महाराज डांस देखने लालगढ़ी आ गये। बड़ी तारीफ़ की, इनाम लेकर लौटे। बगीचा ऐसा बनाया कि आज भी बूढ़ों को उसके सपने आते हैं। इन्द्रमहल बनाया, तो उसकी ख़बर दिल्ली के अख़बारों में छपी।''

''आप चलना मेरे साथ, इन्द्रमहल की नंगी ईंट दिखाऊँगा आपको। स्पेशल बनवाई थी। हरेक ईंट पर वीबीएस लिखा है। वीबीएस मतलब समझे लेखक साब विक्रम बहादुर सिंग।'' मामासा बीच में कूदे लेकिन राजासाब का कथन जारी रहा, ''पाँच शादियाँ कीं तो कीं, पर उन पर इतना खर्च किया कि रानियाँ सब सिर चढ़ गयी।''

''हुकुम, इजाजत दें तो कुछ कहूँ?'' मामासा बोले और एक क्षण इन्तजार करके कहा, ''विक्रमबहादुर जो भी रानी लाए, एक से एक रूपाली थी। और सुन्दर रानी के नखरे तो होते ही हैं, है कि नहीं? लेकिन राजा, नस्ल सुधार दी ना उन्होंने लालगढ़ीवालों की। सबके सब छोरे-छोरी रूपवान कर दिए। आपके चेहरे पर भी तो रानी माँसाब वाला ही नूर है।''

कोई भांजा अपने मामा के इस वक्तव्य का खंडन कर सकता है क्या? कथन के बाद मामासा ने मेरी ओर देख एक आँख दबाई और राजासाब मुस्कराते हुए मूल वक्तव्य पर लौटे, ''घोड़ों का शौक भी ले डूबा। सबको पता था, बम्बई जाने का असली कारण। मैंने वो पेंटिंग देखी है जरीनाबाई की। सुना है, तस्वीर के आगे दादाजी दो-दो घंटे रियाज किया करते थे।''

''मैं बोलूँ सा?'' मामासा ने कहा और अनुमति का इन्तजार किए बिना कहा, ''वो तो जरीनाबाई को रानी भी बनानेवाले थे। इन्दौर आकर वापस लौट गयी। होलकरों के किसी सरदार ने बरगला दिया। वहीं से डांस का प्रोग्राम देकर वापस चली गयी।''

''हाँ, सुना है, दादासा ने यहाँ उनके स्वागत की बड़ी तैयारी की थी।''

''तैयारी? वाह! क्या बात कर दी हुकुम, राजासा ने पंडत बुलवा लिए थे फेरे करवाने को, पर जब परिवारवालों को असलीयत पता चली, तो तमाम रिश्तेदार, रानियों के भाई-बाप जमा हो गये, ख़ूब झगड़ा किया और विक्रमसिंग बहादुर से जवाब नहीं देते बना, तो गायब हो गये। दो महीने रियासत में नहीं आए। और वापस आए तो घोड़ा-घोड़ी का जोड़ा लेकर। उस जमाने में कीमत थी कोई अस्सी हज़ार। आज के तो करोड़ों से ज़्यादा। बोले, नस्ल सुधारेंगे,'' कहकर मामासा ने मुस्कान के साथ राजासाब की ओर देखा और बोले, ''सच कहूँ लेखकसाब, बड़ी मेहनत की राजासा ने। शानदार घुड़साल थी लालगढ़ रियासत की। दूर-दूर की रियासतों से घोड़ियाँ आने लगी थीं। विक्रमसिंग बहादुर ख़ुद अपनी देखरेख में उनका क्रासिंग करवाते थे।''

''पर मिला क्या? पैसा ही बर्बाद हुआ ना?''

''अरे नहीं रे राजा। शुरू-शुरू में तो ख़ूब कमाई भी हुई और वो जो घोड़ियों के कारण दूर-दूर की रियासतों से पहचान बनी, बड़े-बड़े राजा-जमींदार जानने लगे

कि लालगढ़ भी कोई रियासत है। तभी तो बनोईसाब, आपके पिताजी हुजूर, एक के बाद एक पूरी बारा शादी कर सके। नहीं तो सात-आठ पे रुक जाती। घुड़साल, इन्द्रमहल, नहरबाग की टमाटर की खेती के कारण आपके दादासा के टाइम से ही तो पूरे देश के राजाओं में लालगढ़ी का नाम अव्वल हुआ।'' 'अव्वल हुआ' से मामासा का मन्तव्य है प्रसिद्ध हुआ, क्योंकि रियासतों में लालगढ़ी के अव्वल होने की तो सोची ही नहीं जा सकती।

''अरे, पर रियासत का बँटवारा भी तो उन्हीं के उगाए एबले बीजों के कारण हुआ। कंगाली का असली बीज बोया उन्होंने।'' महुए के जोर ने राजासाब को एक ही दिशा में बहा दिया। दिशा बदलते हुए अवनिजी ने पूछा, ''फिर ये इन्द्रमहल को उन्होंने छोड़ क्यों दिया?''

''आप भी ख़ूब सवाल करते हो लेखक साब।'' कहा मामासा ने और देसी दारू के चार पेग पीने के बाद गम्भीर होने के लिए जैसे मुँह को आड़ा-बाँका किया जाता है, उस जटिल प्रक्रिया को एक झटके में निपटा कर राजासाब बोले, ''नहीं, राजा मतलब दादाजी ने इन्द्रमहल नहीं छोड़ा, आख़िरी दिन तक वहीं रहे। पर वो मेरे पिताजी थे, विजयसिंगजी हुकुम, जिनको वो महल छोड़कर इधर आना पड़ा। वो भी हज करने के बाद।''

''हज्ज, मतलब मक्का-मदीना?'' मैंने चौंककर पूछा, ''राजा विजयसिंग हज को गये थे!'' जवाब में मामासा कुछ कहना चाहते थे, लेकिन राजासाब ने इशारे से उन्हें रोकते हुए कहा, ''हमने जो न्यूजपेपर की कटिंग्स वाला रजिस्टर दिया है सर, आपने शायद उन्हें पढ़ा नहीं। पिताजी हुकुम ने जो बारा शादियाँ कीं उनमें से ग्यारहवीं बबली बाई से की। बबली मुसलमान थीं। राजा मुसलमान्नी को रानी बनाकर क्या ले आए, यानी उस जमाने का सबसे बड़ा पाप हो गया। मुसलमान्नी को रखैल बना लेना, यूँ ही रख लेना तो अलाऊ था, पर शादी करना मतलब घोर पाप। पंडतों, रिश्तेदारों और आसपास की रियासतवालों ने हंगामा खड़ा करना था, कर दिया। उसी केस में राजा को हज करने जाना पड़ा और वे मुसलमान बने और बाद में फिर हिन्दू बनाए गये।''

''आप वो 'बबली और बंटियर कांड' की बात तो नहीं कर रहे।'' प्रो. शुक्ला को याद आ गया और उन्होंने कहा, ''थोड़ी-सी पढ़ी मैंने, दो अंकों में छपी थी। वही ना?''

''हाँ वही, आप उसे एक बार पूरी पढ़ लीजिए। फिर कुछ पूछेंगे तो ठीक रहेगा।'' कहते हुए राजासाब एकाएक उठ खड़े हुए। मामासा को भी उठना पड़ा। अवनिजी ने भी जल्दी से गिलास खाली किया। राजासाब ने घड़ी पर नज़र डालकर कहा, ''चलिए, उन्होंने आठ बजे बुलाया था।''

महल के पिछवाड़े फर्श पर पंगत लगी थी। हम तीनों के लिए कुछ ऊँचे आसन बिछाए गये थे। मामासा मेरे पास ही बैठे। पास बैठने का लाभ लेकर जब वे दो बार चुम्बन ले चुके, तब राजासाब ने उन्हें कड़े स्वर में हिदायत दी, ''मामासा, अब अगर आपने अपनीवाली दिखाई, तो दूसरी पत्तल लगवा दूँगा।''

सहम गये मामासा। कुछ देर बाद मैंने उनसे धीमे स्वर में प्रश्न किया, ''मामासा, सच बताइए, इन्द्रमहल में चुड़ैल होने की अफवाह आपने ही फैलाई थी ना?''

''कैसी बात करते हो लेखक साब।'' स्वर में खंडन था, लेकिन कमीनी मुस्कराहट सच उगल रही थी। मैं अगला सवाल करने ही वाला था कि वे थोड़ा आगे को झुके और खाना परोसते सज्जन से आहिस्ता से पूछा, ''क्यों, उस डाकी को नहीं बुलाया क्या?''

सज्जन सहमति में सिर हिलाकर चले गये, तो मैने पूछा, ''ये डाकी कौन हैं?''

और मामासाब के साथ राजासाब ने भी ठहाका लगा दिया। काफ़ी देर तक अवनिजी उत्तर की प्रतीक्षा करते रहे, लेकिन भोजन पूरा हो गया और वे लौट आए।

वास्तव में अवनिजी का कद मामासा से कुछ ऊँचा था और उनके होंठ अवनिजी के गालों तक नहीं पहुँच पाते थे, फिर भी मामासा अवनिजी के गालों पर अपनी ओष्ट-कला का प्रदर्शन इन्द्रमहल की मुलाकात में ही कर चुके थे। क्योंकि एक पर्ची पर अवनिजी ने लिखा है— आगे से सावधानी रखनी पड़ेगी, जब मामासा किसी सीढ़ी पर खड़े हों, तो मैं उनके ठीक पीछे न रहूँ। उनके पलटकर चिपक जाने से घिन आती है।

7

बबली और बंटियर कांड की कतरनों के साथ और भी काफ़ी कुछ जानने को मिला। एक अख़बार में बबली की तस्वीर भी दिखाई दे गयी। ब्लैक एंड व्हाइट थी, फिर भी महसूस हुआ, बबली थी काफ़ी सुन्दर। इतनी सुन्दर कि दस रानियों का लाभ ले चुका राजा मर मिटे, जब चार रानियों का पति पाँचवीं और छठी से प्यार या लव कर सकता है तो फिर दस रानियोंवाला राजा भी कर सकता है और हाँ, बबली के बाल सुनहरे ही थे। यह भी अनुमान लगा कि राजा के हज करने, मुसलमान बनने और फिर हिन्दू किए जाने की दास्तान में महल के षड्यन्त्र भी शामिल थे?

बारबर और उसके दीवान, राजा के बचपन के मित्र और जेबखास मुसाहिब

पंडित मोहनलाल के साथ घटनाक्रम में सूफी सन्त चमनअली की भूमिका जुड़ते चल रहे थे, फिर भी कुछ खालीपन था, कई कड़ियाँ गुम थीं। जैसे एक गजेटियर के बीच मिला विक्रमबहादुर सिंग का महात्मा गाँधी के साथ फोटो और दूसरे कर्मचारियों के वेतन रजिस्टर के बीच फँसी छोटी सी पर्ची, लिखा था, "स्वामी कृष्णनन्दजी के विवाह पर खर्च रु. 5400/-। स्वामी की शादी पर राजा ने इतना खर्च क्यों किया? अवनिजी लगा इन कड़ियों को जोड़े बगैर आगे नहीं बढ़ा जा सकता।

सोने से पहले प्रो. अवनि शुक्ला ने कुछ प्रश्न नोट किए, जिनके उत्तर राजा से, मामासा से या अन्य लोगों से पूछना है। या इनके उत्तर रामचन्द त्रिपाठी से मिलेंगे? ये डाकी कौन है? पूछने पर वे दोनों हँस क्यों दिए? रामचन्द्र त्रिपाठी ही तो नहीं? रात ग्यारह से ज़्यादा हो गये थे। एक प्रश्न यह भी था कि क्या आज भी वो, कल रातवाली मच्छर-भगाऊ अगरबत्ती-बाला आएगी? क्या आज उसे रोककर कुछ पूछा जाए? सोच ही रहे थे कि बाहरी द्वार पर कुछ खटखट हुई, फिर जोर से आवाज आई, "शुक्ला साब उठिए, पुलिस की गाड़ी आई है, आपको लेने।"

सबके चेहरे सहमे हुए थे। ख़ुद राजासाब ने पूछा, "मैं चलूँ क्या?"

"नहीं-नहीं, मैं उस टाइप का आदमी नहीं हूँ कि पुलिस मुझे ढूँढ़ती फिरे। कोई और ही बात होगी या फिर कोई गलतफ़हमी। आप चिन्ता न करें।" मैंने कहा, फिर भी उन्होंने हीरासिंग को हिदायतें देकर मेरे साथ कर दिया। पूछने पर पुलिस जीप के ड्राइवर ने केवल इतना ही कहा, "टीआईसाब ने हुकुम का पता देकर बस, आपको ले आने को कहा है।"

कुछ नहीं, फोन आया था, डॉ. शिव शर्मा का। थानेदार उनका छात्र रह चुका था, उसे आदेश दिया, मुझे बुलाकर बात करवाओ। अपना नम्बर भी नहीं दिया, नहीं तो मैं ही फोन लगा लेता। आधे घंटे बाद फिर से फोन आया, "अवनि सुनो, सात दिन में सिनोप्सिस सबमिट करनी है। अब तक जो भी नोट किया हो, लेकर जल्दी चले आओ, बाकी मैं बनवा दूँगा।"

लो हो गया। कह दिया, 'चले आओ, ये शिव भाई, चाहे जब इसी किस्म की दादागिरी कर बैठते हैं। अब क्या करें? इसीलिए मैं चाहता था डॉ. भट्टाचार्य के अंडर में पीएचडी करूँ, पर उन्होंने इनके पास भेज दिया, "जाओ, वही करवाएगा। तुम्हारा पुराना दोस्त है।"

थानेदार की चाय पीकर लौटते हुए ढाई बज रहे थे। पुराने महल के फोन के बारे में बताया गया कि काफ़ी समय से कटा पड़ा है। बड़े बाज़ार में कपड़े के शो-रूम में फोन है, राजासाब भी अब वहीं से फोन करते हैं। लौटते हुए रास्ते में अगरबत्ती लोभान का झोंका दिलख़ुश कर गया, तो हीरासिंग ने आकाश की ओर हाथ जोड़ते हुए कहा, "सवारी निकल रही है।"

मैंने हीरासिंग से पूछा, ''ये सूफी चमनअली की दरगाह कहाँ है?''

''उन्हीं की सवारी जा रही है। आपको इसीलिए तो याद आ गयी उनकी।''

प्रभावित हुए बिना मैंने प्रश्न दोहराया और उसने कहा, ''दूर है यहाँ से। ले चलूँगा आपको। चमनबाबा और मुस्कान अम्मा, बस ये दो ही तो थे, जिनकी दुआ और आशीर्वाद ने मुसीबत के दिनों में रियासत को सम्हाला।''

गढ़ी वापस लौटे तो लगा, जैसे रात के दस बजे हों, पूरी गढ़ी जाग रही थी। हर तरफ़ शोरगुल। पता चला चोरी हुई है और चोर को पकड़कर धुनाई की जा चुकी है। लेकिन पूरा किस्सा जानने के बाद पुलिस जीप का ड्राइवर हँसते हुए लौट गया। तमाशा घुसकर देखने की आदत से मजबूर अवनिजी आगे बढ़े। पहली नज़र में लगा कोई ढोल तिरछा पड़ा है, जैसे उचकने को तत्पर कोई बड़ा सा मेंढक बैठा हो। फिर स्पष्ट हुआ, एक बूढ़ा ज़मीन पर बैठा ढाँ-ढाँकर रो रहा है। भीड़ घेरे हुए है, एक अधेड़ चीख रहा है, अदा कुछ ऐसी थी कि बूढ़े को कहने के माध्यम से भीड़ को सम्बोधित किया जा रहा था, ''डाकी, एक दिन भूखा रह जाता, तो मर तो नहीं जाता। पर हमारे घर की शादी बिगाड़े बिना क्यों मरेगा, हम सबको मारे बिना क्यों मरेगा डाकी बुड्ढा।''

बूढ़ा डाकी 'ढाँ-ढाँ' की आवृत्तियों के बीच कुछ अस्पष्ट से जवाब दे रहा था, भीड़ भी लगातार बोल रही थी। तो ये है वो डाकी जिसके बारे में मामासा ने प्रश्न किया था, पर ये है कौन? मैं समझने का प्रयास कर रहा था कि किसी ने पीछे से खींचा। हीरासिंग था, बोला, ''राजासाब याद कर रहे हैं।''

ये ही थे अपने दारोगा पं. रामचन्द्र त्रिपाठी, किसी जमाने में घुड़साल प्रबन्धक के रूप में जिनके जलवे हुआ करते थे और जो अब अपने अपशकुनी प्रभाव के कारण डाकी निकनेम से सम्बोधित किए जाते हैं। डाकिन का पुल्लिंग डाकी, वैसे जो बहुत खाता हो, उसे भी डाकी कहकर सम्बोधित किया जाता है। जिन चक्कीवाले किशोर त्रिपाठी की बेटी की शादी थी, ये रामचन्द्र त्रिपाठी उनके ताऊ स्तर के रिश्तेदार होते थे। सर्वेंट्स क्वार्टर में सबसे बूढ़े किन्तु सबसे अपमानित। माना जाता था कि अगर वे किसी बच्चे को दुलारते हुए सिर पर हाथ घुमा दें, तो सात दिन के भीतर बच्चा मरे नहीं तो भी गम्भीर रूप से बीमार ज़रूर हो जाएगा।

लम्बे समय से ख़ुद को उन्होंने अपने मकान की कोठरी में कैद-सा कर लिया था। लेकिन एक जमाना था, उनकी तूती बोलती थी। सड़क पर चलते, तो लोग अदब से सलाम करते। रियासत की विख्यात घुड़साल के प्रबन्धक थे और पूरी रियासत में आज भी दारोगासाब के नाम से जाने जाते हैं। कद-काठी ऐसी कि बिगड़ैल घोड़े को झटके में ज़मीन पर बिछा दें। घुड़साल उजड़ गयी, तब भी एक वार में पाड़ा काटने के कारण उनका मान रहा। लेकिन ये हालत कैसे हुई?

हीरासिंग ने लौट चलने का इशारा किया, लेकिन फिर ख़ुद भी दृश्य में शामिल हो गया। मजा ले-लेकर की जा रही बातों से जो जानकारी मिली, उसने अवनिजी को सोच में डाल दिया। एक जमाने में बुलन्दियाँ छूनेवाले त्रिपाठीजी की जीवन सन्ध्या इतनी निरीह, इतनी दयनीय कैसे हो गयी? अपने वयोवृद्ध सदस्य की लानत-मलामत करता कैसा समाज है यह? भरापूरा परिवार था। अब कोई नहीं है। अकेले रहते हैं बूढ़े दारोगा यानी पंडित रामचन्द्र त्रिपाठी। जब घुड़साल थी, तब अपने कुछ रिश्तेदारों को नौकरी पर लगाया था। उन्हीं में से एक रिश्तेदार उन दिनों के एहसान को याद करते हुए दिन में एक बार रोटी-दाल या सब्जी भेज देता था।

लेकिन भतीजे किशोर त्रिपाठी की बेटी की शादी का आयोजन हुआ, तो उस रिश्तेदार को लगा कि दरोगाजी को तो आमन्त्रित किया ही गया होगा, इसलिए उसने तीन-चार दिनों से खाना नहीं भेजा। लेकिन डाकी होने के कारण किशोर त्रिपाठी ने उन्हें नहीं बुलाया न उनकी कोठरी में परोसा भिजवाया। अपनी कोठरी में पड़े वे भूख से बिलबिला उठे थे।

बारात चार-पाँच दिन से रुकी थी। शादी की रस्में जारी थीं। कोई खास सम्पन्न नहीं थे किशोर त्रिपाठी। बेटी की शादी के लिए कर्ज भी लेना पड़ा था। बार-बार लोगों को सुना रहे थे, ''शादी के लिए मकान तक गिरवी रख दिया मैंने, अब और क्या करूँ?''

''ऐसे बोल रहा है, जैसे एहसान कर दिया हो। शादी में तो सब करना पड़ता है।'' भीड़ में खड़े रिश्तेदार ने धीमी प्रतिक्रिया दी। वैसे त्रिपाठीजी की ख्याति कंजूस और भुक्खड़ के रूप में थी। बारातियों का कहना था, ''लड़की सुन्दर, सुदृढ़ और स्वस्थ थी, दहेज भी ठीक दे रहे थे, इसलिए हमने रिश्ता मंजूर कर लिया, नहीं तो ये भुक्खड़ लोग, लगते कहाँ हैं हमारे आगे।''

लड़का यानी वर सरकारी स्कूल में अध्यापक था, संस्कृत पढ़ाता था। और संस्कृत साहित्य के लालित्यमय प्रभाव के कारण उसके मन में वधू के रूप में ऐसी सुन्दर सुशील सुकोमल कामिनी की छबि उभर बैठी थी कि जिसकी कालिदास की शृंगार प्रधान शकुन्तलावत नायिका से मुनासिब मौके पर तुलना की जा सके। दरोगाजी की दुर्गत के दौरान आसपास चल रही बहस में एक बाराती ने दावा किया, ''साब, इसके लिए लखपति-करोड़पति घरों से बहुत सी मुटियार लड़कियों के रिश्ते आ रहे थे। लेकिन ये तो अड़ गया, बस, शादी करूँगा तो सुन्दर और पतली कमरवाली से ही। हाँ सच्ची, पतली कमरवाली से शादी करने पर अड़ गया था।''

''आजकल के लड़के भल्ती बात पे जिद कर बैठते हैं।'' एक ने कहा।

''घरवाले मान क्यों जाते हैं, सुन्दर-चिकनी बहू लाने से मिलता क्या है?'' दूजा बोला।

''नखरे उठाओ और चौकीदारी करो, और नहीं तो क्या!'' तीजे ने ब्रह्म-वाक्य दागा।

और अवनिजी कल्पना कर रहे थे मिडिल स्कूल की उस कक्षा की जहाँ पर इस शादी में वर बना खड़ा संस्कृत का अध्यापक कालिदास के नाटक का अर्थ बता रहा है। पुस्तक हाथ में है। ब्लेकबोर्ड के दूसरी ओर दुल्हन के वेश में सजी-धजी पतली कमरवाली पत्नी किसी मॉडल की तरह खड़ी है और अध्यापक की बातों पर इठला रही है। अर्थ बताते हुए अध्यापक कहता है— अरी शकुन्तला! क्षण भर वहीं तो खड़ी रह जा। जब तू इस पेड़ से लगकर खड़ी होती है, उस समय यह वृक्ष ऐसा लगता है, जैसे कोई लता उससे लिपटी हुई हो। तुम्हारे लाल-लाल होंठ ऐसे लगते हैं, मानो लता की कोंपलें हों। दोनों भुजाएँ कोमल शाखाओं जैसी जान पड़ती हैं। और तुम्हारे अंगों में जो नया यौवन खिला हुआ है, वह तो इस प्रकार लुभाता है, जैसे कोई सुन्दर पुष्प।— इस विधि से बच्चों को कालिदास का काव्य अधिक भली प्रकार समझ में आ रहा है।

अपने से छोटे परिवार की लड़की ले रहे थे, इसलिए वर के पिता ने बारात के स्वागत के लिए कुछ शर्तें रखी थीं। जैसे खाना वनस्पती घी या तेल में ही बनेगा, शुद्ध घी में नहीं। क्योंकि कुछ दिन पहले दिल्ली की शुद्ध घी सप्लाई करनेवाली जैन साब की फैक्ट्री पर पुलिस ने छापा मारकर स्वीडेन से मँगवाई गयी चर्बी जप्त की थी, अगर उस टाइप का शुद्ध घी खाने में आ गया तो धरम की तो धज्जियाँ उड़ जातीं ना! शर्त यह भी थी कि बाराती दिन में जब भी माँगें, उन्हें गरमा-गरम पूरियाँ मिलनी चाहिए। और हाँ, एक अनूठी शर्त यह भी थी कि बारातियों को परिवार की कुँआरी लड़कियाँ ही खाना परोसें।

अवनिजी के पूछने पर किसी बाराती ने इस अजीब शर्त का कारण कुछ इस तरह स्पष्ट किया, ''वो ऐसा है कि सुन्दर-सुशील लड़कियाँ आजकल मिलती कहाँ हैं साब? शादी के इन दिनों में ये लड़कियाँ बार-बार सामने आएँगी। हमलोग उन्हें पहचान सकेंगे। परख सकेंगे। कोई पसन्द आ गयी, तो साब रिश्ता पक्का कर देंगे। इसलिए, और कुछ नहीं।''

इस पर हीरासिंग ने कोहनी मारकर धीरे से कहा, ''बात ये नहीं है लेखकजी। तीन दिन से देख रहा हूँ। बाद में बताऊँगा।''

लेकिन कारण का पता किशोर त्रिपाठी की बातों से लगा। रिश्तेदार दिन में तीन-चार बार टूटकर ऐसे खाना खा रहे थे, जैसे दस दिन के भूखे हों या आगे कभी मिलने नहीं वाला हो। महँगाई ने सबको मार डाला है, अपने घर जो कभी वनस्पती और तेल की पूरी-मिठाई छूने को तरस जाते हों, यहाँ शक्कर की चासनी में डूबे नुकती-दानों और पूरी पर गहरे हाथ मार रहे थे। ऐसे में जो नुकती बची, उसकी

टोकनियाँ और दो-तीन टोकनी पूरियाँ भी किशोरजी ने अगले दिन बारात की विदाई के समय कलेऊ के रूप में बाँध कर देने के इरादे से भंडार में रखवा दी थी।

बकौल पंडित किशोर त्रिपाठी चक्कीवाले, ''मैं तो इधर इन लड़कों को ताड़ने आया था। पिछली कई शादियों से देख रहा हूँ, यही चल रहा है। ये छोकरे दिन भर ख़ूब धींगा-मस्ती करते हैं। चक्कर चलाते रहते हैं। सबको ख़ूब थका देते हैं। फिर शाम को जो बूढ़े थकान से बचे रहते हैं, उनके साथ भजन करने बैठ जाते हैं। वो खतम हो तो लड़कियों के साथ अन्त्याक्षरी खेलते हैं। कुल मिलाकर कोशिश ये कि घर के सारे लोग ऐसे थक जाएँ कि बिस्तर पर पड़ते ही गहरी नींद आ जाए। थका हुआ कोई भी कहीं भी पसर जाता और तब इनका असली खेल शुरू होता है।''

एकाएक बारातियों की ओर से विरोध के स्वर उठे, तो किशोर त्रिपाठी ने बात सम्हालते हुए कहा, ''अरे, मैं अपने यहाँ की बात नहीं कर रहा, पर कई शादियों में देख चुका हूँ। जब सब थककर, खा-पीकर सो जाते हैं, तो इन्होंने जो लड़की ताड़ रखी है, उस लड़की की गोदड़ी में घुस जाते हैं। याद नहीं वो रामस्वरूप की बारात में क्या हुआ था। पाँव भारी हो गये, तब ताबड़तोड़ में शादी करनी पड़ी थी, दुबेजी की छोकरी की।''

और वो गोविन्दपुरवाले मिश्रा की छोरी कुएँ में कूदी... वो भी तो।'' किसी ने याद दिलाया।

''हाँ, पाँव में प्लास्टर चढ़ाकर फेरे लिए।'' दूसरे ने गोदड़ी-मिलन-गाथा का उपसंहार किया। विरोध का स्वर दब गया। तब त्रिपाठीजी का बयान आया, ''अब मैं नाम तो नहीं बताऊँगा, पर अपने यहाँ भी कल रात एक को पकड़कर झापड़ लगा चुका हूँ।''

''कौन-कौन?'' लोग नाम जानने को उत्सुक थे, लेकिन किशोरजी विषय को फिर एक बार डाकी पर ले आए और कहा, ''आज भी वही चौकसी कर रहा था कि लगा भंडार में कुछ खटपट हो रही है। मुझे लगा कोई कुत्ता-फुत्ता तो नहीं। दरवाज़ा उघाड़कर देखा, तो ये डाकी, टोकनी में से नुकती निकालकर भकाभक भरे जा रहा है। मैं चिल्लाया। चोर समझ कर अँधेरे में चार हाथ जमा दिए, पर न तो ये कुछ बोला और न इसने भकोसना बन्द किया।''

''मुँह में नुकती फँसी पड़ी हो, तो बताते कैसे कि कौन है?''

''और नहीं तो क्या, नुकती फुर्र से बाहर आ जाती।'' टिप्पणी पर सब हँस दिए। आँखों में आँसू लिए दारोगाजी ने निरीह नजर घुमाई। उनके एक हाथ में अभी भी नुकती का आधा भरा दोना था। रोने, कुछ बोलने का प्रयास करते हुए मुँह में भरी नुकती-पूरी को चबाने का तेज क्रम जारी था। किशोर त्रिपाठी ने दोने को झपटने का

असफल प्रयास करते हुए कहा, ''खींचकर इधर लाया, तो समझ में आया। अब क्या बताऊँ, आत्मा ऐसी कलप रही है, बड़े पर हाथ उठाने का पाप लग गया मंगल-कार्य में। पर इस डाकी को क्या फरक पड़ता है? दोना छोड़ डाकी।''

किशोरजी ने कुछ इस अदा से कहा, जैसे घर में मंगल-कार्य न हो तो बड़े पर हाथ उठाया जा सकता है। किशोर त्रिपाठी जैसे ही अपने दीर्घ-बयान के सम पर आए, डाकी यानी दारोगाजी ने एक बार फिर 'हुआ!' की गत लगाकर कुछ कहने का प्रयास किया। जो समझा उसका सार यह था कि मैं तेरा ताऊ हूँ, सामने रहता हूँ, तीन दिन से पेट में एक दाना नहीं गया। बुलावा नहीं दिया, तो क्या पत्तल नहीं भेज सकता था? और उनकी बात का जवाब देने के बजाय किशोरजी मंगल-कार्य में लगे बड़े पर हाथ उठाने के पाप पर ज़्यादा से ज़्यादा दुखी होने के साथ कह रहे थे, ''क्यों बुलाता तुझे, क्यों भेजता पत्तल? तेरा बाप कमा कर रख गया है?''

''ऐ, बाप पर मत जा, जबड़ा तोड़ दूँगा।'' कहते हुए बूढ़े दारोगाजी ने दोने में रखी शेष नुकती हाथ में लेकर एक और फंकी मारी, खाली दोना किशोर त्रिपाठी पर फेंका और उठ खड़े हुए। धमकी को गम्भीरता से लेते हुए किशोरजी पीछे हटे, तो दारोगाजी ने कोठरी की राह पकड़ी। पीछे से किशोरजी बड़बड़ाते रहे, ''हाँ, घोड़े का दाना चुरा-चुराकर खाया है, भतीजे के घर चोरी करोगे और जबड़ा तोड़ने की धौंस नहीं दोगे, तो क्या करोगे? कितनी कोशिश की कि डाकी की छाया न पड़े, लेकिन... चलिए... जाइए, आप लोग, आधी रात को तमाशा बना दिया।''

आधी नींद से जागे लोग एक बार फिर सोने का उपक्रम करने लगे। इस बार सावधानी रखी गयी और लड़कियों के लिए आदेश हुआ, ''यहाँ-वहाँ नहीं, सब उधर आड़ में एक साथ... चलो, उठो, जाओ उधर।''

सयानी लड़कियाँ सार्वजनिक लांछन पर बुरा-सा मुँह बनाती, ठुनकती हुई चल दीं। दारोगाजी के चले जाने के बाद उठे गोदड़ी-प्रसंग ने चर्चा का रुख ऐसा मोड़ा कि लग रहा था, कुछ ही समय पहले हुए डाकी-प्रसंग को सभी लोग भूल चुके थे। लौटते हुए अवनिजी ने एक नज़र उधर डाली, दारोगाजी का निवास पूरी तरह अँधेरे में डूबा था।

यानी अवनिजी पूरा तमाशा देखने के बाद ही अपने छपर-पलंग पर लौटे। सुबह होने को थी। बिस्तर पर पड़ते वक्त एक गम सता रहा था, आज रात पलंग के पास किसी ने मच्छर विरोधी अगरबत्ती नहीं जलाई। महल में लौटे तो देखा, राजासाब जाग रहे थे। अवनिजी ने जानना चाहा कि वे एकाएक उज्जैन क्यों चले गये। वे महात्मा गाँधी के चित्र और स्वामी कृष्णानन्द की शादी के बारे में भी बात करना चाहते थे, किन्तु राजासाब दारोगाजी के बारे में थोड़ा बहुत बताने के अलावा सारे प्रश्नों को टाल गये, यह भी बताया कि शायद कल भी उन्हें बाहर जाना पड़े।

8

"अरे, ये कहाँ मिला आपको? अद्‌भुत!" गाँधीजी का चित्र हाथ में आते ही राजासाब ने चहक कर कहा, "जहाँ तक मुझे याद है, बीसेक साल पहले हमने इसे खोजने की ख़ूब कोशिश की थी, फिर आशा छोड़ दी थी। उस समय मिल जाता तो आज बात कुछ अलग होती।"

अवनिजी ने बताया, गजेटियर की जिल्दों के बीच से निकल कर किस प्रकार यह चित्र उनके सामने आया। फिर प्रश्न किया, "बापू से ये मुलाकात कब हुई, कैसे हुई? इसका कोई विवरण नहीं है आपके काग़ज़ों में।"

"कैसे होगी, अँग्रेज़ों की नज़र से बचकर हुई थी मुलाकात। फिर भी पता चल गया था। बड़ी मुश्किल से मामला रफा-दफा हुआ।" कहकर राजासाब चित्र को निहारने लगे। काफ़ी देर बाद बोले, "अजीब किस्सा है इसका भी। वो जो जरीनाबाई का प्रकरण हुआ था, जिसके बाद दादाजी पूरे दो महीने राज्य में वापस नहीं लौटे थे, कहते हैं, उन्हीं दिनों में उन्होंने वेष बदलकर काफ़ी यात्राएँ की। गाँधीजी और कुछ क्रान्तिकारियों से भी दादाजी का सम्पर्क हुआ था।"

"क्रान्तिकारियों से!" नाश्ते की मेज पर चकित मुद्रा में बैठे थे अवनि शुक्ला। रात देर से सोए, फिर भी समय पर नींद खुल गयी। फ्रेश होकर लौटे तो सन्देश मिला, "राजासाब इन्तज़ार कर रहे हैं। उन्होंने तुरन्त तैयार किए प्रश्नों पर नज़र डाली, बापू का चित्र उठाया और राजासाब के आगे पहुँच गये। ज़रा भी अपेक्षा नहीं थी कि लालगढ़ जैसी छोटी सी रियासत का इतिहास कहीं से महात्मा गाँधी, राष्ट्रीय स्वतन्त्रता आन्दोलन और क्रान्तिकारियों से भी जुड़ा हुआ मिलेगा।

"जब दादाजी गाँधीजी से मिले, बड़ी दादी (विक्रम बहादुर की तीसरी पत्नी कामिनी देवी) ने बताया था, उन्होंने पूरी तरह स्वतन्त्रता आन्दोलन में कूदने का मन बना लिया था। जब साथी राजाओं के आगाह किया कि अँग्रेज़ उन्हें राजनीतिक दबाव के चलते छोड़ भी दें, लेकिन रियासत का पुलिन्दा बना देंगे। रानियों के साथ, रिश्तेदारों के साथ जो होगा, उसकी आप कल्पना भी नहीं कर सकते। किसी रानी को अँग्रेज़ जेल में डाल देंगे, इस कल्पना से सिहरते हुए विक्रम बहादुर के बढ़े हुए कदम वापस लौट गये।" राजासाब ने अपनी याददानी पर जोर डालते हुए बताया।

अवनिजी को याद आया, कई राजाओं के बारे में उन्होंने पढ़ा था कि वे स्वतन्त्रता आन्दोलन की दबे-छुपे मदद करते, लेकिन अँग्रेज़ भक्ति का दिखावा भी करते थे। परन्तु क्या लालगढ़ के राजाओं ने भी ऐसी मदद की थी? प्रश्न कई थे और राजासाब को उज्जैन जाने की जल्दी थी। जाते-जाते इतना और बताया, "हाँ, करते थे, पर मुश्किल से कर पाते थे। अँग्रेज़ों ने कितने तो जासूस राज्य में और महल में

भी बैठा रखे थे, फ़िर भी जितनी हो सके करते थे।''

आधी-अधूरी बात करके राजासाब चल दिए। रात को अगर देर से लौटे, तो बात कल पर टल जाएगी। कल तो उज्जैन जाना है, स्वतन्त्रता आन्दोलन से रियासत के जुड़ाब को जाने बिना क्या थीसिस की सिनोप्सिस बन सकेगी? और स्वामी कृष्णानन्द की कथा का रहस्य कब टूटेगा? यही सब सोचते हुए अवनिजी ने दोपहर के भोजन के बाद एक लम्बी झपकी ले ली। उठते ही प्रो. अवनि शुक्ला फ्रेश होकर नोट्स बनाने और एल्बम, गजेटियर आदि में डूब गये।

कुछ कड़ियाँ जुड़ने लगीं। लगने लगा कि शिवभाई ने पहले रामचन्द्र त्रिपाठी पर ध्यान देने को क्यों कहा। इच्छा तो थी, इसी समय उठकर त्रिपाठीजी की कोठरी तक चले जाएँ, लेकिन बूढ़े दारोगाजी पर रात जो बीती, उसका ख्याल करके रुक गये। तभी हीरासिंग ने गाड़ी स्टार्ट हो जाने की सूचना दी। मतलब था, जल्दी से उठो बाबा चमनअली शाह की दरगाह की ओर कूच करो।

पी.एच.डी. की तैयारी में अवनिजी आकंठ डूब चुके थे, इसका पता इसी से लगता है कि जीप पर चढ़ते ही उन्होंने हीरासिंग पर भी गाँधीजी के चित्रवाला सवाल दाग दिया। हीरासिंग सूफीबाबा की भक्ति में डूबे थे। उन्होंने आँखें बन्द कर एक क्षण में मानसिक-एसटीडी लगा बाबा से बेअदबी के लिए माफी माँगी और जवाब दिया, ''हुकुम, इस बारे में आप राजासाब से ही पूछते, तो ठीक रहता। हमारा तो क्या, हमारे पिताजी का भी इस फोटो को खींचते समय जनम नहीं हुआ था।''

हीरासिंग ख़ुद का परिचय रियासत के 'कुँवर' के रूप में देते थे। असल में वे तीन पीढ़ी के अन्तर से वर्तमान राजा के भाई लगते थे। दुर्घटना में माता-पिता की मृत्यु के कारण उन्हें बचपन में ही राजमाताओं ने लालगढ़ बुला लिया था और विक्रमादित्य सिंग के सगे भाई की तरह परवरिश की। राजासाब के रियासत से बाहर रहने की अवधि में सब कुछ उन्हीं की निगरानी में चलता था।

''सर हुकुम, हमने तो जो दो-चार बातें सुनी हैं, बस वे ही बता सकते हैं।'' कहकर हीरासिंग ने जीप की स्पीड कम कर दी। आगे कहा, ''साब, ये सच है कि दादासा छोटी रियासतों को एकजुट करके पूरे देश में विद्रोह करने की योजना में लगे थे, लेकिन डरपोक राजाओं के कारण बात बन नहीं रही थी। डर ये भी था कि किसी ने जासूसी कर दी, तो लेने के देने पड़ जाएँगे। इसी मारे दादासा ने दिखावे के लिए कोठों पर और घुड़दौड़ वगैरह में जाना शुरू किया था।''

''सच कहूँ हुकुम, मैंने तो बड़ी दादीसा से सुना है, वो जो जरीनाबाई थी ना, दादासा उनको गुरु भी मानते थे, डांस की गुरु और उनसे शादी भी करना चाहते थे।'' कथन सुनकर अवनिजी को लगा, हीरासिंग पटरी से उतर रहे हैं, लेकिन अगले ही क्षण उन्होंने कहा, ''अब क्या बताऊँ खमाघणी, जरीनाबाई इन्दौर से

वापस लौट गयी, तो एक दिन दादासा उनको मारने के लिए कोठे पर पहुँच गये थे। पर साब, कमाल की लेडी थी, दादासा को ऐसा समझाया कि सारा गुस्सा दूर। उन्होंने ही दादासा को एक क्रान्तिकारी से मिलवाया, जो साजिन्दा बनकर कोठे पर रह रहा था। नाम तो नहीं पता, पर वो क्रान्तिकारी दादासा को सादे कपड़े पहनाकर गाँधीजी से और दूसरे नेताओं से मिलवाने ले गया, उसी ने अपने क्रान्तिकारी साथियों से तो उन्हें मिलवाया ही होगा।''

अवनिजी को लगा कि ये जरीनाबाई तो अपने आप में महत्त्वपूर्ण चरित्र बनती जा रही है। अपने नोट्स में उन्होंने दर्ज किया कि यदि सम्भव हुआ तो किसी दिन वे आदर्श और देशसेवा को पल्लू में बाँधकर नृत्य और गायन करनेवाली इस गणिका के चरित्र को और गहराई से जानने और एक अलग कहानी लिखने का प्रयास करेंगे। सुधी पाठकों को याद दिला दें, नयी कहानी आन्दोलन के उन दिनों में इस टाइप की कहानी के लिए काफ़ी गुंजाइश थी।

''गाँधीजी का फोटो गुम हो गया, नहीं तो आज़ादी के बाद काफ़ी काम आता, है ना हीरासिंगजी?'' चुप होकर जीप की गति बढ़ाते हीरासिंग से उन्होंने प्रश्न किया और उत्तर मिला, ''क्या पता, आता कि नहीं। पर एक बात है, जो शायद मेरे अलावा कोई आपको नहीं बताएगा।''

जीप फिर धीमी हो गयी और अवनिजी उत्सुकता से सुनने लगे, ''बात ये है लेखक साब, कि ये फोटो हमारे पास होता भी तो एकाध बार ही हम इसका इस्तेमाल करते। क्यों पता है? वो क्या कि दादासा जब रियासत से गायब हुए, उसके दो हफ्ते बाद उन्होंने बापूजी के साथ ये फोटू खिंचवाया था, पर क्या हुआ कि उसके बाद भी वो डेढ़-दो महीने लालगढ़ी वापस नहीं आए। बस, तभी ये हादसा हो गया, वो कमीना भी बापूजी से मिल आया। नागपुर गया था, स्टेशन पर बापू और बा ट्रेन से उतर रहे थे। भीड़ के बीच इस कमीने मादर... ने उनके पाँव छू लिए।''

''किसने... किसने पाँव छू लिए?'' अवनिजी ने अधीर होकर पूछा, लेकिन भीड़ में जीप काटते हुए हीरासिंग ने कथन जारी रखा, ''दादासा यानी राजा विक्रम बहादुर घोड़ा जोड़ी लेकर वापस लौटे, कामिनी दादीसा को तो तभी बता दिया था कि बापू से मिलकर आया हूँ।''

कोई भी जानकारी देने का हीरासिंग का यही तरीका था, जो बात आप सबसे पहले जानना चाहते हैं, हीरासिंग उसे सबसे बाद में उजागर करते। भला किया जो भगवान ने उन्हें लालगढ़ी का कुँवर बनाकर छोड़ दिया, इतिहासकार जैसा कुछ नहीं बनाया। तो काफ़ी इधर-उधर की बातें करने के बाद हीरासिंग उगले, ''आप ही बताओ लेखक साब, कहाँ तो राजा विक्रमबहादुर और कहाँ सन्तूजी चर्मकार। और

तब तो सन्तूजी सोला-सत्रा साल के लड़के ही थे। पर मिल आए, पाँव छू लिए बापू के।''

''अच्छा, सन्तूजी बापू के दर्शन करके आए थे!'' अवनिजी ने राहत के साथ कहा और हीरासिंग ने बात का विस्तार किया, ''कैसा लगता, जब रियासत की प्रजा को एक साथ पता चलता कि हमारे राजासाब और सन्तूजी चर्मकार ने बापू के दर्शन किए हैं? राजशाही के स्टैंडर्ड की बात थी सर, इसीलिए महल में सबसे कहा गया, बापू से मिलने की बात कोई न करे।''

बापू के चरणों का भी वर्ण-व्यवस्थानुसार विभाजन कर दिए जाने पर अवनिजी मुस्कराए, तो हीरासिंग ने कथन का समापन किया, ''अच्छा ही हुआ, जो मनाई कर दी। कुछ ही दिन बाद अँग्रेज़ों की जाँच आ गयी। ले-देकर मुश्किल से मामला सेटल हुआ।''

लालगढ़ रियासत की स्टेट जीप अभी भी धीमी गति से आगे बढ़ रही थी, लेकिन अगले सवाल पर एकाएक रुक गयी। अवनिजी समझे इंजिन फिर गरम हो गया है, लेकिन नहीं, गाड़ी हीरासिंग ने बन्द की थी। आश्चर्य से कुछ देर उनकी ओर देखने के बाद हीरासिंग ने प्रतिप्रश्न किया, ''आपको कृष्णानन्द स्वामी की शादी के बारे में किसने बता दिया?''

''आपके दिए काग़ज़ों से, बस इतना पता चला कि स्वामी की शादी के लिए राजासाब ने पैसे दिए थे। क्या मामला है? मुझे बताने लायक न हो तो मत बताओ।'' अवनिजी को याद आया कि सुबह राजासाब ने भी इस सवाल को टाल दिया था। हीरासिंग ने चाबी घुमाई, एक बार में जीप स्टार्ट हो गयी। शायद पिछले दिनों में जीप सुधार ली गयी थी। थोड़ा आगे चलकर चाय की गुमटी के आगे गाड़ी खड़ी करते हुए हीरासिंग ने कहा, ''आइए खमाघणी, चाय पीते हैं।''

''मेरी तो ये समझ में नहीं आ रहा है लेखक साब कि आप तो लालगढ़, उमठवाड़ का इतिहास लिखने को यहाँ तशरीफ लाए हैं, उसमें स्वामी कृष्णानन्द का क्या काम आ गया?'' चुस्की लेते हुए पूछा हीरासिंग ने और अवनिजी ने फिर दोहराया, ''मैंने आपसे कहा ना, आपको अगर ये मुझे बताने लायक नहीं लगे, तो मत बताइए।''

''बता तो रहा हूँ, लेकिन खमाघणी, मुझे पूरी बात मालूम नहीं है।'' कहकर हीरासिंग ने चुस्की लेकर कप नीचे रखा और कथा की पहली परत खोलकर धर दी, ''यहीं लालगढ़ के ही थे स्वामीजी। वो क्या है कि स्वामीजी बचपन में राजा विजयसिंग के साथ ही पढ़े। शायद उनसे एकाध साल आगे पीछे रहे होंगे। इसलिए कभी भी राजासाब से मिलने महल चले आते थे।''

साधु क्यों बने पता नहीं। पिताजी कसेरे थे। दुकान थी बड़े बाज़ार में। बर्तन

पर ऐसी कलई करते थे कि मुरादाबादी कलई भी कहीं नहीं लगे। चार भाई थे। सबसे छोटा भाई और उसके बच्चे तो अभी भी दुकान चलाते हैं। सुना है, लालगढ़ से सिंहस्थ स्नान करने मंडली गयी थी, उसके साथ ये भी गये, पर वापस नहीं लौटे। बरसों बाद ये कृष्णानन्द स्वामी बनकर वापस आए, तब पता चला कि मेले में आए भजनानन्दी साधुओं की जमात के साथ हो लिए थे।

वापस लौटे, तो यहाँ आश्रम भी बनाया और भजन मंडली भी। आश्रम को राजासाब ने मुफ्त ज़मीन दी थी। दूर-दूर तक मंडली को लेकर महीनों घूमते रहते। धार्मिक नाटक-नृत्य भी करते। मंडली में आदमी-औरतें दोनों होते थे, पर कभी कोई दाग नहीं लगा, कोई उंगली नहीं उठी। स्वामी कृष्णानन्द की मंडली में ही एक साध्वी थी शिप्रा, एक दिन क्या हुआ कि मंडली के भजन समाप्त हुए और कृष्णानन्दजी ने घोषणा कर दी, ''मैं शिप्राबाई से शादी करूँगा।''

''मंडली में सन्नाटा। यह क्या हो गया? सब शिप्राबाई की ओर देखें और शिप्राबाई का चेहरा गुलाबी, सिर नीचे किए बैठी रही। कुछ भक्त मंडली छोड़ चले गये। पर राजासाब का साथ था। तो विरोध भी थम गया और शादी भी हो गयी। भजन मंडली और नाटक-फाटक भी जारी रहे। दो बच्चे भी हुए। एक बेटे का नाम है देवीकान्त गुरु। मंडली अब वही चलाता है। सरकारी कार्यक्रम भी करता है, पर कोई दम नहीं, एकदम बायला है। चाहो तो कभी मिलवा दूँगा आपको।''

हमारी मालवी में 'बायला' का अर्थ है, स्त्रैण, औरत टाइप का। देखिए पाठकगण, ये जो मालवी के टिपिकल शब्द हैं ना, हमें इन पर काफ़ी गर्व है, यहाँ तक कि इस एरिया के हमारे जैसे हिन्दी के लेखक भी फुरसत होने पर ऐसे शब्दों की प्रशंसा, गर्व आदि करते देखे जाते हैं।

''लेकिन इस शादी के लिए राजा विजयसिंगजी ने चौपन सौ रुपये खर्च किए थे, वो किसलिए?'' अवनिजी ने पूछा और चौंकते हुए हीरासिंग ने कहा, ''ऐसा क्या? इस बारे में मैं कुछ नहीं जानता, सच खमाघणी। ये तो आपको राजासाब हुकुम से ही पूछना पड़ेगा।''

चाय की गुमटी से उठकर सूफी चमनअली की दरगाह तक के रास्ते हीरासिंग देवीकान्त गुरु और उसकी मंडली के बारे में बताते रहे, ''एक दम से लचीला है साब। नाटक में अगर राधा का या और किसी लेडी का पार्ट उसने कर डाला, तो आप जानो कि सबको धोखा हो जाए कि अस्सल औरत ही है। संन्यासी जैसा रहता है। अब तक शादी नहीं की।''

''एक बात बताऊँ लेखक साब, ये जो स्वामी थे ना कृष्णानन्दजी, थे पहुँचे हुए। सिद्धि भी कुछ। मन्त्र बताते थे। कोई प्राब्लम लेकर आता, तो आशीर्वाद भभूत कुछ नहीं, बस, किसी मन्त्र का जाप करने को कहते, जा, महीने भर में काम हो

जाएगा।'' उसके बाद काफ़ी देर हीरासिंग नेठू चुप हो गये। अवनिजी को लगा, बाबा की भक्ति में लीन हो गये। फिर बोले, ''उस जमाने में चौपन सौ खर्च कर दिए! मुझे तो लगता है साब, स्वामीजी ने ज़रूर राजासाब का कोई बड़ा काम किया होगा। नहीं तो राजा विजयसिंग हुकुम को क्या पड़ी इनकी शादी करवाने की? आप सोचिए ना। या फिर मुझे तो लगता है, कोई दूसरा ही लफड़ा है लेखक साब। आप राजासाब से ही पूछना।''

दरगाह आ गयी थी।

9

लालगढ़ में सूफी चमनअली की दरगाह प्रसिद्ध है। पहुँचकर लगा सचमूच कोई चमत्कारिक स्थान है। उर्स का समय नहीं था, फिर भी भीड़ थी। निर्माण सुरुचिपूर्ण था। खँडहर हो चुका वो कमरा देखा, जहाँ सूफी बाबा चमनअली रहते थे। मज़ार के नीचे खुदा हुआ था—

क्या गरज लाख ख़ुदाई में हों दौलत वाले,
हम तो उनके हैं, जो बन्दे मोहब्बत वाले।

साल में एक उर्स भरता है, देश भर के कव्वाल, संगीतकार बिना फीस लिए कला प्रदर्शन करने आते हैं। सूफी लालगढ़ क्यों आए? यहीं क्यों रह गये? अवनिजी ने जानना चाहा, लेकिन सन्तोषजनक उत्तर नहीं मिला। हीरासिंग का जवाब था, ''कुछ नहीं शुक्लासाब, बस, उन्हें लगा कि यहाँ रहना चाहिए या फिर ऊपरवाले का इशारा होगा कि रुक जा, यहाँ तेरी ज़रूरत है।''

अन्य महान सूफी सन्तों के जैसे चमत्कार गिनाए जाते हैं, वैसे ही चमत्कारी थे बाबा चमनअली। सड़क पर निकलते, तो बच्चों की मुरादें पूरी करते चलते। पूछते, ''क्या चाहिए?''

बच्चा बोल दे, ''जलेबी।''

तो जेब में हाथ डालते और जलेबी ही निकलती। किसी बच्चे ने कहा, ''सिक्का चाहिए।''

तो तत्काल सिक्का हाथ पर धर देते। कभी खिलौना धर देते। भँवरा धर देते। लोगों ने आज भी बाबा के दिए सिक्के पूजाघर में सम्हालकर रखे हैं। हिन्दू-मुसलमान में कोई फ़र्क़ नहीं करते। दोनों ही धर्म के लोग उनके भक्त। हिन्दू व्यापारी उनसे सट्टे का नम्बर जानना चाहते, सूफी सट्टे का नम्बर नहीं देते, फिर भी अगर वे अल्लाह-ईश्वर एक है का संकेत देकर एक अँगुली ऊपर उठाते, तो व्यापारी

एक नम्बर पर जाकर सट्टा लगा देता। कभी वे पंच-तत्व की बात करते तो सटोरिए अनुमान लगा लेते कि आज पाँच का आँकड़ा ज़रूर आएगा। और सात का आँकड़ा उस दिन लगाया जाता, जिस दिन बाबा कहते, "अब तुम लोग मुझे सताओ मत। जाओ यहाँ से।"

वैसे सटोरियों को और किसी बुरे या अवैध काम के लिए आशीर्वाद माँगनेवालों को सूफीबाबा गालियाँ भी चुन-चुनकर देते, कभी-कभी तो हाथ में रखी लकड़ी भी मार बैठते। और हैरानी की बात ये कि सटोरिए इन गालियों और लकड़ी की मार का भी अर्थ निकाल लेते।

हिन्दू पर्व-त्योहार को उन्होंने जीवन का हिस्सा बना लिया था। होली पर फाग खेलते, तो जन्माष्टमी पर श्रीकृष्ण जैसा बागा-चोगा पहनते और कहते, "आज मैं कृष्ण लाइन में हूँ।"

कृष्ण लाइन का मतलब ख़ूब आनन्द मौज-मस्ती और भव्य भोजन। इसी प्रकार शिवरात्रि पर शंकर लाइन में चले जाते, दिनभर जमकर भाँग का सेवन और शंकरी लाइन का ही भोजन। रोज एक पैकेट सिगरेट पीते और उसमें भी एक सिगरेट गाँजा भरवाकर पीते, 'बम भोले' के नारे के साथ कश खींचते। स्वास्थ्य बहुत अच्छा था। ईद पर हिन्दू-मुसलमानों का मिलन समारोह आयोजित करते। इतनी सिवईयाँ बनतीं कि खत्म होने का नाम ही नहीं लेतीं। बकरीद पर कुर्बानी दी जाती, तो प्रसाद हिन्दू-मुसलमान दोनों प्राप्त करते। सूफी बाबा चमनअली की फिलॉसफी को जानकर अवनिजी काफ़ी देर तक दरगाह के आगे मगन होकर सूफी सिद्धान्तों पर सोचते रहे।

प्रेम या मोहब्बत से ही ईश्वर या ख़ुदा मिलता है, इबादत-विबादत से कुछ नहीं होता। जिसकी आत्मा साफ, उसे पलक झपकते मिला है ख़ुदा। सूफी चमनबाबा मजाक करते हुए कहते हैं, "नमाजी को क्या ख़ुदा मिलेगा, जिसका ध्यान ख़ुदा की तरफ़ कम और मस्जिद के बाहर रखी अपनी जूतियों की तरफ़ ज़्यादा होता है, उसे तो पूरे समय जूते चोरी जाने का डर सताता है।"

उनकी प्रेम या मोहब्बत की मार्गदर्शिका भी अचरज में डाल देती है। वे कहते हैं, इश्क अगर करो, तो मजनूं की तरह कपड़े फाड़कर मत करो, लैला की तरह करो, जो अपने प्रिय को पत्थरों की मार से बचाने की कोशिश करे। प्रेम अगर करो तो देखकर समझकर करो। जैसे राजकुमारी से इश्क करोगे, तो क्या मिलेगा? मिलेगा इत्र, मिलेगी सुगन्ध। और अगर तेलन से इश्क करोगे, तो क्या मिलेगा? तेल और खली की गन्ध के सिवा क्या मिलेगा?

सूफी बाबा के चमत्कार और कैसे वे लोगों की मदद करते थे, उसके किस्से हीरासिंग पूरे रास्ते और दरगाह में भी बताता रहा। कुछ ऐसे लोगों से भी उसने

मिलवाया, जिन पर अभी भी बाबा की कृपा है। और इस बीच पते की बात उसने यह भी कही कि राजा विजयसिंग बचपन से बाबा के मुरीद हो गये थे। राजा विक्रमबहादुर के समय में जब रनिवास के षड्यन्त्र चरम पर थे, तब किशोर विजयसिंग अपने परम मित्र मोहनलाल के साथ अकसर यहाँ चले आते थे।

यही बात जब मैंने राजासाब से पूछी, तो एक जानकारी और मिली, ''बाबा को हमने बचपन में देखा है। बड़े रूपवान, चेहरे पर ऐसा नूर, ऐसा प्यार रहता कि इच्छा होती, जाकर उनकी गोद में बैठ जाऊँ। एक-दो बार उन्होंने ख़ुद ने मुझे पास बुलाकर गोद में बैठा लिया था। एक बार जब दादी रेवतीदेवी और उनकी वो गोली रूपा उनके दर्शन करने गयी, तो कहते हैं, बाबासाब ने बहुत फटकारा था। शायद मेरे पिताजी हुकुम के लिए भी कुछ डाँट लगाई थी।''

दरगाह से लौटते प्रो. शुक्ला ने महसूस किया, कोई रास्ता खुल गया है। किशोर विजयसिंग और मित्र मोहनलाल की दोस्ती राह दिखा गयी। लौटते हुए चार बज गये। राजासाब अभी लौटे नहीं थे। जैसा अवनिजी ने चाहा था, बेडरूम में टेबल-कुर्सी लगा दी गयी थी। वे कुर्सी पर बैठ गये। इरादा था कि जो सिनोप्सिस उन्हें प्रस्तुत करना है, उसका कच्चा प्रारूप बना लें। लेकिन वे विक्रम बहादुर और उनके बेटे विजय के बारे में बिन्दुवार लिखने के लिए दस्तावेज़ देखने लगे। पढ़ते और नोट्स लेते हुए बार-बार लगा कि कोई कमरे में झाँककर वापस चला जाता है। दिल धड़क कर कुछ कहने लगा, लेकिन चाहकर भी उन्होंने उस ओर ध्यान नहीं दिया।

साढ़े छह बजने को होंगे, प्रोफेसर शुक्ला काम में डूबे थे, तभी साइड से आकर चूड़ियों से भरा हाथ टेबल पर चाय रख गया। जब तक घूमकर देखते, वह जा चुकी थी। पीठ की ओर से जो आकार दिखा, उससे स्पष्ट हो गया, वही थी, मच्छर अगरबत्ती वाली रहस्यमयी। उसके बारे में कुछ और जानने का ख्याल आया और चला गया और वे फिर नोट्स बनाने में, पढ़ने में डूब गये।

नहीं, ऐसा नहीं हुआ था। चूड़ियों से भरा जनाना हाथ जब टेबल पर सावधानी से चाय रख रहा था, तब लेखकसाब ने सिर उठाकर उसकी ओर देखा। आँखें मिलीं। वह मुस्कराई। जाने के लिए मुड़ी और उन्होंने कहा, ''रुकिए ज़रा, प्लीज़!''

उस रहस्यमयी ने मुड़कर देखा। अवनिजी कुछ बोलने को थे, तभी उसने कहा, ''अभी नहीं, रात को आऊँगी। जागते रहना।''

वे फिर लिखने में डूब गये। दो किशोर पात्र सामने आ खड़े हुए। मन कर रहा था, शुरुआत मोहनलाल से करें, लेकिन रियासत के बारे में लिखना है, तो ज़रूरी है विजयसिंग को महत्त्व दें। मोहनलाल राजा बन जाने के बाद भी काफ़ी दूर तक विजयसिंग के साथ चले हैं। दोनों को साथ लेकर चला जाए तो? तो लेखक साब

ने इतिहास भरी कथा को रूप देना शुरू किया।

लगता है, अवनिजी जानबूझ कर कुछ झूठ बोले हैं। बकौल हीरासिंग, ''साब, शंका तो मुझे उस रात को ही हुई थी, जब उन्हें थाने चलने के लिए उठाने गया था। सोए नहीं थे बिलकुल। पूरे कपड़े पहने हुए जाग रहे थे। पहली आवाज लगाई, तो यह भी लगा कि धीरे-धीरे किसी से बात कर रहे हैं। दूसरी आवाज़ लगाकर मैंने दरवाज़े को थोड़ा सा ठेला, तो दरवाज़ा एकदम से खुल गया मतलब खुला हुआ ही था और लेखक साब दरवाज़े की ओर बढ़ रहे थे।''

''चेहरे पर हवाइयाँ उड़ती देखीं, तो मैंने सोचा, इतनी रात आवाज दी इस मारे घबरा गये हैं। पर बातें किससे कर रहे थे? इच्छा तो हुई कि अन्दर घुसकर देखूँ कि कौन है? लेकिन राजासाब पीछे खड़े थे, अन्दर कुछ नहीं मिलता तो मेरी बखिया उधेड़ देते। वैसे साब, मैंने सोचा, विद्वान लेखक लोग ऐसे ही ख़ुद से बातें करते होंगे। पर बाद में लगता रहा कि उस रात...।''

रोमेशजी से चर्चा करते हीरासिंग ने कथन अधूरा छोड़ दिया। चेहरे पर संकोच था। हमारे काफ़ी कुरेदने के बाद बस इतना सा बोले, ''अब जाने भी दीजिए ना साब, आप जैसे इतने बड़े लोगों के सामने अपनी जाँघ उघाड़ूँगा, तो मुझको ही शरम आएगी।''

कौन थी वह? जिसका नाम लेने में हीरासिंग को जाँघ उघाड़ने-तुल्य शर्मिन्दगी के तत्त्व लगे थे? सच, अवनिजी की लालगढ़ रियासत यात्रा के इस पहलू को जानने के लिए काफ़ी पापड़ बेलने पड़े। लेकिन वो किस्सा बाद में मतलब पापड़ बेल लेने के बाद।

मतलब ये कि एक रात पहले अवनिजी और रहस्यमयी में परिचय की औपचारिकता पूरी हो चुकी थी। शायद बातें नहीं हो सकीं और शिवभाई का पुलिसिया सन्देश आ गया। तभी तो रहस्यमयी ने कहा, ''रात को आऊँगी, जागते रहना।''

अनुमान ही है यह, लेकिन इतना तय है कि कोई भी सम्भ्रान्त सुन्दरी, ऐसे पहली मुलाकात में 'रात को आऊँगी' नहीं कहती। रोमेशजी का अनुमान है कि राजसी बेडरूम की हवा का असर था कि दोनों के बीच पहली मुलाकात में प्यार का श्रीगणेश टाइप कुछ हो गया। क्योंकि शिवभाई के आदेश के बावजूद उनके काम में या लेखन में कहीं वापस लौटने की जल्दी दिखाई नहीं दी। बकौल डा. शिव शर्मा ''नहीं, दूसरे दिन नहीं आया वो। तीसरे दिन फिर से थानेदार को फोन करके सन्देश भेजा, तब जाकर पट्ठा चौथे दिन दोपहर को उज्जैन पहुँचा।''

10

चमनअली की दरगाह से लौटते हीरासिंग प्रो. अवनि को नागर नदी तट ले गये, तब उन्होंने बताया था कि किशोर विजयसिंग को नदी तट की इस शिला पर बैठ साथियों को खेल करते देखना इतना प्रिय था कि आज भी शिला को 'विजय-शिला' कहा जाता है। लेकिन लोगों ने किंवदन्ति बनाकर कहना शुरू कर दिया कि लालगढ़ के किसी विक्रम या विजयसिंग ने यहाँ शत्रु राजा की गर्दन काटी थी। अवनिजी ने इसी विजय शिला को कथा का पहला दृश्य बनाया।

"हम सब इकट्ठे विजयसिंग के पट्ठे!" आज की बात होती, तो राजकुमार विजय के साथी ऐसा ही नारा लगा रहे होते। योजना बना रहे होते कि इस बार राजकुमार की सालगिरह पर कस्बे लालगढ़ में कितने होर्डिंग्स, फ्लेक्स आदि लगाए जाएँ। और हाँ, राजकुमार का चमचा समूह 'विजयसिंग मित्र मंडल' कहलाता। लेकिन ये समय है, बीसवीं सदी के दूसरे-तीसरे दशक का, चमचागिरी के इस जमाने के मानदंड अलग हैं। राजकुमार गम्भीर मुद्रा में नागर नदी किनारे बैठे हैं और उनके मित्र नदी के निर्मल जल में नहा रहे हैं, तैर रहे हैं। एक दो मित्र जिन्हें तैरना नहीं आता, वे भी किनारे पर शिला का सहारा लेकर मित्रों के सहयोग से तैरना सीख रहे हैं।

विजयसिंग आज कुछ गम्भीर है, क्योंकि रूपा मौसी ने नृत्य का अभ्यास करवाते हुए, उन्हें देवी प्रसाद के रूप में शराब पीने को मजबूर किया। जब माँ यानी तस्वीरादेवी को जानकारी मिली, तो उन्होंने रूपा को ख़ूब खरी-खोटी सुनाई। हाथ भी उठा लिया था, लेकिन रुक गयी। पिताजी राजा विक्रमबहादुर गये हैं बम्बई। जाने क्या बात है, आजकल मन्त्रियों और सेनापतिजी के साथ नक्शा फैलाकर मन्त्रणा करते रहते हैं। बम्बई भी रियासती राजाओं से मिलने गये हैं। वादा करके गये हैं, इस विजय के लिए सोने के घुँघरू लाएँगे। आज अगर वे होते, तो ये झगड़ा ही नहीं होता। होता भी तो एक आवाज़ में निपटारा हो जाता।

विजयसिंग जलक्रीड़ा देख रहे हैं। आज मन तैरने का नहीं है। पीछे से मित्र मोहन आता है। नहा रहे लड़कों को चुप रहने का इशारा करता है। विजय के पीछे पहुँचता है। झुककर पेट में गुदगुदी करता है और सम्हलते-सम्हलते भी विजयसिंग नदी में डुबकी लगा जाते हैं। चमचा मंडली में सन्नाटा है, सभी विजयसिंग की मदद और मोहन को सबक सिखाने के लिए उनकी ओर तैरने लगते हैं। लेकिन यह क्या, पानी से ऊपर आते ही विजयसिंग हँसने लगते हैं। कहते हैं, "मोहन्या, तू आ गया। बहुत अच्छा किया रे, मेरी सारी सुस्ती भगा दी।"

विजय पानी से निकलने को हाथ बढ़ाता है और हाथ जुड़ते ही मोहन को

पानी में खींच लेता है। सभी मजाक में हिस्सा लेते हैं। दृश्य सिद्ध करता है कि राजा के अन्य मित्रों और मोहन में फ़र्क़ है। कथा बढ़ाने से पहले जरा मोहन के पिछवाड़े की ज़मीन यानी पृष्ठभूमि को जान लें।

मोहन के पिताजी भी थे तो राजा विक्रमसिंग के मुलाजिम, इस हिसाब से मोहन को भी राजकुमार के मित्र नहीं चमचे की तरह पेश आना था। लेकिन फ़र्क़ ये रहा कि मोहन का बचपन रियासत में नहीं, जयपुर में बीता। पिता की लालगढ़ में नौकरी लगी, तो उसे लालगढ़ विद्यालय में भरती करवाया गया। स्वभाव से सहज मजाकिया था मोहन। पर एक कक्षा में पढ़ते हुए राजकुमार विजय से दोस्ती का कारण यह बना कि मोहन ने परीक्षा में नकल करने में मदद कर दी।

लगा तो यही था कि मित्र कहलानेवाला एक और चमचा विजय की मंडली में शामिल हुआ, लेकिन जयपुर में दोस्ती का अनुभव पा चुके मोहन ने हँसते-हँसते सब कुछ कह जाने की अपनी आदत के कारण जल्दी ही स्पष्ट कर दिया, "दोस्ती बराबरी में होती है। राजकुमार हो, तो छुट्टी घणीखमा। बस, स्कूल में ही बात कर लिया करो। साथ खेलना हो, तो बराबरी से खेलो।"

शर्त मान ली। गुल्ली-डंडे के खेल में मोहन के शामिल होने तक परम्परा थी कि राजकुमार की पिदने की यानी फील्डिंग की बारी आती, खेलनेवाला गुल्ली को टोल मार झाड़ियों में पहुँचा देता, तो उसे ढूँढ़ने राजकुमार के बजाय सिपाही जाता। लेकिन मोहनलाल ने साफ कह दिया, "खेलना है तो हुकुम बराबरी से खेलो। जाओ, गुल्ली उठाकर लाओ, मजा तभी आएगा।"

और मोहनलाल के होने पर राजकुमार विजय गुल्ली उठाकर लाने लगे। विजय को साथियों से बराबरी का पाठ मोहनलाल ने इस तरह भी पढ़ाया कि डॉजबॉल के खेल में जहाँ गोले में एक टीम बॉल की मार से बचने, डॉज देने का प्रयास करती और बाहर खड़ी दूसरी टीम अन्दर के खिलाड़ियों को चुन-चुनकर निशाना बनाती, तब राजा का बेटा होने के कारण विजय को कोई निशाना नहीं बनाता, अकसर इसी कारण विजय की टीम ही जीतती। लेकिन मोहनलाल ने पहली ही बार में विजयसिंह को निशाना बनाया और हाथ जोड़ते हुए साफ कह दिया, "हुजूर-ए-आला, खेल में काहे के राजकुमार, अगर गोले में खड़े हो तो बॉल की मार से बचकर दिखाओ।"

बचपन की दोस्ती पूरी ज़िन्दगी पर गहरा असर करती है, किसी ने अगर ऐसा कहा है, तो इसलिए तो नहीं कहा कि उसे कोई भारी बात कहनी थी, कुछ देखकर ही कहा होगा ना! मोहन विजय की दोस्ती का असर ये हुआ कि विजय दोस्तों को चमचा समझने की मानसिकता से उबरे (काश! आज के मित्र-मंडलबाज नेता भी ऐसे सुधर पाते!) दूसरा ये कि मोहन की सोहबत में उन्होंने स्कूल में मन लगाने की

कोशिश की। प्रभाव तो मोहन पर भी होना था।

हुआ ये कि जब मोहन ने लालगढ़ विद्यालय की सबसे ऊँची कक्षा यानी चौथी पास कर ली, तो तीसरी में फिर से फेल हुए राजकुमार विजय ने पिता से कहकर उन्हें अपना मुसाहिब नियुक्त करवा लिया। राजा का आदेश था, इसलिए पढ़ने के लिए जयपुर जाने का अरमान धरा रह गया, फिर भी उन दिनों चौथी पास कोई कमतर डिग्री नहीं थी, खासकर लालगढ़ रियासत में।

पाठकों को गलतफहमी न हो इसलिए स्पष्ट कर दूँ, मोहन को चौथी पास करते जवानी की हवा छूने लगी थी। राजकुमार विजय बराबरी के ही थे। अब यहाँ कथा को बढ़ाने का सूत्र यह हो सकता है कि अर्धकिशोर-अर्धयुवक विजय ने पहली बार कैसे खलिहान में सेवारत ग्रामीण सुन्दरी पर राज्याधिकार का उपयोग किया और मोहन ने बाहर रखवाली करते क्या-क्या महसूस किया? यह भी विशेषाधिकार पूरा होने पर मोहन ने किस प्रकार विजय को मित्र के प्रति समभाव रखने की याद दिलाई। किन्तु नख-शिख वर्णन बल्कि उससे भी आगे की संरचनाओं के विस्तृत विवरण का यह सूत्र अकसर उन उबासीदायक उपन्यासों में आजमाया जाता है, जिनके कथाकारों के पास कहने को कुछ नहीं होता। समझ लीजिए कि ऐसा सब हुआ। अपन सपाट बयानी पर उतरते हैं।

युवा मुसाहिब मोहन को शुरुआती दिनों में जो वेतन मिलता पर्याप्त बल्कि उसके हिसाब से ज़्यादा था। जमाना ऐसा था कि चौदह-पन्द्रह साल के किशोर को एक रुपया खर्च करने में दो-ढाई महीने लग जाते थे। परिवार में वे छोटे भाई संकर्षण को कभी कुछ जेबखर्च पकड़ा देते, उसके अलावा सारा वेतन ख़ुद पर खर्च करते। बदले में एक ही काम करना था, राजकुमार विजय और उनकी मंडली को हँसाते रहना। उनकी कला को कुछ ही दिनों में ऐसी महारत हासिल हुई कि राजा विक्रमसिंग तक कीर्ति पहुँची और उन्हें पूरे दरबार को हँसाने बुलाया जाने लगा।

चुटीली फब्ती कस देना तो जैसे उनके खून में ही था, लेकिन विशेष अवसरों के लिए वे हँसाने की कला पर मेहनत भी करते। एक बार राजासाब ने अख़बार पढ़कर सुनाने को कहा, तो उन्होंने अख़बार उलटा पकड़कर खबरें सुनाते हुए दरबार को हँसाया ही नहीं, प्रतिभा का कायल भी कर दिया। वेतन कुछ ज़्यादा था, इसलिए किसी मौके पर राजकुमार विजय के लिए उन्होंने जेब से पैसे दे दिए। ऐसी कुछेक घटनाओं ने उन्हें राजकुमार का जेब-खास मुसाहिब बना दिया।

मोहन और विजय के बारे में इतना कुछ लिखने के बाद प्रो. शुक्ला अपनी लेखकवाली पर उतर आए। आदत से तो वे विश्लेषक और व्यंग्यकार ही थे। सो उन्होंने लिखा— अब ये जेब-खास की पोस्ट के बारे में आज के लोगों को ज़रा ठीक से बता देना चाहता हूँ, ताकि आज के चमचापालू बड़े लोग और उनकी

औलादें भी इसका लाभ ले सकें।

राजाओं की बात राजा जैसी ही होती है। राजा की औलादों के कपड़ों में जेब तो होती थी, लेकिन शायद उसमें रूमाल, इत्र वग़ैरह रखते होंगे। पैसे रखने में अपनी हेठी समझते होंगे। जहाँ भी जाते, अकाउंट्स का जानकार पैसे भरी जेब लिए साथ चलता ज़रूरत पड़ने पर खर्च जेब-खास की जेब से निकलता। जिम्मेदारी का पद था ये, काफ़ी जाँच के बाद कोई जेब-खास नियुक्त होता था। लेकिन मोहन की ऐसी किसी जाँच होने सूचना नहीं मिलती, वे बस इसलिए जेब-खास बने कि दो-चार बार जेब के पैसे बिना हिचक विजय पर खर्च कर दिए। ईमानदार तो वे थे ही, आश्चर्य न करें, उस जमाने में ईमानदार दोस्त ढूँढ़ना कोई मुश्किल काम नहीं था।

वैसे इस पद के लिए कुछ अन्य मित्र भी दावेदार रहे होंगे, जैसे नगरसेठ का बेटा सूरजभान पंडत, वीरसिंह, कन्हैयालाल और बुल्लू। ये सब भी विजय के काफ़ी क़रीब और मुँहलगे चमचे टाइप मित्र थे और जब मोहनलाल विजय से बराबरी का व्यवहार करने की बात करते, तो ये ही राजकुमार विजय को उसके भावी राजा होने की याद दिलाते, कान भरते। लेकिन मोहनलाल के जेब-खास होने के साथ यह दौड़ लगभग ख़त्म हो गयी। पंडित शिवभान यानी सूरजभान के पिता नगर सेठ थे। बुढ़ापे के कारण उन्होंने छोटी उमर में ही सूरजभान को गादी पर बैठा दिया।

बाप से आगे बढ़कर कुछ कर दिखाने की सनक सवार थी सूरजभान पर। ऐसा कुछ करें कि रियासत ही नहीं देश भर में नाम हो और इस सनक को हवा देने में लगे थे वे दोस्त जो राजकुमार विजय की मंडली से साथ थे। एक दोस्त ने कहा, "सूरज पंडित, पूरे लालगढ़ी इलाके में लाल पत्थरों के सिवा कुछ नहीं है, अगर ऐसा कोई कारखाना डालो कि इन लाल भाटों का उपयोग हो जाए, तो कच्चा माल तो बिलकुल मुफ्त में मिलेगा। मतलब सौ टका नफा।"

आइडिया मिलने की देर थी। सूरजभान ने पूरे देश को सप्लाई करने के इरादे से आटा चक्की में काम आनेवाले लाल चक्कों की फैक्ट्री डाल ली। पत्थर काटने की मशीनें बुलवा ली। कारीगर बुलवा लिए। पहाड़ काटकर बड़े लाल पत्थरों से गोदाम भर लिया। कारीगरों को काटने में भिड़ा दिए। जाने कितने हज़ार या लाख खर्च कर दिए। लेकिन चक्के फेल हो गये। फिर हज़ारों खर्च कर बम्बई से एक्सपर्ट बुलवाया, उसने कहा, "इस कच्चे पत्थर से पनचक्की के चक्के नहीं बन सकते। इससे तो घर में काम आनेवाली घट्टी भी बनाओ, तो महीने भर में घिसकर खतम।"

सोना बनाने का भी चस्का लगा। कुछ प्रयोग किए। धन लुटाया। ख़ुद खदान से काँसा खरीद कर लाए। अपने सामने शुद्ध करवाया। सोना नहीं बना, लेकिन लालगढ़ में अफवाह फैल गयी, "सूरज सेठ ने सोना बना लिया है, पर किसी के

आगे कबूल नहीं कर रहा है।''

अफवाह का समापन उस दिन हुआ, जिस दिन डकैत मंगलू-मस्तान ने उनके यहाँ छापा मारा, चमकीली पीली सिल्लियाँ लूट ले गये, लेकिन दूसरे ही दिन काँसे की ईंटें पूरे बड़े बाज़ार में बिखरी हुई थीं, मंगलू-मस्तान का सन्देश था, ''तुम्हारे नगरसेठ से कह देना, बाज़ार को बेवकूफ बना सकता है, पर हमें नहीं।''

लुट-पिटकर दीवालिया हो गये नगरसेठ पंडत सूरजभान। लोग बताते हैं, मरे तब तक सेठजी नगर की सड़कों पर ऐसे नज़रें झुकाकर चलते, जैसे कोई खोई हुई बेशकीमती चीज़ तलाश रहे हों। झुकी नज़रों का रहस्य बरसों पहले फैलाई गयी यह अफवाह थी कि बाबा चमनअली से मिलने आए कोई फ़कीर उन्हें पारस पत्थर भेंट कर गये, तो सूफी ने नासमझ फ़कीर पर हँसते हुए पत्थर सड़क पर फेंक दिया था। लालगढ़ की सड़क पर आज भी कोई व्यक्ति नज़रें झुकाए चलता दिखाई दे, तो फब्ती सुनने को मिल जाती है, ''क्या नगरसेठ का भाटा ढूँढ़ रहे हो भइयाजी?''

पान की गाढ़ी पीक को माणिक समझकर उठाने और थूक से हाथ भरने की घटना भी सुना है, उनके साथ हुई। सूरजभान सेठ प्रसंग से महसूस होता है कि राजा का जेब-खास बनाने का फैसला काफ़ी सोच-समझकर लिया जाता था। जेब-खास बनाए जाने के पीछे मोहन का हँसोड़, मुँहफट होने के साथ गलत बात पर राजकुमार को रोकने में सक्षम होना भी था। लहीम-शहीम थे, आकर्षक थे, अखाड़े में उतर कर दाँव-पेंच भी दिखा देते थे। मोहन ख़ुद भी शाह खर्च थे, विजय के खर्च में अनावश्यक रोक-टोक नहीं करते, लेकिन फिजूलखर्ची से बचा ले जाते। नाच-गाने के भी शौकीन थे। विजय को रूपा मौसी नृत्य शिक्षा देती तो मोहन ही सही समय पर दाद देते। विजय को ज़्यादा पीने से रोकने का दम भी बस उन्हीं में था। रूपा ने मोहन को भी नृत्य सिखाने का प्रयास किया था, लेकिन स्वभाव से ब्राह्मण मोहनलाल तैयार नहीं हुए।

वीरसिंह, आगे जिनका पूरा नाम वीरसिंह माड़साब हो गया, जेब-खास की दौड़ मे ख़ुद राजा विक्रमबहादुर की पसन्द थे। गणित के अटाटूट जानकार, लेकिन गुस्सैल ऐसे कि कब क्या कर बैठें कोई गारंटी नहीं। पहनावा ऐसा कि लगे, सर्कस में काम करते-करते रामलीला की भूमिका करने चले गये हों। घाघरेनुमा पजामा और ऊपर देखो तो लगे, हेंगर पर शर्ट टँगा है। एक दिन वे पिताजी को लेकर विक्रमबहादुर के दरबार में पहुँचे। गिड़गिड़ा कर माँग रखी, ''खमाघणी, स्कूल में गणित के मास्टर की जगह खाली है और वीरसिंह की इच्छा मास्टर बनने की है।''

राजासाब ने सोचा, मैं इसे ऊँचा पद देना चाहता था, लेकिन इसके माँजने तो मास्टर लायक हैं। उस दिन से वीरसिंह माड़साब विजय की मंडली से बाहर आकर, गणित पढ़ाने और गुस्सा करने में व्यस्त हो गये।

सेठ बजरंगलाल के बेटे कन्हैयालाल काइयाँपन के कारण जेब-खास पद के दावेदार बने। भारतीय राजनीतिक दृश्य की जानकारी अतिरिक्त योग्यता थी। लालगढ़ में बम्बई का अख़बार कभी दो कभी तीन दिन बाद पहुँचता। बरसात में एक साथ पाँच दिन के अख़बार आ जाते, कन्हैयालाल महल पहुँचकर उन्हें पूरा चाटते। राजनीति के जानकार के रूप में प्रसिद्ध हुए, तो उन्होंने ख़ुद को महात्मा गाँधी का चेला घोषित कर दिया। राष्ट्रीय आन्दोलन में जेल जाने से बचते रहे, लेकिन मंडली के बीच राष्ट्रभक्ति पर भाषण देने का कोई मौका नहीं छोड़ते।

जेब-खास तो नहीं, लेकिन विजय उन्हें साथ रखना, सहायक नियुक्त करना चाहते थे। महल में अख़बार चाटते हुए वे जो टिप्पणियाँ करते, विजयसिंग उन्हें काफ़ी महत्त्व देते। फिर एक दिन वे अपने पिता की दुकान पर सामान तौल रहे थे, छापा पड़ गया। नमक की जमाखोरी में गिरफ्तार कर लिए गये। रोए, हाथ जोड़े, पिताजी ने रिश्वत भी दी। कन्हैयालाल किसी प्रकार छूट तो गये, लेकिन राजा के सहायक के सम्भावित पद से हाथ धो बैठे। सुना है, घटना ने उन्हें ऐसा सदमा दिया कि आज़ादी के बाद सक्रिय राजनीति में आने का प्रस्ताव आया, तो बापू को याद कर हाथ जोड़ लिए। दोस्त बनाने में माहिर थे, किसी भी तरह उल्लू सीधा करने के भी माहिर हो गये।

एक थे बुल्लू। कंजूस और सूदखोर तो तब बने, जब पिता की गादी पर बैठे, अन्यथा विजयसिंग के मित्र रूप में माले-मुफ्त उड़ाते हुए बेहद दरियादिल गिने जाते थे। लेकिन उनके राजतिलक में इस कारण नहीं गये कि नयी ड्रेस सिलवानी पड़ती। पिता की गादी पर बैठते ही गन्दे चीकट कपड़े उनकी पहचान बन गये थे। न ख़ुद धोते, न किसी को धोने देते। शहर में एक तमाशा अकसर देखा जाता, बुल्लू सेठ कर्जदार के पीछे गाली देते भाग रहे हैं। बड़ी सड़क पर अपनी दुकान में लेटे रहना, सोने का शगल था। लेटते भी तो ऐसे कि शरीर का वो भाग जिसे शालीनता से पिछवाड़ा, नितम्ब आदि कहा जाता है, वो लगभग खुली हालत में सड़क की ओर रहे।

अरसे बाद लोगों को इस सेमी-न्यूड मुद्रा का रहस्य समझ में आया। होता यह कि खुला दृश्य देखने के लिए सड़क चलते आदमी की नज़र रुक जाती और एक क्षण में वे तिरछी नज़र से ताड़ लेते कि देखनेवाला कोई कर्जदार तो नहीं है। बेटों ने उन्हें धोखा देकर या उल्लू बनाकर सब छीन लिया। दयनीय स्थिति में मरे। जेब-खास या राज्य का कोई अन्य पद पाने में वे कैसे चूक गये, इसका भी विवरण प्राप्त नहीं होता, लेकिन थे विजयसिंग के बेहद क़रीबी, मरने पर ख़ुद विजयसिंग आए और उनकी ओर से किसी दरबारी ने कन्धा दिया।

उस रात अवनिजी ने यह अध्याय आधा-अधूरा लिखा था। वाक्य कुछ इस तरह आधा छोड़ा, जैसे कोई इमर्जेन्सी आ गयी हो। उस शयनकक्ष में मच्छर-भगाऊ

रहस्यमयी से ज़्यादा महत्त्वपूर्ण इमर्जेन्सी क्या हो सकती थी? आधा वाक्य छोड़कर मिले होंगे, बातें जो भी हुई हों, लालगढ़ के इतिहास के बारे में तो नहीं हुई होंगी। लेखक द्वय ये महसूस करते हैं कि परिचय में आती इस गहराई के बाद से अवनिजी के काग़ज़ों में रहस्यबाला का सीधा उल्लेख नहीं के बराबर है, लेकिन ऐसी स्थिति में कथानक में एक मुहावरा आ धमकता है कि— इश्क-मुश्क और खुजली-खाँसी छुपाए नहीं छुपते। उज्जैन यात्रा में भी इसके उदाहरण सामने आए।

"अभी तो दादा सिनोप्सिस के लायक मुझे कोई जानकारी ही नहीं है और आपने वापस बुलवा लिया। ऐसे में बताइए, क्या लिखूँ?" उज्जैन पहुँचकर डॉ. शिव शर्मा से मिलते ही अवनि शुक्ला ने कहा और जवाब मिला, "मुझे पता था, देख, इसीलिए मैंने ये कुछ पाइंट लिखे हैं। इसमें और जो तुमने देखा हो, उसे मिलाकर बना लो।"

शिवभाई ने काग़ज़ अवनिजी के हाथ में धर दिए। पढ़े और ख़ुश हो गये। शायद एकाध पाइंट इधर-उधर किया होगा या महात्मा गाँधी और स्वतन्त्रता आन्दोलन वाला पाइंट जोड़ा होगा, फिर बोले, "इसे टाइप करवा लाऊँ?"

'हाँ' कहते ही चल दिए। वहाँ लालगढ़ में क्या-क्या किया, क्या हुआ? कुछ भी बताना ज़रूरी नहीं समझा, जबकि शिवभाई के सौजन्य से ही उनकी पूरी व्यवस्था हुई थी। याद करके कहते हैं डॉ. शिव शर्मा, "वाकई, हालत कुछ गड़बड़ ही थी उसकी।"

पहली बार लालगढ़ जाने में आनाकानी करते हुए उसने जो कारण गिनाए थे, उसमें से एक था, "शिवभाई, आप तो जानते हैं, जो दो क्लासेस मैं लेता हूँ, कॉलेज की क्रीम क्लास हैं दोनों। छोड़ के जाने को मन नहीं करता।"

और क्रीम क्लास यानी वो जिसमें कॉलेज के सबसे सुन्दर चेहरे दिखाई दें। रात तक टाइप-वाइप करवा कर, सारी फार्मेलिटीज पूरी कर दीं और वापस जाने की तैयारी कर ली। कॉलेज के साथियों ने रोका, कहा, अब एक-दो दिन क्लास लेने के बाद शनिवार को निकल जाना। फिर दो दिन बाद तीन दिन की छुट्टी हैं, लीव बच जाएगी, पर कोई असर नहीं। सिनोप्सिस सबमिट होते ही घोषणा कर दी, "बस, दो घंटे में निकलूँगा, रात तक पहुँच जाऊँगा।"

"मैंने कहा भी, रात को पहुँचकर क्या करोगे? लड़कियाँ तेरा हाल पूछ रही थीं। कल एकाध क्लास लेकर चले जाना, लेकिन वो तो जैसे लालगढ़ी पहुँचने को छटपटा रहा हो। मुझे समझाने के लिए कहने लगा, दादा, लिंक टूट जाएगी। अब समझ में आ रहा है, कौन सी लिंक जुड़ी थी।" कथन सिद्ध कर रहा था कि कुछ तो था। प्रेमकथा भले न पनपी हो, पर लिंक तो थी, जो अवनिजी को खींच रही थी। उज्जैन की प्रोफेसरी में कोई प्रेम-व्रेम नहीं हुआ था, हाँ, पर एक-दो लड़कियाँ

अकसर घेरती थी उन्हें। लेकिन उन्हीं लड़कियों के जिक्र ने इस बार उन्हें जरा भी उद्वेलित नहीं किया, शिवभाई स्पष्ट करते हैं, "नहीं-नहीं, गलत मत समझना, छिछोरा नहीं था अवनि, पर रसिक तो था और उस उमर में तो सभी होते हैं, होना भी चाहिए। देखने में भी इम्प्रेसिव था अवनि।"

एक बात और, रवाना होने से पहले डाक टिकिट लगा, पता लिखा एक लिफाफा डॉ. शर्मा को देते हुए उन्होंने पूछा था, "दादा, आपकी भारतीजी से अच्छी है ना?"

"हाँ, क्यों? कोई व्यंग्य लिख मारा क्या? देख भाई, मेरे कहने से भारतीजी इसे देख तो लेंगे, पर छपेगी तभी जब छपने लायक होगी।" और शिवभाई के जवाब पर लड़की जैसे शरमाते हुए उन्होंने कहा, "नहीं दादा, इसमें तीन कविताएँ हैं।"

"अरे, तूने ये रोग कबसे पाल लिया?" डा. शर्मा के प्रश्न पर केवल मुस्कराते हुए उन्होंने विदा ले ली थी। इस यात्रा का अवनिजी का विवरण काफ़ी अलग है। जैसे यही कि - मैं वहाँ गया, पूरी तैयारी थी, इसलिए एक दिन में ही सब्जेक्ट सबमिट कर दिया। दोस्तों ने रोका, पर मैंने साफ कह दिया, "नहीं, मैं पी.एच.डी में भिड़ा हूँ। उसी पर ध्यान दूँगा।"

आगे लिखा, "हाँ, धर्मयुग में तीन में से एक भी कविता छप जाए, तो मजा आ जाए।"

उज्जैन के बाज़ार में दुर्गन्ध भगाने वाला स्प्रे नहीं मिला, लेकिन उन्होंने राजा को अगरबत्ती के पैकेट भेंट किए। शायद अँग्रेज़ी की बोतल भी ले गये हों। औपचारिकताओं के बाद प्रो. अवनि शुक्ला ने शयन कक्ष में टेबल सम्हाल ली। बारात जा चुकी थी इसलिए माहौल शान्त था। सबमिट सिनोप्सिस ने लेखन की धारा को प्रभावित किया था। कुछ काट छाँट कर अधूरा अध्याय पूरा किया। एक दो बार चाय पी, राजासाब के साथ भोजन भी किया और लिखने बैठे। काम पूरा करने का जुनून सवार हो गया था। अगले अध्याय में उन्होंने सीधे-सीधे कथा सुनाने का निश्चय किया।

11

रिश्ते आने लगे थे। एक-दो बार 'अभी छोटा है' कहकर टाल दिया, फिर राजकुमार विजय पर चढ़ी शाही जवानी के रंग देख विक्रम बहादुर को झुकना पड़ा। कुशलगढ़ के क़रीब किसी रियासत की राजकुमारी थी विजयावती, सब उसे कुशलगढ़वाली कहकर बुलाते रहे। महाराज विक्रम बहादुर जीवित थे, शाही शादी ऐसी धूमधाम से

हुई कि बाद की तीन-चार शादियों में लोग उसी शादी को याद करते रहे। और याद करते रहे उस शादी में हँसोड़ मोहनलाल की मजाकों को।

"कुशलगढ़वाली का पाँव ससुर पर भारी पड़ गया।" कहा जाने लगा। क्योंकि शादी के कुछ ही दिन बाद विक्रम बहादुर ने पलंग पकड़ लिया। कहते हैं, लिवर की खराबी थी, जिसका पता काफ़ी विलम्ब से और बम्बई के डॉक्टरों से जाँच करवाने पर चला। पैसे भी काफ़ी खर्च हुए और अन्त में अँग्रेज़ डॉक्टर ने टूटी-फूटी हिन्दुस्तानी में समझा दिया, कोई आशा नहीं, ऊपर से बुलावा आ गया है। सूफी चमनअली की दुआओं का असर बस इतना रहा कि राजासाब अँग्रेज़ों को मना सके कि उनके बाद उनकी बड़ी बेटी या दामाद को नहीं, बेटे विजय को राजा बनाया जाए।

और कुशलगढ़वाली के पाँव के अपशकुन की इन्तहा यह कि बीमार राजा को झुककर अँग्रेज़ों से नयी सन्धि करनी पड़ी। खर्च पर और बन्दिशें लागू हो गयी। रीजेंट ने सुन्दरदास को दीवान नियुक्त किया, जो कहते हैं पहले से गोली रूपा और रानी रेवती का परिचित था। शायद उसी रियासत का था, जहाँ से रूपा और रानी रेवती आई थीं। पोते का मुँह देखने के इच्छुक बीमार राजा, वारिस को जन्म देने के प्रयास में अतिव्यस्त राजकुमार विजय और दीवान सुन्दरदास के उकसावे पर रनिवास के षड्यन्त्र चलते रहे। सूफी बाबा चमनअली ने अन्तिम समय क़रीब होने का संकेत दे दिया, तो राजा विक्रम बहादुर बेटे का राजतिलक करने की तैयारी करने लगे।

मोहनलाल की मजाक करने की ड्यूटी उन दिनों हलकी हो गयी थी। इसी बीच सजातीय गौड़ ब्राह्मण परिवार की कन्या विजयालक्ष्मी से उनका रिश्ता पक्का करके शादी की तारीख भी तय कर दी गयी थी। फिर भी वे जहाँ भी होते, हँसी उनके साथ चलती। यहाँ तक कि बीमार विक्रम बहादुर के दर्शन करने जाते, तो उन्हें भी मुस्कुराने को मजबूर कर देते। एक दिन साथियों के हँसी-ठट्टे के दौरान हथेली के बीच दबाकर अखरोट तोड़ने का प्रयास कर रहे राजकुमार विजय पर कटाक्ष कर दिया, "शादी के बाद ज़्यादा मेहनत करते-करते हुकुम खाली-माल हो गये हैं।"

बातचीत चुनौती तक पहुँची, तो पूरी मंडली रियासत के बड़े अखाड़े पहुँच गयी। यह तो तय था कि राजकुमार और भावी राजा विजयसिंग से जो भी कुश्ती लड़ेगा, वह हार ही जाएगा। कुश्ती तो बस, दिखावा होता। विजयसिंग के एक भाई थे विराजसिंग, जो थे तो गोली रूपा के बेटे, लेकिन कुँवर कहलाना पसन्द करते थे। राजकुमार विजय को साथियों समेत अखाड़े में आया देख विराजसिंग ने उनसे कुश्ती लड़ने का प्रस्ताव रख दिया। विराज के आगे विजय की हार निश्चित दिखाई दे रही थी। तभी मोहनलाल आगे आए और बोले, "कुँवर साब, गोली के बेटे राजकुमार

से नहीं भिड़ते, फिर भी आपकी इच्छा है, तो पहले मुझे हराओ, फिर मेरे राजासाब से भिड़ना।''

मंडली ने शोर मचाकर समर्थन किया। मोहनलाल अकसर विजय को सम्मान से राजासाब कह देते, लेकिन विराजसिंग को सम्बोधन चुभ गया। प्रस्ताव गुस्से के साथ स्वीकार किया। लोग अखाड़े में जमा हो गये। विराज नियमित अखाड़े में आते, कुश्ती के माहिर थे। मोहनलाल को भी कुछ दावों में महारत थी, लेकिन विराजसिंग के बराबर नहीं। फिर भी भिड़ गये। कहा गया है, अकल हर जगह लगती है, कुश्ती में भी। मिट्टी से पंजा रगड़ने के साथ ही मोहनलाल ने पैंतरा यह अपनाया कि जब भी हाथों के क़रीब विराजसिंग के पेट का कोई भाग आ जाता, वे गुदगुदी करने से नहीं चूकते। विराज बिदक जाते और दर्शक समूह हँसने-उछलने लगता। मोहनलाल लगातार ऐसा दिखाते रहे, मानो विराज उनके आगे कुछ नहीं है और ये कुश्ती बस, एक मजाक है।

दर्शकों की हँसी के साथ विराजसिंग का गुस्सा बढ़ रहा था और लगने लगा कि दाँव फँस गया तो विराज नियम विरुद्ध जाकर मोहनलाल की हड्डी-वड्डी न तोड़ दे, लेकिन हुआ उलटा। ठंडे दिमाग से लड़ रहे मोहनलाल की गुदगुदी से विराज ने तिरछे होकर बचना चाहा, तभी मोहन के महारत वाले दाँव की पकड़ बन गयी और विराजसिंग धोबी-पाट खाने के लिए हवा में उठ गये।

अब राजकुमार को अपनी जोड़ के मन्नालाल से भिड़ना था। दोनों अखाड़े में उतरे। परिणाम सबको पता था। लेकिन दर्शकों की तालियों पर एकाएक विराम लग गया। खबर मिली, राजासाब के मुँह में तुलसी-गंगाजल धरने के लिए राजकुमार को तत्काल बुलाया है। पूरा समूह महल की ओर दौड़ पड़ा। महल के क़रीब आते विजयसिंग एकाएक रुके। मुड़कर मोहनलाल को रोकते हुए कहा, ''तू अन्दर नहीं चलेगा। घर जा। अब जब तक मैं नहीं बुलवाऊँ, आना नहीं।''

''महाराज के दर्शन तो कर लूँ हुकुम।''

''नहीं, कल तुझे हल्दी चढ़नी है ना? और वहाँ महल में आज तुझे किसको हँसाना है? तू रहेगा, तो किसी-न-किसी बात पर हँसी आ ही जाएगी। चल जा।''

आदेश शीघ्र ही राजा बननेवाले राजकुमार ने नहीं, मित्र विजय ने दिया था। भारी मन के साथ घर आया मोहन। दूसरे दिन हल्दी चढ़ी और कुछ ही घंटे बाद विक्रम बहादुर के निधन की खबर आई। पूरी रियासत शोक मग्न थी। मोहन की बारात ऐसे चुपचाप रवाना हुई, जैसे तीरथ करने जा रही हो। उन दिनों शादियाँ सामान्यत: सात दिन चल जाती थी। आठवें दिन दुल्हन विजयालक्ष्मी को लेकर वापस लौटते ही जो खबर मिली, उसने पूरे परिवार को स्तब्ध कर दिया।

रीजेंट और दीवान रियासत चार भागों में बाँटने को तैयार थे। स्व. विक्रम

बहादुर की तीन रानियों की चार बेटियों को नकद राशि देकर खजाना खाली करने की तैयारी थी। वकील खड़े किए गये। दिल्ली दरबार ने बस इतनी सहूलियत दी कि लालगढ़ी का मुख्य इलाका विजयसिंग के हिस्से में आया और आसमानी मदद यह हो गयी कि कामिनी देवी की बेटी ने हिस्सा लेने से मना कर दिया। कामिनीदेवी की बेटी लन्दन में पढ़ रही थी, जो शादी करके वहीं बस गयी। लेकिन कामिनीदेवी अन्तिम समय तक विजयसिंग के साथ ही रही और कई मौकों पर उनकी सलाहकार भी रही। जब तक जीवित रही, रियासत की प्रमुख राजमाता का दर्जा उन्हीं को प्राप्त रहा।

खाली खजाने के साथ लुटी-पिटी, आधी से कम बची रियासत की प्रतिष्ठा सम्हालने में राजा विजयसिंग की मोहनलाल ने जो मदद की उसने उन्हें जेब-खास मुहासिब पद से ऊपर उठा दिया। पहुँच राजा के निजी कक्ष तक हो गयी। राजमाता रेवती गोली रूपा के साथ बेटों को मिली रियासत मे चली गयी। प्रारम्भिक दिनों में बँटवारे का सीमांकन स्पष्ट नहीं था। कई जगह हालत यह थी कि एक गाँव की सड़क का एक हिस्सा एक रियासत में और दूसरा दूसरी में। आठ-दस मील की उन रियासतों के राजा कभी भी आमने-सामने आ जाते और इक-दूजे से भिड़ पड़ते।

किस्सा प्रसिद्ध है, डेलचीपुर था लालगढ़ी के अधीन, वहाँ लगे वार्षिक मेले में पास की रियासतों के दो राजा, विजयसिंग के दो सौतेले भाई आमने-सामने पड़ गये। हथियार मेला क्षेत्र के बाहर धरवा लिए गये थे, इसलिए बाँहें चढ़ गयीं। तो समितिवालों ने निवेदन किया, ''खमाघणी, अगर लड़ना ही है, तो मेले में जो अखाड़ा बनाया गया है, उसमें आइए ना।''

और साहब, जिन डेलचीवालों को मूर्ख कहा जाता है, उन्होंने राजाओं की कुश्ती देखने का टिकिट लगाकर ख़ूब पैसे बटोरे। इसे राजाओं की लोकप्रियता कहें या कुश्ती के प्रति ग्रामीणों का लगाव, जिस शाम कुश्ती हुई, टूरिंग टाकीज को शो कैंसल करना पड़ा। कहते हैं, टाकीज का परदा दो-तरफ़ा था। एक ओर पुरुष बैठते और दूसरी तरफ़ महिलाएँ। मूक फ़िल्म लगती तो साइड में आर्केस्ट्रा पार्टी बैठती, एक आदमी कहानी का अर्थ बताते हुए आजकल के एंकरों के ग्रेंडफादर की भूमिका निभाता। कभी यह भी होता कि परदे पर मूक प्रणय-दृश्य या होली-नृत्य चलता और आर्केस्ट्रा मातमी धुन जैसे 'रघुपति राघव राजा राम' बजाता, दर्शक सीटियाँ बजाकर विरोध दर्ज करते। तो राजाओं की कुश्तीवाले दिन महिला दर्शकों ने टाकीज मालिक को ख़ूब गालियाँ दीं।

राजाओं की कुश्ती शोरगुल और सट्टेबाजी के बीच सम्पन्न हुई। सुना है, उसके बाद समिति ने आसपास के राजाओं को भी कुश्ती का निवेदन भेजा। और कोई गया हो तो पता नहीं, राजा विजयसिंग नहीं गये। व्यस्त थे, शादी को पाँच

साल हो गये थे, लेकिन राज्य का वारिस उत्पन्न होने का नाम नहीं ले रहा था। पहली रानी को बाँझ घोषित कर, दूसरी शादी के लिए राजकुमारी तलाशी जाने लगी। शादी को तीन साल तो मोहनलाल को भी हो गये थे। अब चाहें तो इसे राजा के जेब-खास मुसाहिब के साथ जिगरी दोस्त होने की इन्तहा मान सकते हैं कि उनकी पत्नी विजयालक्ष्मी ने भी ऐसी कोई सूचना नहीं दी, जिसे 'गुड-न्यूज' कहा जाता है।

पहली शादी राजकुमार के रूप में हुई थी, लेकिन अब वे पदोन्नत यानी राजा हो गये थे। दूसरी शादी राजा के रूप में पहली थी, बड़े राजघराने की राजकुँवरी सुभद्रा ने रानी बनकर इन्द्रमहल में पाँव धरा। पहली तो आप जानो, पाँव के मामले में अपशकुनी मानी गयी, लेकिन दूसरी के पैरों को शुभ बताया, तो उसके तीन कारण रहे, यह कि वो दहेज बड़ी मात्रा में लाई थी। दूसरे उस साल राज्य में फसल अच्छी रही, ख़ुद राजा के खेतों का धनिया-जीरा और हाँ, लाल टमाटर अच्छे भावों पर बिक गये। और तीसरा लेकिन चौंकानेवाला कारण यह रहा कि दूसरी शादी के पन्द्रह दिन बाद ही पता चला कि पहली रानी विजया का पैर भारी है।

बेटी हुई। साल भर के अन्दर दूसरी रानी को भी बेटी हुई। बेटी है तो कल है, टाइप माहौल तब नहीं था, लेकिन गर्भस्थ शिशु की जाँच के साधन भी तो नहीं थे। राज्य का कामकाज अब मोहनलाल की मदद से राजा विजयसिंग समझने लगे थे। पॉलिसी बनी कि अँग्रेज़ों ने आय सीमित कर दी तो क्या हुआ, बची पूँजी से अन्य स्रोत आजमाए जाएँ।

खेती और घुड़साल के नस्ल संकरण केन्द्र पर ध्यान दिया जाए। पिता स्व. विक्रम बहादुर ने अन्य छोटी रियासतों से जो सूत्र जोड़े थे, उनसे भी मेलजोल बढ़ने लगा। इसी तारतम्य में बम्बई आदि शहरों की यात्राएँ भी बढ़ीं। यात्राओं में अकसर मोहनलाल साथ होते, लेकिन अन्य रियासती राजाओं से भेंट के दौरान ज़्यादा कुछ कर नहीं पाते। क्योंकि राजासाब मोहनलाल को दूसरे कर्मचारियों के साथ बैठाकर ख़ुद साथी राजाओं के साथ अय्याशी करने चले जाते थे।

सूत्र जुड़े थे उस योजना के कारण जिसके अन्तर्गत राजा अँग्रेज़ों से बदला लेना चाहते थे, लेकिन परिणाम में केवल अय्याशी मिली। राजा पहले तो खास महफिलों में जाने लगे, फिर कोठों के खास ग्राहक बने। घुड़दौड़ में खर्च करने का शौक तो पहले ही लग चुका था। कोठों ने उन्हें शराब में भी डुबो दिया। मोहनलाल कुछ नहीं कर सके, तो ज़रूरी काम का बहाना बनाकर किसी अन्य को राजासाब के साथ भेजने लगे। और नर्तकी बबली से मुलाकात के बाद तो मोहनलाल ने बम्बई से नाता तोड़-सा लिया। यह ज़रूर था कि वे मित्र की यात्राओं का विवरण लेते रहते और ज़रूरत पड़ने पर ख़ुद उन्हें टोकते या राजमाता कामिनीदेवी आदि के प्रभाव का

इस्तेमाल करते।

मनमानी करते राजासाब का धर्म पालन बम्बई में भी जारी रहता। शराब पीते तो ध्यान रखते कि सर्व करनेवाला या वाली मुसलमान तो नहीं। मुसलमान होता या होती तो बोतल पर, पेग पर गंगाजल छिड़का जाता। यही पुनीत परम्परा भोजन के समय भी निभाई जाती। गोश्त अगर मुसलमान ने बनाया या सर्व किया है, तो प्लेट पर गंगाजल छिड़कने के बाद ही राजासाब उसे छूते। सुना है, जब विजयसिंग बबली पर जान छिड़कने लगे, तब एक बार बबली के अनुरोध पर और शायद गंगाजल का स्टॉक खत्म हो जाने के कारण उन्होंने इस परम्परा का उल्लंघन किया।

गंगाजल का स्टॉक समाप्त होने की जानकारी गलत है, क्योंकि नियम यह था कि गंगाजली में से जितना पानी उपयोग के लिए निकाला जाता, उतना सादा पानी डाल दिया जाता। इस प्रकार मिश्रित कहें या होम्योपैथिक डोज कहें, गंगाजल का अंश पानी में सदा बना रहता।

इधर राजासाब की अनुपस्थिति में मोहनलाल ने रियासत की आर्थिकं स्थिति पर ध्यान दिया। नहरबाग की कीमती फसलों का विस्तार किया और घुड़साल के लिए अपने प्रिय भांजे रामचन्द्र को नियुक्त किया। घुड़साल प्रबन्धक पंडित रामचन्द्र त्रिपाठी जिन्हें जीवन के अन्तिम दिनों में उनके अपनों द्वारा 'डाकी' सम्बोधन दिया गया, उन्हें ज़्यादातर लोग मोहनलालजी का बेटा ही मानते थे। मोहनलाल और उनकी पत्नी विजयालक्ष्मी ने उन्हें पाला-पोसा भी अपने बेटे की तरह।

वो क्या था कि काफ़ी प्रयास के बाद भी सन्तान नहीं हुई, तो राजा का अनुकरण करते हुए दूसरी शादी करने के बजाय मोहनलाल ने विजयालक्ष्मी के भांजे को पास बुला लिया। रामचन्द्र पढ़ाई तो नहीं कर सके, लेकिन खेल-कूद, घुड़सवारी, कुश्ती आदि की प्रवीणता और मोहनलाल की सिफारिश के आधार पर कुछ महीने प्रशिक्षण लेने के बाद घुड़साल प्रबन्धक नियुक्त हो गये। रामचन्द्र तो इस कथा के अलग अध्याय हैं, पहले राजासाब और उनकी बारह रानियों की बात करें।

अवनिजी ने पूर्व में जिस होनी यानी प्रारब्ध की चर्चा की थी और रामचन्द्र त्रिपाठी से भेंट करने के बजाय मामासा से मिलने चले गये थे, जी हाँ, उसी होनी का यहाँ एक बार फिर प्रवेश हो गया। रात देर तक जागकर उन्होंने विजयसिंग और मोहन के प्रारम्भिक संघर्ष का विवरण पूरे विस्तार से लिखा और सोने से पहले तय करके सोए थे कि अब एक क्रम में राजा विजयसिंग की बारह शादियों का कच्चाचिट्ठा पेश किया जाएगा, लेकिन होनी तो कुछ और ही करने जा रही थी।

12

भीड़ ने एक गोल घेरा बना रखा था। अवनिजी को पहचानकर लोगों ने जगह बना दी। घेरे के बीच औंधे मुँह पड़े व्यक्ति को पहचानते देर नहीं लगी। दारोगा पंडित रामचन्द्र त्रिपाठी ही थे, जिन्हें पिछली बार भीड़ के बीच रोते-बिलखते देखा था। बिरजिस आदि, घुड़साल दारोगा की जर्जर हो चुकी पूर्ण पोशाक पहने। लगा, शराब पीकर लुढ़के हैं। अवनिजी हीरासिंग के साथ क़रीब पहुँचे। देखा, दारोगाजी के हाथ में दस रुपये का नोट अभी भी कसा हुआ था। अवनिजी ने अनुमान लगाया, तबीयत बहुत खराब हो गयी, तो शायद अस्पताल जाने को निकले होंगे त्रिपाठीजी।

तभी किशोर त्रिपाठी चक्कीवाले परिवार सहित अपने घर से बाहर निकले। लोग मुड़कर उनकी ओर देखने लगे, तो वे हाथ जोड़कर खड़े हो गये। कुछ क्षण बाद हाथ जोड़े हुए ही उन्होंने भीड़ को सम्बोधित किया, ''मेरे घर में मंगल कार्य हुआ है, आप सब लोग जानते हैं। हम जा रहे हैं, सवा महीने तक हम लोग ऐसे किसी कार्य में शामिल नहीं हो सकते।''

कुछ दूर खड़े एक वृद्ध ने कहा, ''अरे, कैसी पागल जैसी बात कर रहा है, ये तेरे परिवार का, तेरा ताऊ है, बेंडी राँड के ऐसा क्यों कर रहा है तू? इसका तो सूतक भी लगता है तेरे पर।''

''कहा ना, माफ करें,'' किशोरजी ने बात काट कर कहा, ''इसीलिए हम जा रहे हैं।''

चल दिया पूरा परिवार। धर्मपालन से चिपके रहने का एक लाभ यह है कि आप कभी भी उसे मानवता के विरुद्ध बहाने की तरह इस्तेमाल कर सकते हैं। भीड़ की बातों, गुनगुनाहटों से अवनिजी को पता चला, दारोगाजी दुनिया छोड़ चुके हैं और भुक्खड़ किशोर त्रिपाठी का परिवार अन्तिम कार्य का खर्च बचाने के लिए पलायन कर गया है। फिर शुरू हुए जितने मुँह उतनी बातें। उस रात बारात के आगे हुई बेइज्जती के बाद दारोगा रामचन्द्रजी को किसी ने नहीं देखा था।

जो सज्जन एहसान का बदला चुकाते हुए उन्हें खाना भेजते थे, वे भीगे स्वर में बताने लगे, ''लाले ने परसों बताया कि कक्का खाना नहीं खा रहे हैं। एक दिन पहले जो टिफिन देकर आया था, वैसा का वैसा रखा है, तो कल मैं ख़ुद गया। सोचा, समझा दूँ, जो हो गया सो हो गया। लेकिन भैया ने दरवाज़ा नहीं खोला। ख़ूब मिन्नतें कीं। अन्दर से ही बोले, डिब्बा रख दो, तुम जाओ, खा लूँगा। क्या करता, वापस चला आया। लगता कि ऐसा होने वाला है, तो...।''

उन्होंने अपने आँसू पोंछे। डॉक्टर आया, जाँच की। हीरासिंग ने उसे अपने पास बुलवाया, कुछ बातें कीं और जवाब में डॉक्टर ने आश्वस्त किया, ''राजासाब

से कहें, चिन्ता न करें, नेचरल डेथ है। मैं सर्टिफिकेट भेज दूँगा।''

जबकि अवनिजी के हिसाब से फूड पॉइजनिंग का तो केस बनता ही था। शायद हुआ भी यही था। तीन दिन के भूखे दारोगाजी ने कोठरी में घुसकर शादी के पूरी और नुकती भर पेट खाए थे। फिर अपमानित होकर ख़ुद को अपनी कोठरी में बन्द कर लिया था। बाहर नहीं निकले तो सभी ने सोचा, शर्म के मारे ख़ुद को बन्द कर लिया है डाकी ने। लेकिन एकदम खाली पेट कर लिए गये गरिष्ठ भोजन ने सुबह होते-होते असर बता दिया और वे उल्टी-दस्त के शिकार हो गये थे।

डॉक्टर के जाने के बाद अवनिजी इस बारे में हीरासिंग से बात करना चाहते थे, लेकिन भीड़ की समस्या थी, किशोर त्रिपाठी के सपरिवार पलायन के बाद डाकी का अन्तिम कारज कौन करेगा? बात हंडी उठाकर अरथी के आगे चलने भर की होती, तो एक-दो रिश्तेदार आगे आ भी जाते, लेकिन मामला आर्थिक था। अब कारज के लिए धन किसकी जेब से आएगा? राजासाब कोर्ट की तारीख पर देवास गये थे, दारोगा रामचन्द्र की मृत्यु की खबर उन्हें नहीं थी। वे होते, तो कुछ करते। किशोरजी के बाद सबसे क़रीबी थे शामलाल, जो किशोर की ही तरह रिश्ते में रामचन्द्रजी के भतीजे होते थे। उनका जवाब था, ''छुट्टी कहाँ है मेरे पास, कल ही वापस लौटना है।''

किसी को बीमार पत्नी के चेकअप के लिए इन्दौर के डॉक्टर ने टाइम दे रखा था। तीसरे की लड़की को देखने आने वाले थे। चौथे ने सीधे से कहा, ''पाँच-छे हज़ार से कम का काम नहीं है। हाथ ऐसा तंग है कि ख़ुद निपट गया, तो मुंसीपाल्टी को मेरी लाश ठेले में उठवानी पड़ेगी।''

वहाँ जो भीड़ जमा थी, उसमें आधे से अधिक त्रिपाठीजी के रिश्तेदार और जातिबन्धु थे। डॉक्टर के आने पर एक अधेड़ के निर्देश पर लाश को सीधा कर दिया गया था, लेकिन अब वे भी भीड़ में गुम थे और उनमें से दो स्नान के लिए घर लौट चुके थे। सुझाव आया, ''पंचों के सामने कोठरी खोलकर देख लो। बूढ़े ने जो माल छुपा रखा है, इतना तो उसमें से मिल ही जाएगा।''

किसी ने सुझाव दिया, ''पुलिस के सामने खोलना चाहिए, नहीं तो... ।''

सुझाव मान्य हुआ। दो व्यक्ति थाने की ओर चले, तो 'कौन लफड़े में पड़े' की चमड़ी बचाऊ भावना के साथ भीड़ और छँट गयी। प्रो. अवनि शुक्ला के अन्दर का तमाशबीन भी अब उकताने लगा था, दारोगाजी के अन्तिम दिनों की स्थिति उनके मस्तिष्क में घूमने लगी।

उस रात कोठरी में लौट दारोगाजी ने दरवाजा बन्द कर लिया। अब वे सुरक्षित महसूस करने लगे। बाहर का क्या भरोसा, कब कौन धिक्कार दे, अपमानित कर दे। उन्हें याद आया वह स्वर्णिम काल, जब वे घुड़साल दारोगा हुआ करते थे। किसकी

मजाल थी कि आँख उठाकर देख सके। बूढ़ा हो जाने से क्या आदमी टूटे-फूटे अटाले से भी बदतर हो जाता है? अटाले को भी घर की स्त्रियाँ कोने-कुचाले में पटक देती हैं कि कोई चीज़ काम आ जाए, किन्तु बूढ़ा आदमी क्या अटाले से भी निरर्थक हो जाता है? तीन दिन से ब्याह का जश्न चल रहा था, किसी ने पूछा कि भूखे तो नहीं हो? वे बड़बड़ाने लगे, "भंडार में जितना खाया, उससे ज़्यादा तो बर्बादी में चला गया होगा, जूठन में फेंक दिया होगा। अरे, भिखारियों को दे दिया होगा। हम इनसे भी गये-बीते हो गये, इनसे भी निकृष्ट हो गये?"

अवनिजी यही सब सोच रहे थे कि महल के एक बूढ़े सिपाही ने आकर कहा, "बुलाया है आपको। चलिए, यह सब तो शाम तक चलेगा।"

बताया नहीं कि किसने बुलाया है, लेकिन अवनिजी ने अनुमान लगा लिया, वापस लौटे, स्नान किया और बाहर आए, भोजन पर हीरासिंग इन्तजार कर रहे थे। भोजन शुरू किया तो रियासत के पूर्व चारण दिल्लबाबा और उनके बेटे जोगीबाबा आकर ज़मीन पर पसर गये। बातचीत का विषय आज रामचन्द्र त्रिपाठी के सिवा हो भी क्या सकता था। जो सुना, उसने दारोगा पंडित रामचन्द्र त्रिपाठी का जीवन रेखांकित कर दिया।

कितने अच्छे दिन थे वे। कोठरी में पड़े घुड़साल दारोगा दीवार पर लगा चित्र देख सोचने लगे। चित्र पर चढ़ी धूल की परत के बावजूद वे देख पा रहे थे, बिरजिस, लाल पगड़ी पहने, काबुली घोड़े की पीठ पर बैठे, अपने अतीत के समान ही भव्य दिखाई दे रहे थे। रियासत की प्रतिष्ठित घुड़साल के वे अकेले मालिक थे। सईस घोड़ों को खुर्रा करते, खुरों में नाल ठोंकते। अबलक घोड़ों पर कुप्पियों में तेल चुपड़ा जाता, तो उनकी चमक काँच को भी मात देती। दूर-दूर तक प्रसिद्ध था, उमठवाड़, लालगढ़ जैसे घोड़े किसी के पास नहीं हैं। राजासाब उनसे ख़ुश थे! दारोगाजी भी डूबे थे घुड़साल में। कभी दिन-रात पायगे यानी घुड़साल में ही काट देते। घोड़ों से ऐसे हिलमिल गये थे कि देखते ही घोड़े हिनहिनाते। एक नज़र में पहचान जाते कि किस घोड़े को खुराक कम गयी या खुर्रे में कसर रह गयी है। देश-विदेश से मँगवाए थे ये घोड़े। आसपास की रियासतों में कारों की आमद हो गयी, लेकिन राजासाब ने घोड़ों के प्यार के कारण ही बरसों कार नहीं खरीदी। एक बार तो राजासाब घोड़ा बदले बगैर नवाब से मिलने भोपाल पहुँच गये थे।

लम्बे और मजबूत काठी के आकर्षक व्यक्ति थे दारोगाजी। यूनिफार्म पहन कस्बे में निकलते, तो लोगों की आँखें फटी रह जातीं। घोड़ों के प्यार ने उन्हें परिवार से दूर कर दिया या कहें पारिवारिक स्थितियों ने घोड़ों के क़रीब कर दिया। हाँ, उनका भी भरापूरा परिवार था। पर यदाकदा ही घर जाते, पत्नी से तमककर बातें करते। मोहल्ला और रिश्तेदार उनके रौब-दाब को देख डरे-सहमे रहते। घर से दोनों

समय भोजन करने का सम्बन्ध बना हुआ था, इसलिए घुड़साल से काबुली चने के थैले घर भेजे जाते। सरकार की ओर से घोड़ों को घी पिलाने की व्यवस्था थी, इसमें से भी दारोगाजी के घर का हिस्सा अलग से निकाला जाता। ऐसे ही कई कारण थे, जिसने बहुत कम केवल बारह रुपये वेतन के बावजूद उनकी शान-शौकत और रुतबे को बहुत बड़ा बना रखा था।

माता-पिता और मौसी-मौसा रामचन्द्र की इस प्रगति से प्रसन्न थे, लेकिन बच्चे उनके रूखे स्वभाव से आतंकित रहते, ऊपर से पत्नी से छत्तीस का आँकड़ा। शेष दुनिया से कटे हुए, घोड़े और घुड़साल के साथ वे अकेले। दिमाग सातवें आसमान पर रहता। घोड़े हमेशा उन्हें आदमियों से ज़्यादा पसन्द आए। खाली पेट किए गये गरिष्ठ भोजन ने अपना असर दिखाना शुरू कर दिया था, फिर भी उन दिनों को याद कर रामचन्द्रजी तस्वीर में चित्रित घोड़े को याद कर मुस्करा दिए।

एकाएक विश्वयुद्ध और उसके साथ आए अकाल ने सब बदल दिया। लोग दाने-दाने को मोहताज हो गये। कंट्रोल का अनाज पूरा नहीं पड़ता, पसेरी भर अनाज के लिए लोग घर का सामान बेचने लगे। घुड़साल दारोगा के घर में अब भी काबुली चने के कुछ थैले रखे थे। उन्हीं चनों की सब्जी बनती, उनकी ही रोटी। अकाल का साया घुड़साल पर पड़ा। सम्बन्धों के आधार पर प्रयास किया, मगर अँग्रेज़ों ने रिश्वत की पेशकश के बावजूद सस्ते चने का बन्दोबस्त करने से मना कर दिया। हर तरफ़ सूखे के कारण चन्दा-चारी मिलना भी बन्द हो गया, घोड़े भूखे मरने लगे।

दीवान की सिफारिश पर बड़े बेमन से राजासाब ने घुड़साल बन्द करने का निर्णय लिया। कीमती घोड़े औने-पौने दाम पर बेचे गये। केवल उन दिनों लोगों ने दारोगाजी को उदास और दुखी देखा। जब उनका प्रिय घोड़ा 'कर्तार' बिका, दो दिन वे पायगे में ही पड़े रहे। खाना नहीं खाया, रोए भी। हाँ, घोड़ों को बेचने की उनकी एक शर्त को राजासाब ने भी माना, घोड़े केवल उन लोगों को बेचे जाएँगे, जो इस बुरे समय में भी उन्हें पालने का बन्दोबस्त कर सकें। अकाल की काली छाया सिमटने से पहले राजासाब ने कार खरीद ली। शौक ऐसा लगा कि अगले तीन साल में रियासत में पाँच कारें आ गयीं। घुड़साल के दिन फिरने की सम्भावना समाप्त हो गयी। कर्मचारी घर बैठा दिए। विशेष कृपा के साथ घुड़साल दारोगा की पेंशन हुई दस रुपये प्रतिमाह।

चन्दी-चारे, चने-घी आदि घुड़साल के लिए की जानेवाली खरीदी की ऊपरी आय बन्द हो गयी। दस रुपये में गृहस्थी का बोझ। उन्होंने ख़ुद को एक कमरे में समेट लिया। सब वीरान होने लगा। जिन्हें उनसे मिलने में प्रतिष्ठा महसूस होती थी, वे भी दूर हो गये। कोठरी में बन्द रहते, कभी बाहर निकलते तो कमरे पर ताला डाल जाते। लोग समझते, दारोगाजी ने माल दबा रखा है, लेकिन कंजूस हैं। उसी कमरे में

बिगड़ती तबीयत के साथ उस आखिरी समय में वे अपने स्वर्णकाल की याद दिलाते चित्र को निहारते उल्टी-दस्त के दौरे के बीच ख़ुद को सम्हालने का प्रयास करते रहे। चित्र के नीचे रखी टेबल पर स्मृति-रूप में विदेशी घोड़े के बालों से बना एक ब्रश और घोड़ी के काम आनेवाला कुछ सामान रखा था। रामचन्द्रजी ने शायद ब्रश को हाथ में लेकर सहलाने का प्रयास किया होगा, लेकिन कमजोर हो चुकी उँगलियों ने उसे नीचे गिरा दिया।

असहाय स्थिति में सबसे पहले परिवार याद आता है, मरणासन्न त्रिपाठीजी को भी आया होगा। हमेशा झगड़ती थी, जब-तब डाकी कहकर पुकारती, फिर भी कितना ध्यान रखती थी! जब तक ज़िन्दा रही, हर हाल में गरम फुलके परोसती रही। और बेटे-बेटी को याद करके कैसे तड़पे होंगे दारोगाजी? कहाँ होंगे? होंगे भी या नहीं, इस समय तो उन्हें यहाँ मेरे सिरहाने होना था। अवनिजी को लगा, उस धूल-धूसरित चेहरे पर जो सूख चुके आँसुओं जैसा कुछ दिखाई दिया था, वे आँसू दर्द के महसूस से नहीं, बच्चों की, परिवार की याद से ही उभर आए होंगे।

भोजन करते-करते खबर आई, पुलिस दारोगाजी के घर को सील कर गयी है। दारोगाजी के अन्तिम संस्कार की समस्या जस की तस है। कुछ लोग अब चन्दा करने की बात कर रहे हैं, कम से कम मिट्टी का तो अपमान न हो। हुआ ये कि पुलिस ने आकर जब दारोगाजी के खुले मकान में प्रवेश किया, तो बुरी बदबू के कारण अन्दर जाते न बना। सफाई कर्मी को बुलाया गया। जैसे-तैसे सफाई तो हुई, मगर उसके बाद पुलिसवालों ने फिनाइल डलवाकर मकान सील करते हुए कहा, ''आगे का काम ख़ुद टीआई साब के सामने होगा।''

प्रो. शुक्ला चन्दा देने का मन बना चुके थे, तभी मामासा पधार गये। आते ही हीरासिंग को डाँटने कोसने लगे, ''क्या हो रहा है ये? रियासत की और हम लोगों की कितनी सेवा की है रामचन्दर ने, सब भूल गया? राजासाब कितने नाराज़ होंगे, ये तो सोच।''

हीरासिंग शायद पैसे प्राप्त करने विक्रमसिंग की पत्नी यानी रानीसाब के पास गये थे, तभी जोगीबाबा ने खबर दी, ''सब बन्दोबस्त हो गया, अरथी उठनेवाली है, चलिए हाथ लगा दीजिए।''

कन्धे पर छोटा-सा झोला डाले एक दाढ़ीवाले सज्जन भीड़ से घिरे खड़े थे। जागीबाबा ने ही बताया, ''ये इनायत खान हैं प्रोफेसरसाब। रिश्ते में दारोगाजी के भाई लगते हैं। इनको जब सारा माजरा पता चला, तो अपनी दुकान बन्द करके चले आए और बोल दिया, ''कोई एक पैसा नहीं देगा। आप लोग अन्तिम संस्कार की व्यवस्था करें, सारा खर्च मैं करूँगा।''

पंडित का मुसलमान भाई? क्या पहेली है? किससे पूछें, मामासा की ओर

देखा, लेकिन तब तक महल के उस पिछले हिस्से में काफ़ी भीड़ जुड़ गयी थी। मामासा, हीरासिंग, जोगीबाबा आदि, जिनसे भी वे प्रश्न कर सकते थे, भीड़ का महत्त्वपूर्ण हिस्सा बन निर्देश देने में लगे थे। तमाशबीन भी जुट गये। इसलिए जब अरथी उठी, तो लगा, किसी लोकप्रिय व्यक्ति की मौत हुई है।

तीसरे दिन दारोगाजी के फूल चुनने की रस्म हुई। विधि-विधान से शिप्रा और नर्मदा में फूल विसर्जित करने रिश्तेदारों को भेजा गया। सब खर्च इनायत खाँ ने ही किया। शाम होते-होते राजासाब लौट आए। जैसा कि मामासा ने चेतावनी दी थी, उन्होंने हीरासिंग की खबर ली। फिर इनायत खाँ को सन्देशा भेजा। पूछा, "आपके कितने पैसे खर्च हो गये इनायत भाई?"

"कुछ नहीं हुकुम अन्नदाता। जो भी खर्च हुआ, आपका ही था।" विनय के साथ जवाब मिला। बहुत कहने पर भी व अन्तिम संस्कार पर खर्च पैसे वापस लेने को तैयार नहीं हुए। जवाब दिया, "वालिद साब और बड़ी माँ की ओर से कर रहा हूँ हुकुम, कर लेने दीजिए।"

मोहसिन खाँ तो इस कथा की महत्त्वपूर्ण कड़ी हैं, समय आने पर उनकी बात करेंगे। अवनिजी के नोट्स में उन तेरह दिनों का विस्तृत विवरण है, लेकिन हम सोचते हैं, यहाँ बताने लायक बस इतना है कि इनायत खाँ के पैसों से पूरा कार्य हुआ, और हाँ, अन्त में कार्य करवानेवाले पंडितजी यह कहते हुए अकड़ गये कि मुसलमान का पैसा दक्षिणा के रूप में नहीं लेंगे। बड़ी मुश्किल से तब राजी हुए, जब गंगाजल से नोट धोकर उनके हाथ पर रखे।

13

राज परिवार का इतिहास और खास तौर से राजा विजयसिंग की बारह शादियों का सिलसिलेवार विवरण या कहें कच्चा-चिट्ठा जानने का इरादा जाने कहाँ चला गया। सुबह से दिवंगत त्रिपाठीजी के सिवा कोई और बात नहीं हुई और अरथी उठने के तत्काल बाद जोगीबाबा और उनके पिता दिल्लाबाबा ने पं. रामचन्द्र त्रिपाठी की पूरी रामायण खोल दी।

"क्या बताऊँ साब, हमने तो उन्हें बचपन से बड़े होते देखा है। भोला इनसान था, धुन का पक्का, हाँ, बाद में जरा घमंडी हो गया।" दिल्लाबाबा का कथन शुरू हुआ, "सात-आठ साल के होंगे, तब मौसा मोहनलालजी इनको लेकर आए। पढ़ने से ज़्यादा अखाड़े, कुश्ती में दिलचस्पी। लालगढ़ के सारे लड़के इनके दोस्त, कई बार दिन में आठ-आठ कुश्तियाँ लड़ जाते। ज़्यादा पढ़ नहीं पाए। यही देख

मोहनलालजी ने उन्हें सरकारी घुड़साल में भर्ती करवाया और आप समझ लो कि यहीं पर घोड़े सम्हालने का सब काम सीख कर एकाध साल में ही घुड़साल दारोगा हो गये।''

''पन्द्रा-सोला के होंगे कि इनके माँ-बाप को जाने क्या सूझी, आए और पकड़ ले गये, चल तेरी शादी तय कर दी है। यहीं पास के मोचनपुर में तो रहते थे। न तो मोहनलालजी की सुनी और न सगी बेन विजयालक्ष्मी की। साब, न तो तब बाल-विवाह की रोक थी न तब का बेटा आज के जैसा माँ-बाप से बोलता था कि लड़की देखकर शादी करूँगा। जब सुना कि शादी डेलचीपुर में तय हुई है, आप समझो कि यार-दोस्त तो हँसें और रामचन्दरजी रोए जाएँ। एक-दो बार माँ-बाप से बोले, नहीं करूँगा डेलचीपुरवाली से शादी, तो कमीनेपन से जवाब मिला, ''बेटा, मौसी-मौसा ने पाला, पर हमलोग तेरे दुश्मन थोड़े ही हैं। माँ-बाप हैं तेरे, तेरा बुरा सोचेंगे क्या?''

असल बात ये थी कि डॉक्टर ने इनके पिताजी को टीबी बता दी थी। उस जमाने में टीबी का मतलब तो समझो, ऊपर जाने का टिकिट। पिताजी ने सोचा, मरने से पहले बहू का मुँह देख लूँ। सो साब, ताबड़तोड़ में जैसी मिली तय कर दी। लड़की बदसूरत ही नहीं थोड़ी बावली भी थी। नाम तो था कृष्णा लेकिन अपने उग्र और विचित्र स्वभाव के कारण बेंडी किसनी नाम से ही जानी जाती थी। सुना है, ऐसी बेटी को ब्याहने के लिए पिता पंडित शिवशंकर ने काफ़ी दहेज भी दिया।

डेलचीपुर की लड़की लाने के पीछे माता-पिता का तर्क था कि वहाँ की लड़कियाँ पति को कंट्रोल में रखना जानती हैं। डेलचीपुर के पति पूछे बिना बाथरूम भी नहीं जाते। लेकिन साब, न तो दारोगाजी बेंडी किसनी के कंट्रोल में आए और ना काबुली घोड़ियों को एक झटके में काबू करने के माहिर त्रिपाठीजी किसनी को कभी काबू में कर सके। सच साब, ऐसा दुश्मन बाप, किसी को ना मिले। आज भी समझ में नहीं आता, बहू-पोते का मुँह देख लेने के नाम पर कोई बाप अपने हीरे जैसे बेटे की बेंडी किसनी जैसी लड़की से कैसे शादी कर सकता है?

तो डेलचीपुर चली बारात, पर बैलगाड़ियाँ खाली। पैदल बाराती ऐसा बताएँ, जैसे कहीं और जा रहे हैं। काफ़ी दूर जाकर बैलगाड़ियों में बैठे। और सुनो साब, रामचन्द्रजी घुड़साल में काम तो करते थे, पर कच्चे थे, घोड़ा काबू करना नहीं आया था। ना-नुकुर करके घोड़ी पर चढ़े और घोड़ी बिदक गयी। गिर पड़े। फिर से घोड़ी चढ़ने से इनकार कर दिया। लंगड़ाते चले और शादी हुई। बाप ने बोला तो था कि हम तेरे दुश्मन नहीं हैं, पर वे ही उनके सबसे बड़े दुश्मन निकले।

रामचन्द्र त्रिपाठी दुल्हन को लेकर वापस लौटे तो पूरे टाइम रो रहे थे, वो इसलिए कि फेरे पड़ते समय उन्हें किसनी का थोड़ा सा चेहरा मतलब मूँछें दिखाई दे

गयी थीं। बताओ, मूँछवाली से कोई कैसे शादी को राजी होए? वो भी दारोगाजी जैसा गबरू जवान। सुहागरात पर कमरे में जाने से ही मना करते रहे, पर पिता के अनुशासन के आगे झुकना पड़ा। घूँघट उठाया तो बदसूरती का विस्तार पता चला, मूँछें थीं, मुँहासों की अनगिनत निशानियाँ थी और दोनों आँखें छोटी-बड़ी थीं। बताते हैं, उस रात के बाद दारोगाजी ने कभी अपनी पत्नी का चेहरा देखने का प्रयास नहीं किया।

पिताजी से मरते दम तक नहीं बोले, क्रियाकर्म सब छोटे भाई ने किया। उसके बाद ज़्यादा-से-ज़्यादा समय घुड़साल में बीतने लगा। सामान्य से अधिक आकर्षक पति की बेरुखी का कारण जानती थी किसनी। समर्पण भाव से पति का दिल जीतने का प्रयास किया। त्रिपाठीजी जब भी घर लौटें, गर्मागर्म रोटियाँ ही परोसी जातीं। उनकी पसन्द का हर सामान तैयार रखती। दारोगा जरा-सी हुंकार भी कर दें कि दौड़ी चली आती। और दारोगाजी ध्यान रखते कि कहीं नज़र बेंडी किसने के चेहरे पर न पड़ जाए। इस सबके बावजूद उनके दो बच्चे भी हुए, एक लड़का, फिर लड़की, तो कारण का अनुमान सुधी पाठक ख़ुद कर सकते हैं।

धर्मपरायण, समर्पित पत्नी होते हुए भी किसनी की जबान बिलकुल करेला थी। कब किसे गाली दे देगी, पता नहीं। दारोगाजी को भी कभी भी कुछ भी बोल देती। त्रिपाठीजी को सबसे पहले 'डाकी' उसी ने कहना शुरू किया, पर ये बात भी थी कि कोई दूसरा उनके पति के बारे में जरा बेअदबी की बात कह दे कि एकदम गालियों से नवाजती। कपड़े तक फाड़ देती अगले के।

चार घंटे दिल्लबाबा और जोगीबाबा की जोड़ी ने घुड़साल और रामचन्द्र त्रिपाठी के इतने किस्से सुनाए कि अवनिजी की नोट्स की पूरी दो कॉपियाँ, क़रीब डेढ़ सौ पेज भर गये। उस रात और दूसरे दिन भी दारोगाजी की ही कहानी लिखते रहे अवनिजी।

दोनों पूर्व चारणों ने दारोगाजी के किसी सामाजिक व्यवहार का जिक्र नहीं किया। बचपन के दोस्तों का साथ शायद इसलिए छूटा कि वे भी कभी बेंडी किसनी पर टिप्पणी कर देते थे। जब सेवानिवृत्त कर दिए गये, रुआब चला गया तो बेहद चिड़चिड़े हो गये। विशाल आकार, सेर-दो सेर भोजन उनके लिए कुछ नहीं होता। दस रुपये पेंशन और दोनों टाइम बीस-बीस रोटी खाना। कैसे करती होगी बेंडी किसनी? कुछ तो करती थी। प्यार का, भारतीय नारी के पति के प्रति समर्पण और घृणा का यह कैसा रूप है? काफ़ी देर तक अवनिजी कुरूप किसनी के व्यक्तित्व की, और कड़की के दिनों में उसके पराक्रम की कल्पना में ही डूबे रहे।

बेटा परमेश्वर इतना बड़ा तो हो गया था कि छोटी दुकान कर ले। किसनी ने बसस्टैंड के पास पानी-पतासे यानी फुलकी की गुमटी डाल दी। दिन भर घर के

काम के साथ किसनी बेटे की दुकान के लिए फुलके भी तलती जाती। हड्डी तोड़ मेहनत कर रही थी बेंडी किसनी। और बेटी मोहिनी (यह नाम मौसा मोहनलालजी के सम्मान में रखा था) जिसने नाक-नक्श पिता के पाये थे यानी सुन्दर थी। मोहिनी दिन भर शहर के आसपास के बगीचे और जंगल में घूम-घूम कर इमली तोड़कर लाती। पानी-पताशे के लिए इमली की चटनी बनाई जाती। परिवार की स्थिति कुछ सुधरी, तो त्रिपाठीजी को ख्याल आया कि उन्हें कुछ करना चाहिए, लेकिन क्या कर सकते हैं? बेटे के माध्यम से किसनी को प्रस्ताव भेजा, "अगर कुछ पैसे जुड़ जाएँ, तो दो घोड़ियाँ पाल लें। शादी-ब्याह में किराए पर दे देंगे। यह काम तो मैं कर ही सकता हूँ।"

बेटे-बेटी ने समर्थन कर दिया, तो किसनी ने कहीं छुपाकर रखे अन्तिम कुछ गहने हाथ पर धर दिए। बेटे के साथ ले त्रिपाठीजी ने गहने बेचकर पैसे घर में लाकर रखे और घोड़ी की तलाश में निकले। लेकिन किस्मत ने परिवार का साथ छोड़ दिया था। उस दिन उनकी पारखी नज़र ने सफेद घोड़ी पसन्द की। सौदा करके, बयाना देकर लौटे कि देखा, घर के आगे भीड़ जमा है। जबर्दस्त हृदयाघात ने किसनी को केवल पाँच मिनिट कष्ट देकर ऊपर भेज दिया था। बेटे-बेटी, रिश्तेदारों-परिचितों से घिरे बैठे थे। बेंडी किसनी के प्रति उस दिन शायद पहली बार समाज में सम्मान की बात कही गयी, "जैसी भी थी, पर थी पुण्यात्मा, तभी सुहागन मरी।"

बेंडी किसनी की तेरहीं उन्हीं पैसों से हुई, जो घोड़ियाँ खरीदने के लिए उसके आभूषणों से आए थे। चाहे जितनी घृणा करते रहे हों, किन्तु पत्नी के जाते ही दारोगाजी फिर से निष्क्रिय हो गये। कोठरी से अब कभी-कभार ही बाहर निकलते। माँ के क्रियाकर्म से निपटते ही बेटे ने दुकान खोली। किसनी की भूमिका बेटी मोहिनी ने सम्हाल ली। अब वह घर का काम भी निपटाती। दुकान के लिए फुलकियाँ भी तलती और समय मिलते ही इमली तोड़ने भी जाती।

कहा ना, किस्मत रूठ चुकी थी, एक दिन मोहनी इमली लेने जंगल गयी, तो वापस नहीं लौटी। परमेश्वर ने ख़ूब दौड़-धूप की। रामचन्द्रजी भी अपनी पुरानी हो चुकी घुड़साल दारोगा की ड्रेस लगाकर पुलिस से, अफसरों से मिले। राजासाब ने भी प्रयास किया, लेकिन सिर्फ़ इतना पता चल सका कि जंगल में उसे चार-पाँच शोहदों ने घेर लिया था। आगे का किस्सा? जाने दीजिए, जो हुआ होगा उसे इनसानियत की सीमा में तो नहीं रखा जा सकेगा।

केस दर्ज हुआ, पुलिस तब भी आज जैसी थी, आश्वासन देती रही, शायद बाद के किसी टीआई ने खात्मा दर्ज कर दिया होगा। दारोगाजी दौड़धूप के बाद कोठरी में बन्द हो गये। लेकिन बेटा परमेश्वर टोह लेता रहा। जैसे-तैसे चल रही दुकान के ग्राहकों से मिली सूचना के आधार पर उज्जैन या इन्दौर का कहकर

निकला था, लेकिन फिर वापस नहीं लौटा।

दारोगाजी की अन्त्येष्टि के दौरान तेरह दिन लेखकसाब लालगढ़ में ही रहे। उनकी डायरी के अनुसार उन दिनों ज़्यादातर समय दारोगाजी की बैठक में गुजारते और शोक-व्यक्त करने आनेवालों से परिचय बढ़ाते। राजासाब, मामासा आदि से सुने किस्सों और रियासत की घटनाओं की पुष्टि करने में ये बातचीत उपयोगी सिद्ध हुई। साथ ही ऐसी कई जानकारियाँ भी प्राप्त हुईं, जो अगर केवल राजासाब, हीरासिंग और मामासा के भरोसे रहा जाता, तो कभी न मिल पाती।

उपन्यास लिखने के शौकीन लेखक चाहें तो इससे सबक ले सकते हैं कि कोई मरे, तो पूरे तेरह दिन शौक की बैठक में जाएँ, लोगों की बातों से लेखन का मसाला प्राप्त करें। और हाँ, इसी अवधि में उन्होंने कुछ प्रेम-गीत भी लिखे। क्यों लिखे? आप समझ सकते हैं।

14

जैसी कि हीरासिंग ने आशंका व्यक्त की थी, कृष्णानन्द और शिप्रा की कहानी में लफड़ा अलग ही था। उनका असली नाम शिप्रा नहीं पावनी था। नाटक या कहें रेडियो कलाकार जैसी साफ जबान सुनकर ही लगता था, यूपी की हैं। तराईवाले इलाके से आयी थी। कृष्णानन्द स्वामी की मंडली में ख़ुद राजा विजयसिंग के अनुरोध पर शामिल किया गया था। आश्चर्य नहीं, जो मंडली में शामिल होते ही स्वामीजी ने उन्हें अधिक महत्त्व दिया। उनके कारण ही मंडली का जोर भजन गायन से हटकर नाटकों की ओर गया। बेटे देवीकान्त की नाट्य प्रतिभा उन्हीं की देन रही।

दारोगाजी की मृत्यु को चौथा ही दिन था। बाहरी व्यक्ति को पता न लगे, इस कारण आज महल के पिछले भाग में बैठक जमाई गयी। इन चार-पाँच दिन में राजासाब बाहर रहे थे। कोई विशेष काम करके लौटे हैं, यह तो उनसे मिलते ही महसूस हो गया। अवनिजी के पास प्रश्नों का भंडार जमा हो गया था और सबसे ऊपर था स्वामी और शिप्रा की विवाह-गाथा का प्रश्न। शायद राजासाब कुछ कहना चाहते थे, लेकिन अवनिजी ने पहला पेग आधा होते-होते प्रश्न कर डाला।

"सुनिए सर, हर सवाल का जवाब सुनिए। हम तो बाहर चले गये थे, ज़रूरी काम था। माफ़ी चाहते हैं, आपकी कोई सेवा नहीं कर पाए। लेकिन क्या करें? आज हम राजा नहीं हैं। बल्कि हम तो असल में कभी भी राजा थे ही नहीं, लेकिन फिर भी लोग प्राब्लम लेकर आते हैं, तो राजावाले सारे काम करने पड़ते हैं। माफ करना सर, आपकी कोई सेवा नहीं कर सके।"

राजासाब द्वारा सुनाई गयी इस कहानी को अपने शब्दों में पिरोते हुए अवनिजी ने विशेष नोट लगाया है – कथा के इस अंश के हर पाँचवें वाक्य के बाद राजासाब के शब्दों में— माफ करना सर, हम आपकी कोई सेवा नहीं कर सके— लिखा हुआ मान लिया जाए।

हिमाचल में शिवानन्द का परिवार प्रसिद्ध था रामलीला के लिए। वर्षा ऋतु के सिवा साल भर कहीं-न-कहीं से बुलावा आता रहता। पत्नी यमुना, बेटे श्यामानन्द, बेटी पावनी के अलावा दस-बारह कलाकार साजिन्दे साथ चलते। सब साथ घूमते। एक बार जब कासगंज से लौट रहे थे, विकट अनुरोध करते हुए युवक महेन्द्रनाथ भी मंडली में शामिल हो गया, "दादू, अपने साथ रख लो, सीखना चाहता हूँ। नौकर की तरह आपकी सेवा ना करूँ, तो भगा देना बेभाव।"

दया आ गयी शिवानन्द को। डाँट-फटकार और अनुशासन की हिदायतें देकर शामिल कर लिया। सामान ढोने के सिवा कोई काम नहीं था उसका। शिवानन्द भी उसे सिखाने की कोशिश नहीं करते। फिर चार महीने बाद महेन्द्रनाथ एकाएक ग़ायब हो गया। दो सप्ताह भी नहीं गुजरे क़ि मुकेश नामक युवक ने अनुरोध किया। पहले भी ऐसे ही युवक, कुछ अधेड़ मंडली में आना-जाना कर चुके थे। यमुना और पावनी दोनों ने इस बार विरोध किया।

"ये मेरी देशसेवा है री। जितने भी आए थे ना, सब फरार क्रान्तिकारी थे। तुम्हारे कारण, बच्चों के कारण मैं देश के लिए कुछ कर नहीं पाया, अब इतना तो कर लेने दो। मुकेश भी पुलिस का जोर कम होगा, चला जाएगा। समझी, अब और कुछ मत कहना।" शिवानन्द के उत्तर के बाद मुकेश सम्माननीय हो गया, शायद पावनी भी उसकी ओर आकर्षित हुई थी। प्यार चाहे न कहें, पर कुछ तो विशेष था, लेकिन एक दिन जब दल रामलीला करके लौट रहा था, पुलिस ने घेर लिया। बचने के प्रयास में बस खाई में लुढ़क गयी। अस्पताल में जब पावनी को होश आया, पता चला, माता-पिता नहीं रहे और मुकेश के साथ भाई श्यामानन्द को पुलिस ले जा चुकी है।

जगदीश्वर नामक किसी व्यक्ति ने पावनी को अपनी बेटी बता दिया, इस कारण पावनी गिरफ्तारी से बच सकी। कुछ दिन बाद वही जगदीश्वर क्रान्तिकारी अमरेश के पत्र के साथ राजा विजयसिंग के पास पावनी को छोड़ गया। जगदीश्वर कह गया था, "राजासाब, बहुत मदद की है इस परिवार ने हमारी। यकीन मानिए, श्यामानन्द को जल्दी ही जेल से छुड़वा लिया जाएगा। तब तक आपको हमारी इस अमानत को छुपाकर रखना है।"

क्रान्तिकारी अमरेश के नाम कोई बड़ा कारनामा नहीं जुड़ा है। वे काँग्रेस के गरम दल के सदस्य भी थे। लेकिन इसी रूप में क्रान्तिकारियों की काफ़ी आर्थिक

मदद और अन्य सेवाएँ कर दिया करते थे। पिताजी विजयसिंगजी हुकुम से उनका परिचय जरीनाबाई के कोठे पर साजिन्दे ने ही किसी समय करवाया था और वे ही उन्हें गाँधीजी और अन्य नेताओं से मिलवाने ले गये थे।

लेकिन सर, मैं बता नहीं सकता, उन दिनों महल की भीतरी हालत क्या थी। हम तो पैदा भी नहीं हुए थे, सब दादीसा से सुना है। उस दीवान सुन्दरदास के कारण यह नामुमकिन था कि महल की बात महल में ही रहे। रानियों पर भरोसा था, लेकिन रानियों के साथ जो नौकर आए थे, वे वेतन महल से लेते, लेकिन नमक चुकाते थे उस रियासत का जहाँ से वे तशरीफ लाए थे। फिर जो रिश्तेदार मिलने आते थे, वे भी ज़रूर पूछते कि ये अनजान लड़की कौन है?

पिताजी हुकुम को लगा कि इसे महल में रखा, तो आफत आ जाएगी। बस, मित्र स्वामीजी को बुलाकर, कहा, ''कुछ दिनों के लिए इसे आश्रम की किसी कोठरी में छुपा लो।''

अब, कृष्णानन्द स्वामी पसोपेश में, क्या जवाब दें? आश्रम में कोई तहखाना तो था नहीं कि पता नहीं चले। और स्वामीजी लड़की को छुपाएँ, तो लोग क्या अर्थ लगाएँ। अरे सर, जितने मुँह उतनी, बल्कि उससे ज़्यादा बातें। पर बचपन के दोस्त का मान रखना भी ज़रूरी। आप जानो कि स्वामीजी ने वो जुगत भिड़ाई कि राजासाब भी, पास में बैठी मेरी माँ, दादी माँसा भी चकित।

स्वामीजी के साथ आया था एक बन्दा हनुमत भँवर। उनका खास। उसे अन्दर बुलाया। बताया, लड़की की जान को ख़तरा है। बन्दा महिदपुर का रहनेवाला था। तो पावनी बुआ, नहीं, दादीसा ने उनका नाम शिप्रा कर दिया था। तो शिप्रा को लेकर हनुमत रातों रात चल दिया महिदपुर। तीसरे दिन उन्हें आश्रम में लेकर आया, बोला, ''मेरी बहन है। ज़मींदार के बेटे ने परेशान कर रखा था। उठा ले जाने की कोशिश कर चुका, इसलिए मैं यहाँ ले आया।''

चतुराई देखो स्वामीजी की, तुरन्त आश्रमवासियों को और भजन मंडली को बुलाया और समझाया, ''देखो भक्तो, ये बच्ची अपने हनुमते की बहन है। ज़मींदार की औलाद पीछे पड़ी थी, बच-बचाकर यहाँ ले आया है। ज़मींदार के लोग यहाँ भी आ सकते हैं, इसलिए इसके बारे में कोई किसी से बात नहीं करेगा। भक्तो, नारी की प्राण रक्षा पुण्य का काम है, ध्यान रहे।''

ढाई साल बल्कि पौने तीन साल तक सब ठीक चला। सर, तीन महीने में तो ऐसा लगने लगा कि शिप्रा बुआ बरसों से आश्रम का हिस्सा हैं। लोग यह भी भूलने लगे कि वो हनुमते की बहन है और उन्हें यहाँ किस कारण लाया गया था। उन्होंने जो भजन मंडल में रामलीला प्रसंगों को शामिल किया, तो आप जानो कि जादू हो गया। लगातार बुलावे आने लगे।

अब सर, आपको क्या बताऊँ, स्वामी कृष्णानन्द शिप्रा बुआ का आदर भी करते और दूरी भी बनाकर रखते कि किसी को शक-शुबहा न हो कि स्वामीजी उसे जानते भी हैं। लेकिन फिर क्या हुआ कि एक शाम मंडली के रोजाना के भजन समाप्त हुए और स्वामीजी ने अपने से खड़े होकर एकाएक घोषणा कर दी, "भक्तों, मैं विवाह करने जा रहा हूँ... आदरणीय शिप्राजी से।"

सनसनी तो होनी ही थी। विरोध के स्वर भी उठे। जो खास और क़रीबी थे, स्वामीजी ने और शिप्रा बुआ ने उनके सवालों के जवाब दिए, जिज्ञासा शान्त की। आप जानो सर कि खास विरोध तो आश्रम के बाहरवाले कर रहे थे, पर तीसरे दिन जब शादी हुई और ख़ुद राजासाब पिताजी हुकुम पाँच रानियों के साथ शामिल हुए, तो माहौल बदल गया। लालगढ़ी प्रजा का स्वभाव तो ऐसा है कि सर, जिधर राजा अपना मुँह कर ले, समझो प्रजा उसी दिशा को पूरब मानने लगे।

"वाह, ये है कहानी का क्लाइमेक्स।" अवनिजी ने मन-ही-मन कहा। वे विक्रमसिंग द्वारा पेग-दर-पेग सुनाई जा रही कथा में भरा-पूरा उपन्यास खड़ा देख रहे थे। उन्होंने सोचा, इसमें फुलकारी की जाए, गली-मोहल्ले का, मौसम का चित्रण डाला जाए, कुछ चरित्र बढ़ाए जाएँ रामलीला के दृश्यों का सार्थक उपयोग किया जाए, तो छोटा उपन्यास, एक पॉकेट बुक तो निकल ही सकती है। अवनिजी सोच रहे थे, क्रान्तिकारी के बलिदान से शुरू कर कथा के शीर्षबिन्दु तक पहुँचने में उन्हें इस स्वामी को देशभक्ति से जुड़ा और अँग्रेज़ों की हत्या करके फरार क्रान्तिकारी बताना होगा, और शिप्रा के आगे यह रहस्य सुहागरात के समय स्वामीजी का शरीर पर गोलियों के घाव देखने के बाद खुलना चाहिए। सच मानिए, राजासाब ने कुछ देर चुप्पी रखी होती, अगला पेग बिना बोले गुजारा होता, तो अवनिजी उपन्यास की रूपरेखा तय कर चुके होते। लेकिन राजासाब के कथन ने चौंका दिया, "तो सर, यहाँ से शुरू होती है असली कहानी।"

राज परिवार के समर्थन को देख, लोगों ने यही सोचकर मुँह बन्द कर लिया कि चलो, एक और मेनका ने एक और विश्वामित्र का तप भंग कर दिया। पर स्वामी और शिप्रा की शादी की घटना उतनी सरल नहीं थी। राज कैसे खुला यह तो पता नहीं, केवल अनुमान है कि अँग्रेज़ों की यातना के आगे टूटे किसी क्रान्तिकारी ने शिप्रा के बारे में खबर दे दी। क्योंकि इधर लालगढ़ में तो ख़ुद स्वामी कृष्णानन्द को भी शिप्रा का वास्तविक नाम नहीं मालूम था।

तीन साल होने को आए थे, शिप्रा भाई श्यामानन्द का कोई समाचार न मिलने से चिन्तित थी। एक रात राजमहल से अर्जेंट बुलावा आया। लगा, जरूर भाई की कोई सूचना आई है। महल पहुँचते ही आदेश हुआ, "शिप्रा को किसी भी तरह रियासत से बाहर भेज दिया जाए।"

“बाहर भेज देने से क्या होगा?” चिन्तित कृष्णानन्द ने प्रश्न किया। राजासाब ने उसे बम्बई में अपने विश्वस्त के पास भेजने की व्यवस्था की थी। शिप्रा जैसी सात्विक युवती का किसी महाराजा के आवास में छुपना स्वामीजी के लिए अकल्पनीय था। उन्होंने कहा, “यह तो पता चल ही जाएगा कि आश्रम में कोई युवती थी और हमने फरार होने में मदद की है।”

राजासाब सोच में पड़ गये। मन्त्रणा चली। सब तय हुआ, दूसरे दिन भजन के बाद नाटकीय ढंग से स्वामीजी ने शादी का ऐलान किया। आप जानो, शादी हुई और जाँचवाले आ गये। देखो, प्रारब्ध कैसे मदद करता है। जाँच टीम पहुँची महल, फिर आश्रम। तीन–चार महिलाएँ थीं आश्रम में, सबसे पूछताछ हुई। शिप्रा बुआ से भी हुई और सर, बुआ ने बोल दिया, “मैं तो छुटपन से राजासाब की सेवा में थी। बाल विधवा हूँ। तीन साल पहले स्वामीजी के आश्रम में आई हूँ।”

महल में पूछा तो सामने कुछ पुराने रजिस्टर रख दिए गये। वो क्या था कि दादीमाँसा की सेवा में एक नौकरानी का नाम शिप्रा था। बरसों काम करके बूढ़ी हो गयी तो घर चली गयी। आप समझो कि वेतन जिस रजिस्टर में दिया जाता है, उसमें उमर तो लिखी नहीं जाती। तो जाँच टीम ने रजिस्टर चेक किए और लौट गयी। इसे कहते हैं, प्रारब्ध की मदद। ऊपरवाले का कमाल।

अपने यहाँ शादी में रस्म होती है—हथलेवा। मेंहदी का गोला दूल्हे के हाथ में रख देते हैं ऊपर रखते हैं दुल्हन का हाथ। उस पर लपेट दिया जाता है लाल वस्त्र। आम तौर पर दूल्हे–दुल्हन की छेड़–छाड़ यहीं से शुरू होती है। कपड़े से ढँके हाथों के बीच दोनों जने अँगुलियों से चुहलबाजी कर लेते हैं। स्वामीजी और शिप्रा की भी ये रस्म हुई। लोगों ने बस उस रस्म के दौरान उन्हें इक–दूजे को छूते देखा। शादी के बाद भी हमेशा दूर रहते यानी पहले जैसे रहते थे, वैसे ही रहते रहे। आश्रम के अनुशासन में किसी का ध्यान नहीं गया, क्योंकि उन दिनों हालत ये थी कि कई पति तो शादी के पाँच साल बाद भी दिन में पत्नी का चेहरा नहीं देख पाते थे।

देश को आज़ादी से नवाजने की घोषणा हो चुकी थी। अँग्रेज़ों की सख्ती कम हो गयी। शिप्रा के अनुरोध पर स्वामीजी ने श्यामानन्द की तलाश शुरू की। पहले अकेले गये, फिर शिप्रा बुआ को लेकर गये। सब जगह घूमे। जिस थाने की पुलिस ने श्यामानन्द और मुकेश को गिरफ़्तार किया था, वहाँ ऐसी किसी घटना का कोई रेकार्ड नहीं मिला। घटना के समय तैनात पुलिसवालों का पता निकाला। जिस थाने पर तैनाती थी, वहाँ जाकर भेंट की। सभी से एक सा जवाब मिला। पहले तो ऐसी किसी गिरफ्तारी से इनकार किया। फिर एक ने बताया, “वो दोनों लड़कों को तो हमने थाने पहुँचने से पहले ही गाड़ी से उतार दिया था। सच स्वामीजी, आपसे झूठ थोड़ो ना बोलेंगे।”

लगभग आठ साल पुरानी घटना। पुराने रोजनामचे तब खुले, जब स्वामी के किसी परिचित का कोतवाल से परिचय निकला। लेकिन पुलिस तो पुलिस होती है, कच्चे काम कम ही करती है। फिर अँग्रेज़ों का टाइम। रोजनामचे में घटना का जिक्र तक नहीं था। जो लोग आज़ादी के बाद की पुलिस के कमीनेपन की शिकायतें करते हैं, उन्हें इस घटना से सन्देश मिल सकता है। आइन्दा कभी आज की पुलिस की क्रूरता से शिकायत हो, तो याद कर लें कि इन्हीं के पूर्वजों ने हज़ारों, शायद लाखों निर्दोष जनों को मारकर उनकी लाश तक का हिसाब नहीं रखा।

क्या हुआ होगा, कृष्णानन्द समझ चुके थे। तभी किसी ने कह दिया, शिवानन्द जैसा साधु उन्हें हरिद्वार में दिखा था। पूछताछ करने पर पता चला हरिद्वार के आश्रम में ऐसे साधुओं का डेरा है, जो आज़ादी की लड़ाई लड़ चुके हैं। हरिद्वार पहुँच सबसे मिले, कोई नतीजा नहीं। और अन्त में हर की पौढ़ी पर बैठे औघड़ साधु ने बेबाक शब्दों में कह दिया, ''जा माई, वापस लौट जा, तेरे भाई और उसके साथी को उसी दिन खतम कर दिया था, जिस दिन तुझसे बिछुड़ा।''

आँसुओं की धार लग गयी। माँ-पिता और फिर भाई के श्राद्ध का ख्याल आया। अनुरोध सुन स्वामी ने निष्ठा के साथ तीनों का श्राद्ध किया। मुकेश का भी तर्पण किया। शिप्रा पहली बार हरिद्वार आई थी। तीव्र जलधारा में सुरक्षित स्थान पर पति-पत्नी स्नान करने उतरे। पंडे ने घाट पर बँधी लोह-शृंखला पकड़े रहने की बार-बार हिदायत दी। शिप्रा की अन्यमनस्क स्थिति स्वामी को अजीब सा संकेत दे रही थी। वे सचेत हो गये। जैसे ही शिप्रा ने लोह शृंखला से स्वयं को मुक्त किया, स्नान के मन्त्रों को भूल स्वामी ने बाँह पकड़ ली। छटपटाते हुए, मुक्त होने की कोशिश की शिप्रा ने, तो बन्धन और मजबूत हो गया।

बचाने के लिए पंडा भी धारा में उतर गया, लेकिन उसकी मदद की ज़रूरत नहीं पड़ी। स्वामी ने अपनी मजबूत बाँहों में शिप्रा को जकड़कर धारा से ऊपर उठाया और घाट का सिरा छू लिया। आलिंगनबद्ध स्थिति में पत्नी को उठाए हुए सुरक्षित ऊपर आ गये। '*हथलेवा*' की रस्म के बाद पति-पत्नी का यह पहला स्पर्श रहा। दादी माँसाब संकेतों से बताती थी, उस दिन स्वामी को महसूस हुआ कि नारी स्पर्श क्या होता है। बाँहों के बन्धन से बाहर आकर शिप्रा का एहसास भी इससे मिलता-जुलता हुआ ही रहा। ''तो सर, इस प्रकार शादी के सात साल बाद विचित्र स्थिति में दोनों क़रीब आए। सही मायने में पति-पत्नी उसी दिन बने और फिर बच्चे भी हुए।''

विक्रमसिंग के इस बयान ने राजा विजयसिंग के चरित्र का विशिष्ट पहलू सामने रखा। देशप्रेम से जुड़ी प्रेमकथा उजागर हुई। इसे उपन्यास में पिरोने लायक कहानी मानते हुए अवनिजी ने नोट्स विस्तार के साथ लिखे। अमरीका नहीं जाते, तो

शायद उपन्यास ही लिखते। भला किया चले गये, नहीं तो आप तो जानते ही हैं, हिन्दी में उपन्यास लिखनेवालों की स्थिति। आगे अवनिजी लिखते हैं, ''यहाँ तक जानने के बाद मुझे लगा था किस्सा खतम हो गया, लेकिन एक अध्याय अभी बाकी था। क्योंकि राजासाब ने महल के पिछवाड़े दारू-पार्टी असल में यह बताने के लिए आयोजित की थी कि पिछले चार-पाँच दिनों में वे कौन-सा सफल कारनामा करके लौटे हैं।''

लेकिन उस रात राजासाब ने, 'माफ करना सर, आपकी कुछ सेवा नहीं कर पाए' के सम्पुट के साथ बस इतना बताया कि मामला उज्जैन के ताँगेवाले का था और रेड-लाइट एरिया से जुड़ा था। ताँगेवाला कभी लालगढ़ का निवासी था और उसे पहला घोड़ा या घोड़ी लालगढ़ की घुड़साल से मिला था, ''पिताजी हुकुम की सेवा की थी सर उसने, इस कारण जाना पड़ा केस निपटाना पड़ा। वरना हम क्या हैं? हम तो एक दिन के लिए भी कभी राजा नहीं हुए। है ना सर!''

''लेकिन सर, जनता जब भी हमारे पास आई, हमने उनके काम आने की कोशिश की,'' कहने के साथ राजासाब उस रात पूरे टुन्न होने से पहले बस इतना बता सके कि ताँगेवाले का केस स्वामीजी और शिप्रा बुआ का बड़ा बेटा यानी देवीकान्त गुरु लाया था। हीरासिंग ने जिसे बार-बार 'बायला' कहा था, वह व्यक्ति रेड-लाइट एरिया से जुड़ा केस लेकर राजा विक्रमसिंग के पास आया था! काफ़ी उत्सुकता के बावजूद उस रात अवनिजी ज़्यादा कुछ नहीं जान सके।

इसके आगे ताँगेवाले की कथा के लिए पहले हमने अवनिजी के नोट्स खंगाले, लेकिन कुछ नहीं मिला तो हमने उनकी डायरियों को चेक किया। मिल गया। असल में अवनिजी रोजाना जिन-जिन लोगों से मिलते थे, उनसे हुई बातों को डायरी में नोट कर लेते थे।

15

''मैं तो कुँवरसाब, पहली नज़र में पहचान गया। मगर दो बार लालगढ़ की बात करने पर भी उनकी ट्यूबलाइट नहीं जली। वे तो पूरे समय मुझे ग्राहक समझ, पटाने में लगे रहे।''

''आपको? आपको ग्राहक समझ रहे थे?'' हँसी के साथ् हीरासिंग बोले। उनके कथन में छुपे तंज को मैं समझ गया था। शायद देवीकान्त गुरू को भी समझ में आ गया था, तभी तो उन्होंने कहा, ''और नहीं तो क्या कुँवर साब। पर उनको क्या पता कि ऐसी बातों की मुझे जरा भी जानकारी नहीं है। हाँ, उन्होंने थोड़ी सी

लगा भी रखी थी।''

तीसरे दिन भी राजासाब ताँगेवाले की कथा बताने में संकोच कर गये, तो मैंने हीरासिंग का सहारा लिया और हीरासिंग ने मुझे आश्रम ले जाकर देवीकान्त के सामने खड़ा कर दिया और कहा, ''अब जो भी पूछना है, इन्हीं से पूछ लो।''

लेकिन देवीकान्त के हुलिए को लेकर अवनिजी हीरासिंग से असहमत दिखे। हीरासिंग ने उसे 'बायला' यानी जनाना, स्त्रैण बताया था। यह कह सकते हैं कि नाट्यमंडली में जब देवीकान्त स्त्री पात्र निभाते होंगे, तो सौन्दर्य में महिलाओं को मात देते होंगे, किन्तु बकौल अवनिजी, अगर देवीकान्तजी को जनाना कहा, तो फ़िल्मी दुनिया के कई हीरो भी जनाना करार दिए जाएँगे।

अवनि शुक्लाजी ने उस समय के कुछक नामी अभिनेताओं के नाम भी गिनाए, उनमें से कुछेक तो एक दो फ़िल्मों में लड़की बनकर नृत्य करके काफ़ी वाह-वाही पा चुके थे। बेहद बूढ़े या दिवंगत हो चुके उन फ़िल्मी कलाकारों के नाम हमने जानबूझ कर हटा दिए हैं।

देवीकान्त ने किस्सा बयान किया, ''वो क्या था कि आपने वो हमारी मंडली की सुकन्याजी को देखा होगा। वही जो कौशल्या का रोल करती है, तो लोग चढ़ावा चढ़ाते हैं।''

''अरे वाह! उनको कौन नहीं जानता।'' हीरासिंग ने पुष्टि कर दी।

''उनके पिताजी ऑफ हो गये थे। अपनी तो बहन जैसी है। क्या हुआ कि दसवें-ग्यारहवें के श्राद्ध के लिए सुकन्या ने रिक्वेस्ट कर डाली कि गुरु भइया राजेन्द्र के साथ आप उज्जैन चले जाओ। अच्छे पंडे को तलाश कर सब करवा देना। राजेन्द्र मतलब सुकन्या का भाई।''

सारा कार्यक्रम, पिंडदान वगैरह निपट गया। राजेन्द्र को कुछ खरीदी करनी थी, तो दो घंटे बाद बसस्टैंड पर मिलने की बोल कर वो निकल लिया दोस्त की गाड़ी पर। अब मैं क्या करूँ? मैंने सोचा, कई बरस हो गये, उज्जैन नहीं घूमे, चलो घूम लें। अब रामघाट से निकल रामानुज कोट आया कि ताँगों की कतार देख मन हुआ, चलो ताँगे में ही सैर कर ली जाए।

पहले नम्बर पर इन्हीं का, अपने मेहबूब मियाँ का ताँगा लगा था। चेहरा कुछ जाना-पहचाना लगा, पर याद नहीं आया, तो मैंने इनसे ही पूछ लिया, ''चलोगे क्या?''

''कहाँ जाएँगे?''

''कहीं भी, जहाँ घुमा दो। मुझे तो बस ताँगे में बैठना है। जहाँ आप ले चलो।'' देवीकान्त ने ना तो यह तय किया कि कहाँ जाना है और ना पूछा कि कितने पैसे लोगे। बस, अनुमान था कि दूर ले गया तो भी काल भैरव बाबा से आगे कहाँ

जाएगा? लेकिन कुछ दूर चलते ही मेहबूब मियाँ कि देवीकान्त उन्हें पहचान गये, "कँवर साब आपको याद होगा, उनका सामने का दाँत कैसा टेढ़ा है, सो जैसे ही वे मुस्कराए, मैं पहचान गया, अरे, ये तो उस छिपकली सकीना के अब्बा हैं।"

सकीना छठी-सातवीं तक पढ़ी थी। एक-दो बार स्नेह सम्मेलन में डांस किया था, इसलिए देवीकान्त को याद रह गयी। देवीकान्त तब आठवीं में थे। थोड़ा आगे मेहबूब मियाँ ने ताँगा शहर की ओर मोड़ा, तो याद आया, ये तो काल भैरव का रास्ता नहीं है। पूछा, "कहाँ ले जा रहे हो?"

"आप देखते रहो साब, ऐसी जगह ले जा रहा हूँ कि मस्त हो जाओगे।" मेहबूब मियाँ बोले। फिर कुछ देर बाद मेरी ओर टेढ़े दाँत वाली मुस्कान फेंकी और कहा, "कॉलेज वाला माल है साब। मजबूरी में है, ज़्यादा पैसे भी नहीं लेगी।"

"अब साब, प्रोफसर साब, मेरे तो काटो तो खून नहीं। क्या बोलूँ? कैसे बताऊँ कि चाचा, मैं लालगढ़ वाला देवीकान्त हूँ?" कहते हुए उनका चेहरा शर्म से गुलाबी हो गया। अवनिजी ने गुलाबीपन को देवीकान्त के सभ्य सुसंस्कृत होने से जोड़ा तो हीरासिंग ने नामर्दगी से। अवनिजी को याद आया, एक बार वे कॉलेज की टीम लेकर लौट रहे थे, तो पिंजारवाड़ी के रेड-लाइट इलाके से गुजरते हुए वे ख़ुद कैसे गुलाबी हो गये थे। देवीकान्त ने आगे कहा, "फिर भी याद दिलाने के लिए मैंने कहा भी, मियाँ ये घोड़ा तो मुझे लगता है, उधर लालगढ़ साइड का है।"

कोई असर नहीं, और कोई दिन होता, तो लाहौल पढ़ते ओर कहते, क्यों चूतिया बना रहे हो पंडत, इस तरह लालगढ़-वालगढ़ से भला घोड़े की पहचान होती है? या फिर याद करते हुए कहते, "नहीं साब, ये तो नहीं, पर इसकी माँ लालगढ़ की थी। पर आपको कैसे मालूम?"

बातचीत में अवनिजी को पता चल चुका था कि मेहबूब मियाँ के वालिद खालिद मियाँ मोहसिन खाँ के क़रीबी थे। उनके साथ हज करने भी गये थे। बरसों पहले जब खालिद मियाँ रोटी-रोजी की तलाश में उज्जैन आने लगे, तब मोहसिन खाँ ने दारोगाजी से कहकर घुड़साल से एक घोड़ी दिलवा दी थी। लेकिन वालिद के इन्तकाल के बाद महँगाई की वो मार पड़ी कि मेहबूब मियाँ के लिए अपना और बेटी सकीना का पेट पालना मुश्किल हो गया। रही-सही कसर शहर में ऑटो रिक्शा और टेम्पो के आगमन ने पूरी कर दी।

"लेकिन कँवर साब, मेहबूब मियाँ तो अपनी ही धुन में थे। मेरी बात पर ध्यान ही नहीं दिया।" देवीकान्त का अनुमान था ताँगा पिंजारवाड़ी में रुकेगा। सोचा था कि रुकते ही वे मियाँ को पहचान बताएँगे लानत-मलामत करेंगे। लेकिन ताँगा आगर रोड़ पर आ गया। देवीकान्त से रहा न गया। पूछ ही लिया, "कुछ तो बताओ मियाँ कहाँ ले जा रहे हो? नहीं तो उतार दो।"

"कॉलेज की छोकरी है, पंडतजी। केवल दो सौ रुपये लेगी, पर आप समझो कि पुण्य का काम कर रहे हो।" मियाँ का कथन सुन देवीकान्त गुरु के तो हाथ-पाँव सुन्न हो गये। लेकिन 'मजबूर छोकरी के साथ पुण्य का काम' सुन उत्सुकता जाग गयी और ताँगे से उतरने का इरादा त्याग दिया, मेहबूब मियाँ कहते रहे, "मुसीबत में है बिचारी। पढ़ने आई थी गाँव से। बुधवारा से मैं ही कॉलेज लेकर गया था, लेकिन कमबख्त मारों ने कॉलेज में पर्स मार दिया। लुट गयी बेचारी। लॉज में रुकी थी। उन्होंने ये कहते हुए सामान रख लिया कि पूरा पेमेंट करो, फिर ले जाना।"

सुनते ही देवीकान्तजी के दिल में सहानुभूति का अंकुर फूट गया। कुछ भी हो, मुसीबत में फँसी कन्या की मदद करनी चाहिए। मेहबूब मियाँ ने कहा, "तो पंडतजी, लड़की आकर बैठ गयी बसस्टैंड पर कि अपने गाँव का पहचानवाला मिल जाएगा। मदद लेकर वापस लौट जाऊँगी। पर किस्मत देखो बिचारी की, आधी रात तक कोई नहीं मिला। अब आप समझो कि गुंडे-मवाली तो ऐसे ही लोगों को ताड़ते हैं। आधी रात को औरतों वाले संडास में गयी, गुडों ने धर लिया।"

ताँगे की गति बेहद धीमी और देवीकान्त स्तब्ध। कथा के असर को भाँपते हुए मेहबूब मियाँ ने आगे कहा, "पंडतजी, मेरी आदत है, ऐन सुबह ग्वालियर बस की सवारी उठाने की। उस दिन बस देर से आई या जाने मैं जल्दी पहुँच गया। देखा, घुटनों पर सिर दिए रो रही है बेचारी। वैसे मेरी आदत नहीं है, छोकरियों को घूरने की। और इस उमर में क्या तो घूरना और क्या...।"

बोलते-बोलते रुक गये मियाँ। उन्हें लगा कि कथा पटरी से बाहर जा रही है। ताँगा एक पतली गली में घुसा। गली में 'मामू' 'चचा' कहते हुए एक-दो सलाम हुए, तो देवीकान्त ने जान लिया कि मियाँ इसी इलाके में रहते हैं। महबूब मियाँ ने कथा का सिरा पकड़ते हुए कहा, "कपड़ों से पहचान गया, अरे, ये तो वही बच्ची है जिसे कल कॉलेज छोड़ा था। सिसक-सिसक कर रो रही थी। ताँगा खड़ा करके पास गया, तो मुझे देखते ही उठी और गले से लिपट गयी।"

अब तक सेक्स-गाथा की तरह मजा ले रहे हीरासिंग अब गम्भीर हो गये। आगे किस्सा कुछ यों रहा कि मेहबूब मियाँ को लगा, जैसे उनकी अपनी बेटी गले से लगी है। उठाया उसे। ताँगे में डालकर थाने गये। रिपोर्टा-रिपोर्टी हुई। आप तो जानते होंगे, गुंडे-मवाली ग़रीब से बलात्कार करें, तो पुलिसवाले किसका साथ देते हैं। पाँच घंटे रोजी-रोटी भुलाकर थाने में बैठे रहे मेहबूब मियाँ, लेकिन जब हेडसाब ने बदन पर हाथ घुमाते हुए पूछा, "पहली बार में खून तो आता ही है, पर बाई, पर तेरे बदन पर खरोंचें, कोई चोट-वोट क्यों नहीं दिखाई दे रही?"

"तो मजबूर लड़की को लेकर घर आ गये मेहबूब मियाँ। जलालत से बचाने का यही रास्ता दिखाई दिया मियाँ को।" देवीकान्त के इतना कहते ही हीरासिंग के

सब्र ने जवाब दे दिया और उन्होंने पूछ ही लिया, ''पर तुम तो वो सकीना की बात कर रहे थे, उसका क्या हुआ?''

''कँवर साब, पूरी बात तो सुन लो।'' देवीकान्त मालवी स्टाइल में फुल डीटेल के साथ किस्सागोई कर रहे थे, तो अवनिजी को लगा, हीरासिंग को आज उन्हीं की शैली में टक्कर देनेवाला मिला है। मेहबूब मियाँ ने आगे कहा, ''दो दिन कोशिश की, कहीं रुपयों की जुगाड़ हो जाए, पर कोई भरोसा करने को तैयार ही नहीं, उलटे शंका की नज़र से देखें। पंडतजी, इस ताँगे से ज़ितना कमाता, वो तो घोड़े के चारे में और एक टैम की रोटी में खतम हो जाता। कोई लम्बी सवारी मिली ही नहीं। सब साले ऑटो की ओर भागते हैं। सुबह मैंने समझाया, देख बेटी...।''

ताँगा एक जर्जर खोली के आगे रुक गया। लगाम में गठान लगा, मेहबूब मियाँ ने ख़ुद नीचे उतरते हुए कहा, ''उतरिए पंडतजी।''

लड़की को क्या समझाया? देवीकान्त मियाँ का अधूरा वाक्य पूरा होने का इन्तजार करते ताँगे से उतरे। खोली के चार कदम पहले मियाँ रुके और कथन पूरा किया, ''मैंने बोला देख बेटी, यों दो-दो, चार-चार जमा करूँगा, तो महीना हो जाएगा, फिर भी भरोसा नहीं। तू एक बार ख़राब तो हो गयी है। बस, एक बार और झेल ले। दो-चार सौ रुपये मिल जाएँ, तो लॉज से बैग भी छुड़वा लेना और सब कुछ भूलकर गाँव ऐसे लौट जाना, जैसे कुछ हुआ ही न हो। भूल जाना।''

खोली पर लटकी लोहे की साँकल पर हाथ धरते हुए उन्होंने कहा, ''बड़ी मुश्किल से मानी है साब, मजबूरी सब करवा लेती है।''

होले से साँकल बजाई और दरवाज़े की छेंटी के पास मुँह ले जाकर कहा, ''बेटी, मेहमान आए हैं। कपड़े ठीक कर लेना।''

''सच कहूँ प्रोफेसर साब, मन कर रहा था, मेहबूब मियाँ को दो सौ रुपये पकड़ाकर लौट चलूँ। लड़कियों में यों भी मुझे कोई अट्रेक्शन नहीं है और कँवरसाब जैसे लोग तो मुझे जनाना ही मानते हैं। समझ नहीं आ रहा था कि खाली लालगढ़वाली पहचान के कारण मैं क्यों झमेले में पड़ा हूँ? इच्छा हुई कि अपना परिचय मियाँ को देकर चकित कर दूँ। तभी दरवाज़ा खुल गया।''

कुंडी खोलते ही लड़की शायद साइड में हो गयी, सो बस गन्दे से कपड़ों की झलक भर दिखी। मेहबूब मिया के पीछे अन्दर कदम रखा। आँखें अँधेरे की अभ्यस्त हों, उससे पहले ही मियाँ बोले, ''बेटी, मैं जरा नाश्ता-वाश्ता लेकर आता हूँ। अन्दर से कुंडी लगा ले।''

कुछ बोलने का मौका दिया बगैर मियाँ सटक लिए और तुरत कुंडी लग गयी। देवीकान्त ने जेब में हाथ डाला, अन्दर रखे नोटों में से दो नोट अलग किए। लेकिन पलटते ही लड़की गले से लिपट चुकी थी। नारी देह का स्पर्श देवीकान्त के

लिए नया नहीं था, नाटकों में कई बार महसूस करते आए थे। किन्तु इस बार धड़कनें तेज हो गयीं। साँसें लड़की की भी तेज़ हो गयी थीं। उस पल की याद में गुम से हो चुके देवीकान्त ने कहा, ''उसका चेहरा मैं अभी भी नहीं देख पाया था। खिड़की के उजाले में अब सब दिखाई देने लगा था, लेकिन वो जो गले लगी ना, तो उसने चेहरा यहाँ छुपा लिया था। आँखें मिलाने में ऐसे में तो लड़की शर्माएगी ही, है ना प्रोफेसर साब?''

अवनिजी संकोच में पड़ गये। बिना सोचे समर्थन कैसे करें? ऐसी स्थिति का अनुभव था क्या उन्हें? हीरासिंग बोले, ''ठीक कह रहे हो गुरु, माल नया हो तो ऐसा ही करता है।''

''शरम से चेहरा छुपाने तक तो ठीक है, लेकिन उसी समय उसने एक हाथ से यों मेरे कमीज का बटन खोला और पंजे के बल, यों ऊँची हुई और मेरे होंठों से अपने होंठ मिला दिए। तब जाकर मैंने उसका चेहरा देखा। कसम से देखते ही पूरा काँपने लगा मैं।''

''बहुत ख़ूब गुरु, ठीक जा रहे हो, ऐसे में नए खिलाड़ी को कँपकँपी आ ही जाती है। कई बार प्रेशर भी बन जाता है।'' हीरासिंग के स्वर में आई किस्से के पूर्ण रसपान की तरावट पर अवनिजी चकित हुए, देवीकान्त ने आगे कहा, ''कँवर साब, ऐसी बात नहीं है। उसके होंठ यहाँ मेरे होंठ पर लगे और मैंने चेहरा पीछे किया। मैंने शकल देखने की कोशिश की और इस बीच उसने शर्ट के तीन-चार बटन खोल दिए, जिप भी खिसका दी। बिलकुल प्रोफेशनल तरीके से कर रही थी सब काम, ऐसे जैसे कोई एक्सपर्ट हो। और मुझे समझ में नहीं आ रहा था कि क्या करूँ?''

''करना क्या था? सब कुछ तो वही कर रही थी गुरु।'' ऐसा ही कुछ बोले हीरासिंग और उनकी बात पर ध्यान न देकर देवीकान्त ने धमाका किया, ''कोई कालेज-फालेज की लड़की नहीं थी। सकीना थी। काँप रहा था गुस्से से। इच्छा हुई, कसकर एक चाँटा जड़ दूँ। मेरे कपड़े छोड़ वो जब अपनी कुर्ती ऊपर उठाने को हुई, तभी कँवर साब मैंने उसके दोनों हाथ पकड़ लिए।''

अब हीरासिंग भी स्तब्ध थे। देवीकान्त ने आगे बोले, ''मैंने चिल्लाकर कहा, रुक। वो आश्चर्य से देखने लगी। मैंने जेब से दो सौ निकाले और उसकी ओर फेंके। नोट उठाकर उसने मुझ पर नज़र डाली। शायद पहचान गयी। शायद बोली, तुम... तुम तो निशीकान्त...।''

उसका वाक्य पूरा होने से पहले देवीकान्त खोली से बाहर निकल आए। आसपास देखा, मेहबूब मियाँ और उनके ताँगे का कहीं अता-पता न था। बकौल देवीकान्त, ''घबरा गया था। साँस धौंकनी हो रही थी। सच, फिर भी तेज़ी से भागा। जिप तो मैंने गली में काफ़ी दूर आकर बन्द की। साली, मुझे निशीकान्त

समझ रही थी। प्रोफेसर साब, निशीकान्त मतलब मेरा छोटा भाई।''

''अरे क्या गुरु, तुमने तो किस्से की हवा निकाल दी। पिट गयी फिलम। तुम्हारी जगह निशीकान्त होता तो किस्सा ही अलग होता।'' हीरासिंग के कथन पर देवीकान्त के साथ अवनिजी भी हँस दिए और किस्से का मध्यान्तर आया, ''तो कँवर साब, मैं तो सीधा बसस्टैंड आया। क्या बताऊँ, राजेन्द्र बस के सामने ही खड़ा बेसब्री से मेरा इन्तज़ार कर रहा था।''

''देवीईई, तुमने लजा दिया भाई, पूरे लालगढ़ की मर्दानगी को लजा दिया।'' कहते हुए महाराजा विक्रमसिंग ने एक बार और ठहाका लगाया, तो साथ में अस्पताल के स्पेशलिस्ट डॉक्टर कालेराव भी हँसने लगे और कुछ दूर अपना काम कर रही नर्स ने बरबस आई हँसी छुपाने के लिए चेहरा दूसरी ओर कर लिया, ''ख़ूब किया, अरे, तुम्हारी जगह लालगढ़ का कोई पन्द्रा-सोला साल का छोकरा भी होता ना, तो दो सौ रुपये देकर छे सौ आठ सौ वसूलने की कोशिश करता।''

''पर राजासाब, मेरी स्थिति को समझिए। क्या करना होता है, मुझे मालूम ही नहीं था।''

''कैसे नहीं मालूम ? फोकट में झूठ मत बोलो देवी।'' हँसी पर काबू करते हुए राजासाब ने कहा, ''ऐसा भी कहीं होता है। इतने बड़े हो गये, तुमको कुछ नहीं मालूम। बारा बरस का लड़का सड़क चलते कुत्ते-बिल्ली देख सब सीख जाता है। कह रहे हो, कुछ नहीं मालूम?''

देवीकान्त अपनी स्थिति बार-बार बता रहे थे। स्वामीजी और शिप्रा का बड़ा बेटा, आश्रम में जिसने सात्विक वातावरण देखा, जहाँ यौन सम्बन्धी चर्चा अगर कभी हुई होगी, तो ऐसी सांकेतिक भाषा में कि यौन शिक्षा के ककहरे से अपरिचित देवीकान्त कोई अर्थ नहीं निकाल पाए। स्वामीजी के बेटे के आगे छात्र भी गालियाँ बकने से संकोच करते। एक-दो बार माँ-भेन की गालियाँ सुनीं भी तो जुगुप्सा के सिवा कोई अर्थ नहीं निकाल पाए। अचानक देवी को याद आया, आश्रम प्रांगण में एक-दो बार कुत्तों का संसर्ग हो रहा था कि उन्हें भगा दिया गया। देवीकान्त को नहीं, उन कुत्तों को जो आश्रम के ही वासी थे। उन्होंने कारण जानना चाहा, तो जवाब मिला, ''कुछ नहीं भइया, गन्दे हैं, झगड़ रहे थे। अपने शान्त आश्रम में झगड़ा थोड़े ही होना चाहिए।''

''नाट्य मंडली में या इस्कुल-विस्कूल में औरतों से, लड़कियों से छू जाता, तब कभी-कभी जाने कैसा लगता, धड़कन तेज़ हो जाती। अच्छा भी लगता था, लेकिन आश्रम की जाने कितनी किताबों में और प्रवचनों में मैंने हज़ारों बार सुना था, औरत ज़हर की पुड़िया है।''

''अरे पर, तेरह-चौदह साल की उमर में वो जो चेंज आता है, वो भी महसूस

नहीं हुआ? इकसठ-बासठ तो सभी करते हैं उस उमर में। सुबह-सुबह तम्बू तनता था कि नहीं?'' बात पर अविश्वास जताते विक्रमसिंग जो खुली भाषा पर उतरे तो डॉक्टर को इशारा करना पड़ा। और देवीकान्त का जवाब था, ''वो सब ठीक है, सब होता था, मगर मैं उसे बीमारी जैसा कुछ समझता था। हाँ, एक बार माई से पूछा भी था, तो उसने कहा, चिन्ता मत कर, सबको होता है।''

''पूछा भी तो किससे, माई से!! हद कर दी तुमने तो।''

देवीकान्त दो दिन से भरती थे। राजासाब की दोस्ती के कारण डॉ. कालेराव ने उनका पूरा चेकप करने के बाद सीमा से बाहर जाकर यौन सम्बन्धों के बारे में शिक्षक की तरह सब समझाया था। अब जब वे नैसर्गिक यौन शिक्षाविहीन जीवन पर स्पष्टीकरण दे रहे थे, तो मुस्कराते हुए डॉक्टर सहमति में सिर हिला रहे थे। अन्त में देवीकान्त ने कहा, ''राजासाब, गौरैया को ये सब करते अकसर देखता था, अजीब लगता था, पर मैं समझता, ये इनका झगड़ने का तरीका होगा।''

''भाई विक्रमसिंग, ये जो केस है ना।'' डॉ. कालेराव ने कहा, ''यह यौन शिक्षा की पढ़ाई की ज़रूरत बतानेवाला क्लासिक केस है। एक-दो और भी केस आ चुके हैं मेरे पास। एक केस में तो शादी के दो साल बाद पत्नी शिकायत लेकर आई थी कि ये कुछ नहीं करते। बेचारा।''

अवनिजी और हीरासिंग के आगे जो हुआ सो विस्तार से बताने के बाद गुलाबी हँसी हँसते हुए देवीकान्त बोले, ''तो कँवर साब, इस तरह राजासाब ने एक झटके में मेरी जिन्दगी बदल दी। अब तो मुझे हर जगह वही नज़र आता है। कितनी कविताएँ हैं, जिनके मतलब अब मुझे समझ में आए। और बताऊँ, सुकन्याजी से राजासाब ने मेरे लिए कोई लड़की तलाशने को भी कहा है।''

''गुड, वेरी गुड।'' हीरासिंग ने दाद दी।

देवीकान्त चुप हो गये। उनके हिसाब से किस्सा पूरा हो चुका था। कुछ क्षण शान्ति रही। अवनिजी पूर्णपुरुष किन्तु यौन-अज्ञानी देवीकान्त पर प्रेम-कथा गढ़ने में डूबे थे। तभी चीखती आवाज में हीरासिंग ने पूछा, ''पर वो मेहबूब मियाँ और वो, क्या नाम से सकीना का क्या हुआ?''

''ओह हाँ, भूल ही गया।'' कहकर देवीकान्त ने आगे कहा, ''उस दिन पूरे रास्ते राजासाब मजाक बनाते चले। बार-बार एक ही बात, देवी, याद रखना, वहाँ चलकर तुम्हें अपने दो सौ के छे सौ रुपये वसूलने हैं। सच, मैं सामने खड़ा रहकर वसूल कराऊँगा।''

उस दिन बसस्टैंड पर मेहबूब मियाँ का ताँगा पहुँचा। देवीकान्त को राजासाब ने कुछ दूर रोक दिया। खास इरादे से आज राजासाब नयी पी-केप लगाकर आए थे। मियाँ के क़रीब पहुँचने पर केप कुछ और नीची कर ली। निशाना ठीक लगा, मियाँ

पहचान नहीं सके। तफरीह करने का कहकर बैठे। देवीकान्त पैदल चले। मियाँ ने कॉलेजवाली मजबूर लड़की की कहानी शुरू की, ताँगा धीरे-धीरे चल रहा था। क़रीब एक किलोमीटर पीछा करते देवीकान्त सौ मीटर पीछे रह गये होंगे। रुकने की सोच रहे थे। ताँगा मियाँ की खोली की ओर बढ़ रहा था। सोचा, कुछ देर रुकें, फिर दूसरा ताँगा करके गली के मोड़ तक पहुँचें। ठीक टाइम पर खोली पर दस्तक देंगे। रास्ते भर राजासाब का व्यवहार याद कर देवीकान्त का अनुमान रहा, ''मेहबूब मियाँ और सकीना की हालत पर तरस खाना तो दूर, राजासाब हमारे दो सौ रुपये भी वसूल करके ही छोड़ेंगे।''

तभी विक्रमसिंग ताँगे से उतरे, मियाँ भी उतरे। हाथ जोड़कर खड़े हो गये। गिड़गिड़ा रहे होंगे। मजबूरियाँ गिना रहे होंगे। फिर चाबुक की मार पड़ने लगी। मियाँ की ओर से ज़रा भी विरोध नहीं हो रहा था। देवीकान्त अभी भी दूर ही थे। लोग जमा हो गये। शायद किसी ने पिटाई का विरोध किया, लेकिन मेहबूब मियाँ ने रोक दिया, ''आप दूर रहिए, ये हमारा आपसी मामला है।''

चाबुक खा-खाकर मियाँ ज़मीन पर बैठ गये। देवीकान्त तब तक भीड़ का हिस्सा बन चुके थे। क़रीब जाने के लिए राजासाब के संकेत की प्रतीक्षा थी। एक आखिरी लात और पड़ी और राजासाब बोले, ''उठ!... जल्दी से।''

उठकर मियाँ ताँगे की ओर बढ़े। अगला आदेश हुआ, ''आगे नहीं, पीछे बैठ!''

हाथ-पैर सहलाते मियाँ मेहबूब पिछले हिस्से में और राजासाब ताँगा हाँकने के लिए आगे बैठे। घोड़े को बढ़ाने के लिए लालगढ़ी में एक ख़ास संकेत होता है। संकेत पहचानते ही घोड़ा चल दिया। देवीकान्त से नज़र मिली, तो एक बार फिर रुकने का इशारा कर दिया। घोड़े को कोई हिदायत नहीं देनी पड़ी। इस बीच मियाँ ने आपबीती सुना दी।

कॉलेज की लड़की का जो किस्सा वे ग्राहकों को सुनाते थे। वैसा ही कुछ असल में उनकी बेटी के साथ हुआ था। गुंडों और पुलिस की मिलीभगत के कारण उन्हें अपना घर छोड़ खोली में आना पड़ा था। और देवीकान्त ने कथा समापन करते कहा, ''मियाँ और सकीना को लेकर वे ताँगे में ही एस्पी ऑफिस गये। दो दिन में पुलिस ने गुंडों से मकान छुड़वाया। जहाँ देखो राजासाब को जाननेवाले मिल जाते, पहुँच भी बहुत है। हरामीपन देखो, सकीना से हुए बलात्कार और मकान पर कब्जे की पुलिस ने रिपोर्ट तक नहीं लिखी, बस आदमचक दर्ज की थी। अब तो कँवर साब, मियाँ का ताँगा भी बिक चुका और मकान भी। पैसे बैंक में जमा करवा दिए और उन्हें अहमदाबाद भेज दिया। वहाँ वे लालगढ़ हाउस की देखरेख कर रहे हैं। जिन्दगी सुधार दी राजासाब ने।''

और अवनिजी को याद आया राजासाब उस रात बार-बार कह रहे थे, जनता जब भी हमारे पास आई, हमने उसका काम करने की कोशिश की। और अब वे सोच रहे थे, राजासाब के चरित्र के इस पहलू को वे किस प्रकार अपनी थीसिस या उपन्यास में दर्ज करेंगे।

16

'और हमारी सेनाएँ बहादुरी से पीछे हटते हुए, सुविधाजनक मोर्चों पर डट गयीं, द्वितीय विश्वयुद्ध में अँग्रेज़ सेनाएँ पिटकर पीछे हटतीं, तो अख़बारों में घटना का इन्हीं शब्दों में वर्णन होता था। पत्रकारिता की किताबों में इसे सकारात्मक पत्रकारिता के उदाहरण के रूप में पेश किया जाता है। हमारे अवनिजी ने भी यही किया। दारोगाजी की मौत के बाद बदले कथाक्रम ने उन्हें मूल कथा से भटका दिया था। राजासाब ने अधूरी कथा छोड़ दी तो वे बहादुरी से पीछे लौटे। और मोहनलाल और राजा विजयसिंग की अधूरी छूटी कथा को लेकर आगे बढ़े थे।

भला हुआ जो सिंधिया ने साथ नहीं दिया, भला हुआ जो छोटी रियासतों का विद्रोह का सपना पूरा नहीं हुआ और सबसे बड़ा वाला भला ये कि आज़ादी मिलने पर जैसा भी कहें पर लोकतन्त्र नामक नेताओं-अफसरों का शासन कायम हुआ। नहीं तो? नहीं तो इस समय देश के बच्चे परेशान हो रहे होते कि इस साल परीक्षा में लालगढ़ी के राजा विजयसिंग का चरित्र-चित्रण आएगा या विक्रमसिंग का? किताबों में विजयसिंगवाले अध्याय का शीर्षक होता— दर्जन भर शादियाँ करने वाला परमवीर। प्रश्न होता कि छोटी रियासतों के स्वतन्त्रता संग्राम की 1857 के संग्राम से तुलना करो! लालगढ़ के विकास में राजमाता कामिनी देवी का योगदान अधिक है या तस्वीरादेवी का? राजा विक्रम बहादुर सिंग के नहरबाग मॉडल और विजयसिंग के घुड़साल मॉडल में से किसे आप समग्र विकास का अग्रदूत मानते हैं? और सबसे जटिल सवाल— राजा विजयसिंग के लिए बारह शादियाँ करना किन हालतों में आवश्यक हो गया था?

तो पाठको, बच गये ना ऐसे सवालों से! मगर अवनिजी नहीं बचे। आप तो किसी के घर इस कारण जाने से मना कर दें कि अभी बेटे की शादी की है, साला, अल्बम दिखाएगा। लेकिन अवनिजी ने धीरज के साथ सभी शादियों के विवरण अपनी पी.एच.डी के लिए पूरी निष्ठा से जुटाए।

ये अलग बात है कि जब यूनिवर्सिटी में पेश उनकी सिनोप्सिस को हमने खंगाला, तो पता चला कि रानियों या शादियों का उसमें कोई चेप्टर ही नहीं है। फिर

भी उन्होंने लिखा, विस्तार दिया, तो कोई खास बात होगी ही।

राजा-रानी सम्बन्धों को बिलकुल पाठ्य-पुस्तक स्तरीय महत्त्व देते उन्होंने बताया कि पहली रानी विजयावती और राजा के सम्बन्ध क्यों खराब हुए? सीनियारिटी का चक्कर था। विजयावती कहती, मैं पहले आई, इसलिए मैं पटरानी और दूसरी सुभद्रा का तर्क था कि राजा के रूप में पहली रानी का पद उसे मिला है। झगड़ा लम्बा चलता, लेकिन एक दिन विजयसिंग ने यह कहकर पटाक्षेप कर दिया, ''पटरानी कोई स्थाई पद नहीं है। जिसे राजा क़रीब रखे, वही पटरानी।''

यानी वही प्रमुख सचिव की नियुक्ति वाला पेंच। सच कहो, तो राजा ने गलत नहीं कहा था, किसी का पक्ष भी नहीं लिया था, लेकिन विजयावती तो यह सुनते ही ऐसी खिसकी कि फिर शायद ही कभी ठीक से बात की हो। लोग कहते हैं, एक बार जब राजा की पाँच, छे रानियाँ एक साथ 'कपड़े से' हो गयीं, तब भी विजयावती ने रात को राजा के पास जाने से इनकार कर दिया।

पाठकों की सुविधा के लिए बता दें कि हमारे यहाँ 'कपड़े से' का मतलब होता है मासिक-धर्म, संस्कृत में जिसे कहते हैं, रजस्वला। लेकिन सवाल ये है कि अवनिजी को इस टाइप की अन्तरंग जानकारी किसने दी? राजासाब, हीरासिंग या मामासा ऐसी बातें करना तो दूर, शायद जानते तक नहीं होंगे। अवनिजी ने जितना भी लिखा है, उसमें जानकारी देनेवाले का नाम ज़रूर दिया है, लेकिन 'कपड़े से' वाली बात लोग के कहने पर दर्ज की है। तो ये लोग कौन है?

प्रेमिका, पत्नी या पसन्दीदा के लिए हमारे यहाँ 'लोग' सम्बोधन आम है। सुनने को मिल जाता है, ''पीहर से लोग वापस लौटनेवाले हैं, शाम को कार्यक्रम नहीं। या क्या बताऊँ, लोग मेरे साथ थे और उधर से वाइफ को आते देखा। एकदम फटी हालत में गाड़ी मोड़ी मैंने।''

जो भी हो, अपने को प्रो, अवनि शुक्ला द्वारा जुटाई गयी जानकारी से मतलब।

अस्तु, लोग ने ही बताया है कि पाँच शादी करनेवाले राजा का बेटा विजय तीन शादी के बाद ही अघा गया था, लेकिन होनी को तो उनका नाम शादियों की रेकार्ड बुक में दर्ज करवाना का था। वारिस या लड़का पैदा न कर पाने का गम जो था, उसने शराब और अय्याशियों को बढ़ा दिया। वैद्य, हकीम और डॉक्टरों के अलावा 'ताकत की दवाइयों के सम्राट' कहे जानेवालों की भी मदद ली, फलस्वरूप दो बेटियाँ और आ गयीं। इसी बीच रूपा गोली के बेटे विराज ने अपने बेटे को दत्तक देने का प्रस्ताव भेजा, लेकिन नाराज़ी और बेइज्जती के साथ ठुकरा दिया गया।

अब जानिए, एक साथ हुई दो शादियों का अहवाल। घुड़साल में रामचन्द्र त्रिपाठी की शक्तियाँ बढ़ चुकी थीं। दूर-दराज से घोड़ियाँ आतीं। एक दिन छतरपुर

और सतना के पास के दो जमींदार कुछ घोड़ियाँ लेकर लालगढ़ पहुँचे। इस बीच विक्रम बहादुर द्वारा लाए गये ऊँची नस्ल के घोड़ों की दूसरी पीढ़ी मातृत्व की इच्छुक घोड़ियों को सेवा देने लगी थी। सतना का जमींदार जल्दबाजी कर रहा था। तीन घंटे हो गये, दारोगाजी क्रासिंग के लिए मना कर रहे थे, "नहीं, अभी पूरी तरह गर्म नहीं हुई है। दोनों घोड़ों के साथ बिलकुल चिपकाकर थोड़ा और घुमाओ।"

"और कितने देर करोगे? मेरी दूसरी भी घोड़ियाँ हैं।" जमींदार अधीर होकर बोला और गुस्से से देखते दारोगाजी ने कहा, "जमींदार साब, ये घरवाली नहीं है, जो जब चाहें गरम हो जाए। नस्लदार जानवर है, मरद की मौजूदगी पूरी तरह महसूस करने के बाद ही काम होगा।"

कहते हैं, उस जमींदार को राजासाब की समस्या की जानकारी मिल चुकी थी। उसने रामचन्द्र के आगे हँसते हुए कह दिया, "सच मानो पंडितजी, अगर हमारी घोड़ियाँ ठीक से गाभन हो गयीं, तो हम अपनी एक बेटी का ब्याह आपके राजा साब से कर देंगे।"

"उससे क्या होगा?" रामचन्द्र ने पूछा और आगे कहा, "शादी के लिए राजकुमारियाँ तो राजासाब को पचास मिल जाएँ, पर सब की सब बेटी जनती हैं, बेटा कोई पैदा नहीं करती।"

"तभी तो कह रहा हूँ।" गर्भाधान क्षेत्र में जमींदार ने जो दावा किया, वो घुड़साल स्तर का ही था। बेटियों को घोड़ी ट्रीटमेंट देते हुए उसने कहा "पंडितजी, मेरी सात बेटियाँ, चार बेटे हैं। पाँच बेटियों की शादी हो गयी और आप जानो कि पाँचों बेटियों ने बेटे ही बेटे जने हैं।"

पं. रामचन्द्र हँस दिए। बात आई-गयी हो गयी। सतना क्षेत्र का जमींदार चला गया। उसके बाद बारी आई छतरपुर क्षेत्र की घोड़ियों की। रामचन्द्र ने मजाक में पूछा, "ठाकुर साब, सिरफ घोड़ियाँ लेकर आ गये हो या आपका भी कोई प्रस्ताव है।"

जमींदार ने हँसते हुए कहा, "पंडतजी, हमारा प्रस्ताव है कि आप ये नौकरी छोड़ो और हमारे यहाँ चलकर हमारी घुड़साल देखो। राजासाब आपको जो देते हैं ना, हम उससे दूना देंगे।"

भड़क गये रामचन्द्र त्रिपाठी, "साला, रिश्वत की बात करता है। मुझे खरीदेगा तू? चल।"

घोड़ियाँ जप्त कर लीं और जमींदार और उनके साथियों के हाथ-पाँव बाँध मौसा मोहनलाल के आगे पेश किया। छतरपुर से मीलों दूर जमींदार को बचाने कौन आता? मोहनलाल ने प्रकरण समझा। जमींदार को फटकार लगाई, हिदायत देकर छोड़ने जा रहे थे कि रिश्वत देने के शौकीन जमींदार ने प्रस्ताव रखा, "हुजूर, बात

चल ही गयी है, तो हमारा एक प्रस्ताव मान लो।''

''क्या है... बोलो?''

''राजासाब के लिए हमारी बेटी ले लो।'' मोहनलालजी ने एक बार फिर फटकार लगाई, लेकिन कुछ दिन बाद जमींदार ने नाई और पंडित को शगुन के साथ विजयसिंग के दरबार में भेजा। प्रारब्ध का खेल यह रहा कि सतनावाले जमींदार के यहाँ घोड़ियों को मनचाही सन्तानें हुईं और उन्होंने भी बेटी का शगुन भेज दिया। दोनों जमींदारों से दहेज आदि की विस्तार से बातें हुईं। तारीखें तय हुईं और इस बार जो राजासाब की बारात निकली, वो दो दुल्हनें साथ लेकर लौटी।

लेकिन हाय! सतनावाले जमींदार ने वादा तो पूरा किया, दावा पूरा नहीं हुआ। जो सतनावाली थी ना, उसे अपने पिता के दावे की इतनी फिक्र थी कि सन्तान उत्पत्ति की उतावली में पूरे समय पूजा-पाठ में डूबी रहती। दुल्हन का जोड़ा और गहने पहन किसी-न-किसी टोने-टोटके में लगी रहती। कभी भी बिना बोले पूजा के लिए महल से निकल पड़ती, तो रियासत के गिने-चुने सिपाहियों के लिए बिलकुल आजकल के नेताओं जैसी सिक्यूरिटी प्राब्लम पैदा हो जाती। इन्हीं आदतों के कारण रियासत में उसे 'बेंडी-रानी' अर्थात पागल रानी कहकर सम्बोधित किया जाता।

आप जानिए कि राजा की हर शादी एक अलग किस्सा है, सारांश यही कि राजा व्यस्त, रानियाँ त्रस्त और रियासत का काम कारिन्दों के भरोसे। अस्तु, दस शादियों के बाद किस्सा शुरू होना था बबली और बंटियर का, लेकिन डाकू मंगलू-मस्तान का किस्सा हम यहाँ इसलिए दे रहे हैं कि आप जान लें कि राजा की अनुपस्थिति में प्रशासन किस मुस्तैदी से काम करता था।

सतनावाली बेंडी रानी भारी गहने और शादी का जोड़ा पहने पूजा या टोटके के लिए निकलने की शौकीन। रियासत में चर्चा तो होनी ही थी। डाकू मंगलू-मस्तान का उल्लेख नगरसेठ सूरजभान के यहाँ से सोना समझ काँसे की सिल्लियाँ लूटने की घटना के साथ आ चुका है। बेंडी-रानी भारी गहने पहने रहती है, जानकारी डकैत मंगलू-मस्तान तक पहुँची। जिगरी दोस्त थे मंगलू-मस्तान। एक हिन्दू एक मुसलमान। साम्प्रदायिक सौहार्द की अनूठी मिसाल, जो कि अपराध जगत में तो हमेशा कायम रही है। दोनों डकैत बेहद फुर्तीले, ऐसा तेज़ दौड़ते कि ओलिम्पियन को पीछे छोड़ें। दोनों ने तय किया, बेंडी रानी को लूटा जाए। पता लगाया, आज रानी साहिबा महल की पाँचवीं मंजिल पर राधा बनी नाच रही हैं, शुक्रवार का उनका यही नियम था। दोनों डकैत साधु का वेष धारण कर पहुँच गये तीसरी मंजिल। फिर लबादे उतारकर दौड़ लगा दी पाँचवीं मंजिल। नाच और भक्ति में डूबी रानी के कुछ गहने उतरवा भी लिए, तभी पहरेदार की नज़र पड़ गयी।

महल घेर लिया गया। नीचे उतरने के रास्ते बन्द। शोरगुल सुन मंगलू-मस्तान भागने की राह तलाशने लगे। मौका देख रानी साहिबा एक कमरे में घुस गयीं। वैसे मंगलू-मस्तान भी चरित्र के पक्के थे। जाने कितनी वारदातें कीं, कितनी ही औरतों के गहने उतरवाए, पर सुना है, किसी के साथ वो नहीं किया, जिसे आजकल की भाषा में गलत हरकत कहते हैं। दोनों डकैतों ने जिस रास्ते आए थे, उधर से लौटना नामुमकिन देखा, तो छत की ओर दौड़ पड़े। जब सैनिक क़रीब पहुँचने को थे, उन्होंने छे-मंजिला महल की छत से नीचे नागर नदी में छलांग लगा दी।

छे मंज़िल ऊपर से नदी में कूदना प्रोफेसर साब को अविश्वसनीय लगा, उन्होंने ख़ुद जाँच की। जर्जर महल की छत पर चढ़कर देखा। लगा, वाकई कोई व्यक्ति दौड़ते हुए नीचे कूदे, तो नदी तक पहुँच सकता है अन्यथा नहीं, क्योंकि महल के आगे नदी तक क़रीब दस-बारह फुट का फासला है। नागर नदी में अब कचरा गाद आदि काफ़ी बढ़ गया है, फिर भी महल के ठीक नीचे काफ़ी गहराई है। बकौल अवनिजी यह जाँच उन्होंने 'लोगों' के साथ छत पर जाकर की थी।

बहाव ने मंगलू-मस्तान का साथ दिया। सिपाही पास पहुँचे, वे तैरते हुए अँग्रेज़ों के इलाके में पहुँच गये। छोटे बाँध पर अँग्रेज़ों की चौकी थी। सिपाहियों ने शिकायत की। अँग्रेज़ों ने उन्हें बाहर निकलवाया, तलाशी ली, लेकिन गहने के नाम पर कील भी नहीं निकली। अँग्रेज़ों ने उलटे सिपाहियों को गिरफ्तार करने की चेतावनी दे दी कि वे सम्भ्रान्त नागरिकों को परेशान करते हैं। सिपाही अपना-सा मुँह लिए लौट आए, (भाई, ये 'अपना-सा मुँह' क्या होता है?) महल में घुसकर दो डकैत दिन-दहाड़े रानी यानी सतनावाली के गहने लूट ले गये। दस में से एक है तो क्या हुआ, है तो राजासाब की ही इज्जत का हिस्सा। तय हुआ, बदले की कार्रवाई होगी।

चौकी पर मंगलू-मस्तान की तलाशी में एक भी गहना नहीं निकला। निष्कर्ष निकला कि डकैतों ने नदी में गहने छुपाए हैं। सादे कपड़ों में सिपाही तैनात किए। निगरानी रखी। शिकार के शौक के लिए राजा दूरबीनें लाए थे, आज वे काम आईं। एक रात आगे नदी में हलचल दिखी। सैनिकों ने घेर लिया, फिर भी कुशल तैराक मंगलू-मस्तान निकल भागे। नदी में महाजाल बिछाए गये थे, लेकिन उन्होंने तह तक पहुँच जाल उचकाया और निकल भागे। रात का समय था, पता नहीं चला कि वे बाहर कहाँ आए। फिर भी पता चल गया कि रानी के गहने किस इलाके में छुपाए हैं। बदले की कार्रवाई के सफल होने का जश्न मना, फिर गहनों की तलाश शुरू हुई।

बताते हैं, ख़ुद मोहनलाल और रामचन्द्र त्रिपाठी पचासों गोताखोरों के साथ खोज में लगे। एक-एक पत्थर हिलाकर देखा। मिट्टी-गाद छानी। दो दिन की

तलाश के बाद के रानी के कंठे के अलावा सारे गहने बरामद कर लिए। कंठा असली पन्ने का था। चार दिन खोज के बाद मान लिया गया कि मंगलू-मस्तान नदी से कंठा ले जाने में सफल रहे। महीने भर मंगलू-मस्तान भी दिखाई नहीं दिए। सिद्ध हो गया कि कंठा बेचकर दोनों डकैत गुलछर्रे उड़ाने निकल गये हैं। यही हुआ था, फिर एकाएक एक दिन कंठा बरामद हो गया, लेकिन नदी से नहीं।

हुआ ये कि डकैतों ने कंठा जिस जौहरी को औने-पौने दाम में बेचा, वह एक दिन गहनों की डिजाइनें दिखाने किसी रानी के बुलावे पर इन्द्रमहल चला आया। रानी ने डिजाइनें पसन्द कर ली। बेंडी रानी भी गहनों की डिजाइनें देख रही थी। चोरी गये कंठे की कमी उसे खटक रही थी। बातों-बातों में उसने पूछ लिया, "पन्ने का कंठा होगा क्या आपके पास?"

"सब हैं अपने पास और रानीसा को जैसा चाहिए, वैसा बनाकर भी दे सकते हैं।"

"एक-दो डिजाइन दिखाइए।" रानी ने कहा। इस पर जौहरी ने लड़के को भेजकर दुकान से पन्ने के जो दो-चार कंठे बुलवाए, बेंडी रानी उनमें से अपने लूटे गये कंठे को तत्काल पहचान गयी। गिरफ्तार जौहरी उस कंठे के अलावा और भी काफ़ी कुछ देने के बाद छूट सका।

मंगलू-मस्तान को तो अन्त तक पकड़ा नहीं जा सका। लोग कहते हैं, आज़ादी मिलने के बाद वे नेताओं के सम्पर्क में आए। चुनाव आदि में उपयोगी सिद्ध होकर किसी नेता के साथ दिल्ली पहुँचे और स्थाई रूप से वहीं बस गये। पैसा था, रसूखदार बनने में देर नहीं लगी। जैसा कि आप अनुमान लगा सकते हैं, मंगलू-मस्तान की औलादें आज भी बिल्डर-ठेकेदार आदि काम करते हुए, साम्प्रदायिक सौहार्द ही नहीं नेता-दल्ला सौहार्द की भी मिसाल कायम रखे है।

रानियों के साथ सम्मिलित प्रयास से घर का चिराग जलाने की जुगत में लगे और कई बार कला-यात्रा के नाम पर बम्बई की अय्याशियों में व्यस्त राजा विजयसिंग की अनुपस्थिति में राजकाज की समस्याओं को किस उत्साह से सुलझाया जाता था, इस घटना से उसे किसी पाठ्य-पुस्तक के अध्याय की तरह समझा जा सकता है।

विजयसिंग की एक-एक, दो-दो करके बारह शादियाँ हुईं, सुनकर लगता है कि राजा हर बार जब मार्केटिंग पर निकलता होगा, तो अन्य मर्कैंडाइल के साथ एक अदद रानी भी उठा लाता होगा। लेकिन ऐसा नहीं है, अठारह साल की उम्र में पहली शादी हुई और सैंतालीस-अड़तालीस साल की आयु में बारहवीं। मतलब पूरे तीस साल लगे रेकार्ड बनाने में। शायद अवनिजी को आज़ादी के इतने साल बाद भी आशा थी कि शादियोंवाला अध्याय किसी दिन कोर्स में लग जाएगा। इसीलिए

उन्होंने राजा की शादियों को इतना विस्तार दिया।

प्रो. अवनि शुक्ला का इरादा था, शादियों का विस्तार से विवरण दिया जाए, फिर तीन-चार शादियों के उल्लेख कम कर दिए। अच्छा ही किया, याद कीजिए, पचासों शादियाँ करनेवाले राजाओं के दरबारी लेखकों ने कहीं भी शादियों का विस्तार से बयान नहीं किया। समझदार थे।

17

तस्वीरादेवी की दूर की रिश्तेदार थी राजेश्वरी। पेंच यह था कि राजेश्वरी का भाई नहीं हुआ, तो पिता ने भतीजे शमशेर को गोद लिया, लेकिन पिता के मरने के बाद गादी मिलते ही, बहन राजेश्वरी को सताने लगा। मारने का भी प्रयास किया। राजेश्वरी ने रियासत से भागकर जान बचाई। मौसी के यहाँ रहने लगी। तस्वीरा देवी ख़बर सुनी, तो उन्होंने मध्यस्थता की। वकीलों को साथ लेकर गयी। जल्दी ही शमशेर को समझा दिया कि अँग्रेज़ी कानून के अनुसार तुम्हें गोद लिया जाना अवैध है। अगर राजेश्वरी ने कोर्ट की शरण ले ली, तो तुम बाहर कर दिए जाओगे और रियासत की गादी पर वह व्यक्ति दिखाई देगा, जिससे राजेश्वरी शादी करेगी। आय सीमित हो जाने के बावजूद लालगढ़ का अन्य रियासतों पर प्रभाव कम नहीं हुआ था। शमशेर डर गया। उसने समर्पण करते हुए कहा, ''अब आप ही रास्ता निकालिए। राजेश्वरी मेरे राज्य में तो नहीं रहेगी।''

''उपाय एक ही है, बेटे विजय से उसकी शादी।''

''वाह बुआसाब, इतना नादान समझती हैं आप हमें? राजेश्वरी को आप अपनी बहू बनाएँ और दूसरे ही दिन हम पर विजयसिंग हुकुम मुकदमा दायर कर दें।''

''बेटे शमशेर, हम तुम्हें इतना नादान नहीं समझते थे, पर अब लग रहा है, तुममें कौड़ी भर अकल नहीं है। राजेश्वरी अब तुम्हारे साथ नहीं, मौसी के साथ है। हम चाहें तो वहीं से उसकी शादी हो जाएगी।'' शमशेर को जवाब नहीं सूझ रहा है। तस्वीरा ने आगे कहा, ''यह तो हम तुम दोनों का झगड़ा खतम करने के लिए कह रहे हैं। फिर भी डर लग रहा है, तो एक रास्ता है।''

मध्यस्थता सफल रही। शमशेर ने राजेश्वरी की शादी पर्याप्त दहेज देकर की। कुछ ही समय बाद बड़ी रानीमाँ विजयावती की बेटी कुसुम कुमारी से शमशेर की शादी हुई। मध्यस्थता की शर्त के अनुसार इस शादी का खर्च शमशेर ने ही उठाया। भाई-बहन के रिश्ते तस्वीरा देवी के प्रयत्नों से सामान्य हो गये। लेकिन यह भी सच

है कि सातवीं या शायद आठवीं शादी इन्हीं राजेश्वरी रानी के मुँहफटपन के कारण आयोजित हुई।

वो हुआ ये कि छठी शादी का भी सार्थक परिणाम आता न दिखाई दिया। राजासाब फिर शराब आदि पुराने ढर्रे पर आगे बढ़े। रनिवास में एक बार फिर सुनाई देने लगा कि नयी रानी भी परीक्षा में फेल हो गयी। एक और शादी के कयास लगाए जाने लगे। जबकि राजासाब को उन्हीं दिनों बम्बई में नया कला-बिन्दु मिल गया था। राजासाब बम्बई में मीना बनारसवाली के मुजरे में पहुँचने की उतावली में थे। तभी शामगढ़ के बेहद बिगड़ैल राजकुमार उरमतसिंह पहुँच गये। राजा विजयसिंग ने साथ चलने का प्रस्ताव रखा। उरमतसिंह अड़ गये, "आज आप हमारे साथ चलेंगे, बबली के कोठे पर। आपने जो आजतक नहीं देखा, वो हम आज दिखाएँगे। अगर पूरा मजा नहीं आए, तो कल आप हमारी ओर से चलेंगे, मीना बनारसवाली के यहाँ।"

राजासाब मानते थे कि उरमतसिंह बम्बई के कोठों के बारे में उनसे ज़्यादा जानते हैं। इस मामले में राजा-राजकुमारों के लिए वे गाइड-बुक के समान थे। पहले भी उन्होंने विजयसिंग को कुछ खास स्थानों की सैर करवाई थी। राजासाब ने ना-नुकुर की, लेकिन उरमतसिंह ने हाथ पकड़कर खींचते हुए कहा, "आप एक बार चलिए तो सही जनाब।"

उरमतसिंह की टमटम में राजासाब जो बबली के कोठे गये, तो बबली के होकर रह गये। ऐसी खनकदार आवाज उन्होंने पहले नहीं सुनी थी। राजसी तहजीब की गहरी जानकार थी बबली। जल्दी ही राजासाब को खास तवज्जो दी जाने लगी। एकान्त मिलन होने लगा। मोहनलाल ने एक-दो बार आग्रह किया कि लगातार एक ही महफिल में न जाएँ। बदलाव करते रहें। लेकिन राजासाब पर तो बबली का ज़ादू गहरा हो रहा था। कहते हैं, बबली की खासियत थी देसी दारू के साथ विदेशी की कॉकटेल बनाकर अलग-अलग तरह की शराबें पेश करना।

मोहनलाल की बात का असर नहीं हुआ, बल्कि राजासाब अब उन्हें ऐसा कोई काम बता देते कि वे साथ न जा सकें। खजाना खाली स्थिति के क़रीब था। मोहनलाल आय बढ़ाने में जुट गये। भांजे रामचन्द को भी और ज़्यादा मेहनत करने लगा दिया। मामासाब की जिम्मेदारियाँ भी बढ़ा दीं। हालत सुधरती, लेकिन राजासाब द्वारा बबली पर उड़ाया धन उसे बराबर कर देता।

बात उन्हीं दिनों की है। पाँचवीं रानी को एक और लड़की पैदा हुई। राजा कुछ बीमार चल रहे थे। तीसरी और छठी ने ख़ूब सेवा की। निकटता बढ़ गयी। बबली के सन्देश आ रहे थे और राजासाब स्वास्थ्य लाभ कर रहे थे। ऐसे ही किसी सन्देश के आगमन पर राजेश्वरी ने चुहल करते हुए पूछ लिया, "हुकुम, ऐसी क्या बात है,

कहीं एक और रानी लाने का तो इरादा नहीं है?"

"देखो रज्जो, हम हैं राजा, तुम हो जमींदार की औलाद, तुम्हें राजाओं के रिवाज़ पता नहीं हैं। हम चाहें तो एक नहीं, बीस शादी कर सकते हैं। रानियाँ राजा की ज़रूरत होती हैं। हमारे पूर्वजों की, तुम्हें पता नहीं, सौ से ऊपर तक रानियाँ होती थीं। हम तो उनके पाँव की धूल भी नहीं हैं।" राजा की तुनक मिज़ाजी रानियाँ जानती थीं। आधी रात को नाराज़ होकर किसके पास से किसके पास चले जाएँ, भरोसा नहीं। इसलिए रज्जो यानी राजेश्वरी ने बात सम्हाली, "माफ कीजिए हुकुम, मैंने तो बस बात सुनी थी, इसलिए यूँ ही पूछ लिया। खमाघणी, बुरा मत मानिए।"

"किससे? कौन-सी बात सुनी तुमने?" प्रश्न से ही स्पष्ट था कि ग़ुस्सा कम नहीं हुआ है। राजेश्वरी जानती थी, उचित जवाब न देने पर दंड मिल सकता है। उसने चतुराई से काम लेते हुए जवाब दिया, "मैं तो इसलिए पूछ रही थी हुकुम कि छोटी जीजी को लड़की हो गयी, तो सबको लगा।"

"रज्जो, काटकर गड़वा दूँगा। बता, क्या सुना?" काँप गयी राजेश्वरी। एक ही रास्ता दिखाई दिया। विजयावती से राजा की बोलचाल बन्द थी। राजेश्वरी ने बड़ी उसी के नाम से झूठ बोला, "लड़की हुई ना, तो बड़ी जीजी कह रही थी, अब तो राजासाब एक और शादी करेंगे।"

"किससे कह रही थी?"

"नाइन से। मैं वहीं बैठी थी।" राजेश्वरी ने कहा। राजासाब को ऐसे मामलों में विजयावती से पूछताछ करने की ज़रूरत महसूस नहीं हुई। उसी समय घोषणा कर दी, "ठीक है, तुम लोग ऐसा समझती हो, तो यही सही।"

और इस प्रकार हुई राजा विजयसिंग की शादी क्रमांक दस, इसी ने नींव रखी बबली और बंटियर कांड मतलब ग्यारहवीं शादी की। शादी नम्बर दस तो बस यूँ ही रनिवास की कन्या उपजाऊ सदस्याओं पर रुआब जताने के लिए कर ली गयी। राजासाब का मन तो लगा था बबली की अदाओं में, उसके आगे इस दसवीं रानी को कभी पसन्द नहीं कर सके विजयसिंग। उनके इसी व्यवहार के कारण रियासतों में ये चर्चा जोर पकड़ गयी कि वे खर्चा चलाने के लिए शादी करते हैं। इस शादी के बाद ग्यारहवीं शादी के लिए किसी प्रस्ताव के आने की सूचना नहीं है।

प्लीज, शादी का एक किस्सा और झेलिये। राजा और उनके दोस्त मोहनलाल, सूरजभान, वीरसिंग आदि की महफिल जमी थी, पेग चढ़ाए जा रहे थे। यार लोग शिकायत कर रहे थे कि आजकल राजासाब रियासत के बाहर सैर-सपाटा ज़्यादा लगाने लगे हैं, पुराने दोस्तों को भूल से गये हैं। राजासाब आरोप से इनकार कर रहे थे कि उन्होंने दोस्तों को भुला दिया है। तभी सेठ सूरजभान ने पूछा, "हुकुम, आपको याद है, पिछली बार कब ऐसी बैठक हुई थी?"

राजासाब ने दिमाग पर ज़ोर देकर याद करने की असफल कोशिश की फिर मोहनलाल को देखा, उन्होंने तुरन्त जवाब दिया, ''दो महीने पूरे नहीं हुए हैं। नादिया-जॉन कावस की वो पिक्चर देखी थी ना, बस उसके बाद तो बैठे थे।''

उस फ़िल्म और बैठक में आए मजे को याद करते बातचीत थोड़ी देर के लिए राजासाब द्वारा बम्बई में देखी फ़िल्म पर चली गयी। काफ़ी देर वे बताते रहे कि कैसे वे एक दिन स्टूडियो पहुँच गये थे, तो प्रोड्यूसर ने कैसे स्वागत किया, और हिरोइन से मिलवाया, तो वो तो बस, गले लग गयी, छोड़े ही नहीं। डायरेक्टर से बोल दिया, इनको हीरो बनाया, तो मुफ्त में काम करेगी। सभी महसूस कर रहे थे राजा ज़्यादा ही लम्बी छोड़ रहे हैं। विषयान्तर के लिए सूरजभान ने या वीरसिंग ने कहा, ''हुकुम, आप चले जाते हो, तो हमारा मजा गायब हो जाता है। लाइफ फिस्स हो जाती है। अब देखिए ना, शिकार पर गये कितने दिन बीत गये? पिछली बार कब गये थे?''

स्टूडियो में गले से लिपटी हीरोइन की कल्पना से छिटककर एकाएक शिकार की चर्चा आई तो राजासाब अचकचा गये। कुछ देर सोचते रहे, फिर लम्बा घूँट भर कर कहा, ''लाइफ तो दोस्तो, बस लाइफ है। चलती जाती है। आज कुछ होता है, कल कुछ। सच बोला तुमने, हम बहुत दिनों से शिकार पर नहीं गये। और भी काम हैं, जो हमने बहुत दिनों से नहीं किए। जो हम करते रहते हैं। जैसे... जैसे शादी। हाँ, कितने दिन हो गये, हमने कोई शादी नहीं की।''

मुसाहिब मोहनलाल ने फिर हिसाब लगाया, कितने दिन हो गये हैं। मंडली सोच रही थी कि राजा शिकार पर चलने की घोषणा करेंगे, लेकिन पिछली शादी का हिसाब सुन राजा ने तुरन्त रियासत के उस पंडित को बुलाने का आदेश दे दिया।

प्रो. अवनि ने इस शादी का किस्सा बयान किया है, लेकिन यह नहीं बता सके कि किस नम्बर की शादी का है। दारोगाजी के अन्तिम संस्कार के दिनों में ऐसे ही कई किस्सों से परिचय हुआ। शादी के इस किस्से के बारे में वे लिखते हैं, राजासाब से जब उन्होंने इसकी पुष्टि करवानी चाही, तो वे बस, मुस्करा दिए। किसी अन्य ने भी इस बारे में ठीक से कुछ नहीं बताया।

बबली को राजासाब के बीमार होने की खबर और फिर एक और शादी की सूचना, तो उसने दो और दो जोड़े कि राजा अब नहीं लौटेंगे, नयी रानी में व्यस्त रहेंगे। इस पर उसने अन्य ग्राहकों पर ध्यान दिया। मामासा के अनुसार लालगढ़ की किस्मत खराब थी, जो ऐन दो दिन पहले राजा बम्बई पहुँच गये। बबली बड़े उद्योगपति निहालकरण के साथ मद्रास जाने की तैयारी कर चुकी थी। सामान समेट दिया था। उस जगह को लेनेवाली प्रसिद्ध गजल गायिका मोहना कोठे का बयाना भी दे चुकी थी। लेकिन कोठा छोड़ने के दो दिन पहले राजासाब पहुँच गये।

"हुजूर, माफ कीजिए, मैं मद्रास जा रही हूँ।"

"हमें छोड़कर कैसे जा सकती हो? वादा किया है तुमने। तुम पर सिर्फ़ हमारा हक है।"

"सो तो है। रहेगा। आपकी याद हमेशा आएगी। आपको भूल सकती हूँ क्या? लेकिन...।"

"लेकिन क्या? जानती हो, हमारे साथ वादाख़िलाफ़ी का मतलब?"

"लेकिन हुजूर, वो जो हैं, वो मुझसे शादी करने जा रहे हैं।" बबली के कथन पर राजासाब हतप्रभ रह गये। मान-मनव्वल शुरू हुई। एक नाचने-गानेवाली के लिए, जो वेश्या की श्रेणी में भी आ चुकी हो। प्रतिष्ठित परिवार में जगह जिसके लिए असम्भव सपना हो। उसके लिए लालगढ़ जैसी अनजान रियासत के राजा की स्थाई रखैल बनने के प्रस्ताव से पोतड़े के रईस उद्योगपति की पत्नी बनने का प्रस्ताव हर प्रकार से बेहतर था। इधर राजसी स्वभाव यह स्वीकार नहीं कर पा रहा था कि कोई गैर-राजा प्रेयसी को छीन ले जाए। राजासाब ने प्रस्ताव कर दिया, "तो हम भी शादी करने को तैयार हैं। साथ चलो, हम तुम्हें अपनी खास रानी बनाकर रखेंगे।"

रईस की औलादों को पोतड़े पहनाने का चलन अब नहीं है। हमारा ख्याल है पोतड़े के रईस के बजाय अब डायपर-रईस लिखा जाना चाहिए।

"चल सकती हूँ आपकी रानी बनकर। लेकिन हुजूर सोच लीजिए, धर्म कैसे निभेगा?"

"आपसे शादी करने के लिए हम कुछ भी करने को तैयार हैं।" इस जवाब के बाद बबली के पास सिवा राजासाब की शर्त मानने के कोई रास्ता नहीं रहा। वैसे भी राजा विजयसिंग उसकी पहली पसन्द थे, उनकी राजसी तहजीब के आगे उद्योगपति निहालकरण एकदम गावदी लगता था। आनन-फानन में शादी, मेहर आदि की रस्में तय हुईं और बबली राजरानी बबली होकर राजा विजयसिंग की पत्नी के रूप में लालगढ़ के लिए रवाना हो गयी।

18

जितने मुँह उतनी बातें, यहाँ ये कहावत थोड़ी छोटी पड़ रही है। अब आगे बढ़ने से पहले रियासत के कुशल बहुरूपिये घाड़ोलियाजी की बात कर ली जाए। स्वाँग भरना इनका पेशा ही नहीं शौक भी था। लोग इनकी असली सूरत देखने को तरस जाते। हनुमानजी, श्रवणकुमार से लेकर पुलिस इन्सपेक्टर और बब्बर शेर तक कुछ भी स्वाँग धरते और उसमें गहरे उतर जाते। लोगों में उत्सुकता रहती कि आज वे

कौन-सा स्वाँग धरनेवाले हैं। मन से बेहद सरल लेकिन स्वाँग धरते तो बदल जाते। सिपाही बनते तो लोगों की ख़ूब खबर लेते। चुन-चुनकर पुलिसिया गाली देते, रिश्वत माँगते, लकिन ईमानदार इतने कि थोड़ी देर बाद पैसे वापस भी कर देते। श्रवण कुमार बन जाते तो दर्शकों को श्रद्धा और करुणा से भर देते। रियासत का उत्थान-पतन क़रीब से देखा था, बरसों वे पुलिस के इन्फार्मर रहे इसलिए भी जानकारियों के भंडार थे।

दारोगाजी की अन्त्येष्ठि के दौरान ही अवनिजी की बूढ़े घाड़ोलियाजी और उनके बेटे से भेंट हुई थी। पहले-पहल उन्होंने रहस्य खोला था कि राजा विजयसिंग ने बापू से भेंट की थी और काँग्रेस को चन्दा दिया था। लेकिन दस्तावेज़ों में ऐसी मुलाकात दर्ज नहीं है। घाड़ोलियाजी दावे से कह रहे थे, तो अवनिजी ने तय किया कि राजा विक्रमसिंग से ही पूछा जाए।

कुछ अन्य उलझनें सुलझाने में भी उनसे मदद मिली। किन्तु एक प्रश्न पर घाड़ोलिया और उनकी सन्तान ही नहीं, जिससे भी प्रश्न किया पहेली में फँस गया। अवनिजी का प्रश्न था कि जब राजासाब से बबली की शादी हुई, तो धर्म किसने बदला? लोगों का होता, "बबली ने मुस्लिम तरीके से शादी करने पर ज़ोर दिया था और राजा विजयसिंग को मुसलमान बनना पड़ा था।"

दावे को पुष्टि के लिए कहा जाता, "शादी के बाद विजयसिंग राजासाब से नवाब बाज बहादुर खान बन गये थे।"

लेकिन प्रो. शुक्ला प्रतिप्रश्न करते, "राजासाब शादी के समय मुसलमान हो गये, तो जब हज करने गये, तब मुसलमान होने की बात क्यों कही जाती है?"

तो अगला बाँहों के आजू-बाजू यानी बगलें झांकता या फिर ऐल-फेल जवाब देता, जैसे यही कि बाबा चमनअली ने कहा, "शादी के समय तुम एक स्वार्थ के साथ मुसलमान हुए थे, अब यहाँ निस्वार्थ होकर मुसलमान बनो। अल्लह उसके बाद ही तुम पर कृपा करेंगे।"

भला कोई दो बार मुसलमान हो सकता है? किसी के पास नहीं था सही जवाब। नोट्स बनाते उस शाम प्रो. अवनि लालगढ़ के अब इतिहास को लेकर कुछ असमंजस में थे। तय किया, फिर से वह पढ़ा जाए, जिसका शीर्षक रहा 'बबली और बंटियर कांड'। अख़बार ने राजासाब को 'बंटियर' उपमा से विभूषित किया था। शीर्षक से ही लग रहा था, लेख बदनाम करने के लिए लिखवाया गया है। यह भी बताया था कि साल भर में राजा कितनी शराब पीते हैं।

हुआ ये कि बबली के लालगढ़ आने के बाद धनपति-पुत्र निहालकरण तो मन मसोसकर चुप बैठ गया। शुभचिन्तकों ने समझाया, वो तो गयी, पैसों के बदले अकल मिली। नसीहत की अँगुली पकड़ दूसरी के पास जाना शुरू करो। दो-तीन

सप्ताह तक विरोध लालगढ़ रनिवास तक सीमित था। उसके बाद विरोध शुरू हुआ उन रजवाड़ों और बम्बई के अय्याश सेठों द्वारा, जो बबली जैसे रत्न को छोटे से राजा द्वारा उड़ा लिए जाने से ठगा महसूस कर रहे थे। नेतृत्व किया उन्हीं उरमतसिंह ने जो राजा को बबली के कोठे ले गये थे। मामासा के अनुसार राजासाब की ग्राहकी के बाद बबली ने उरमतसिंह से कन्नी काट ली थी। उन्होंने रजवाड़ों और क्षत्रीय समाज को राजासाब के विरुद्ध खड़ा किया। बताते हैं, उरमतसिंह किसी क्षत्रीय संस्था के पदाधिकारी भी थे।

अँग्रेज़ फूट डालो राज करो नीति बना चुके थे, ऐसे में अगर विवाह को हिन्दू-मुस्लिम वाला रूप दे दिया होता, तो अलग हवा बन जाती। लेकिन राजासाब से गलती यह हो गयी कि जो भी किया, गुपचुप किया। भला राजालोग ऐसे काम छुपकर करते हैं क्या? एक बबली का सहायक, एक सहायिका, दो साजिन्दे, नृत्य शिक्षक मास्टर पूरन प्रसाद और साथ में राजासाब के चार आदमी, बस, आधी रात को इन्हें लेकर लौटी थी बबली यानी राजासाब की ग्यारहवीं रानी की बारात।

राजासाब की मंडलीवाले सेठ कन्हैयालाल और मामासा का मत था कि अगर राजा ने खुली शादी की होती, खास-खास राजा मित्रों को ही बुला लिया होता, तो विरोध जोरदार न होता। सेठ कन्हैयालाल कहते हैं, "अरे, जब विरोध शुरू हुआ, तब भी हमने सलाह दी थी, अपने कुछ नवाब दोस्तों का पल्ला पकड़ लो, अभी मामला हिन्दू-मुस्लिम हो जाएगा और अँग्रेज़ आपका पक्ष लेने को मजबूर हो जाएँगे। मगर राजा तो आप जानो, ऐसा जिददी कि किसी की नहीं सुने।"

मुद्दे की बात ये कि बम्बई में विरोधियों का प्रतिनिधिमंडल रीजेंट से मिला, शिकायत की कि राजा बबली को जबरन भगा ले गया है। बबली के पास काफ़ी पैसा था, जो राजे-रजवाड़ों ने दिया था। कंगाल राजा ने उस पर कब्जा कर लिया है आदि। बम्बई के अँग्रेज़ रीजेंट प्रभावित हुए, किसी छोटे कमज़ोर राजा की टाँग लपकने का मौका वैसे भी अँग्रेज़ नहीं छोड़ते थे। उन्होंने इन्दौर के रीजेंट को पत्र लिखा। तत्काल कार्रवाई हुई और राजा विजयसिंग से पूछा, "शिकायत मिली है कि तुम डांसर बबली को जबरन उसकी मरजी के बरखिलाफ भगाकर लालगढ़ लाए हो। तुरन्त बताओ कि तुमने किस हैसियत से डांसर बबली को अपने पास रखा है?"

राजा जवाब दें, उससे पहले रीजेंट बारबर जाँच करने लालगढ़ी पहुँच गया। मामासा के सिपाही सनतराम बताते हैं, "एक तो ख़ुद राजासाब की दूसरी शादी में इक्कीस तोपों की सलामी दी गयी थी या फिर जाँच करने आए बारबर को दी गयी।"

ऐसा स्वागत किया, जैसे वाइसराय आए हों। लेकिन कोई असर नहीं।

राजासाब की सुनने से पहले बारबर ने दीवान सुन्दरदास के साथ बैठक की। मामासा बताते हैं, "वो कमीना बारबर जब यहाँ बैठक में आया, तो राजा की ओर देखा भी नहीं और इधर सिंगासन पर ऐसे बैठ गया, जैसे बाप का राज हो। और राजासाब! उन्होंने एक पल भी देरी नहीं की, आगे बढ़े और सब दरबारियों के बीच बारबर के चरण ऐसे पकड़े कि छोड़े ही नहीं। एक-दो बार बारबर ने जो अपना जूता छुड़ाने की कोशिश की तो राजासाब को खरोंच भी लग गयी।"

प्रो. शुक्ला देख रहे थे, घटना को याद करते चेहरे पर अपमान और नाराज़ी के भाव लाते हुए अलबेले मामासा कितने विचित्र लग रहे थे। पूरे राज्य ने अपमान को महसूस किया। कहते हैं, रामचन्द्र त्रिपाठी के उकसावे पर कुछ युवकों ने बारबर की हत्या की योजना बनाई, किन्तु इसकी भनक गाँधीवादी सन्तूजी चर्मकार को लग गयी और उन्होंने युवकों को अहिंसा की कसम खिला दी, अन्यथा लालगढ़ का इतिहास कुछ और ही होता। सन्तूजी पेशे से भले ही चर्मकार थे, लेकिन लालगढ़ में उनकी पैठ राष्ट्रवादी विचारों के कारण थी। गाँधीजी के भक्त थे, उनके दर्शन करने, आशिर्वाद पाने का दावा करते थे। नाम के अनुरूप सन्त स्वभाव था सन्तूजी का। गोबर लिपा, खुला सा उनका मकान, जहाँ बैठकर कारीगर कलात्मक कार्य करते। उन्हीं के बीच बैठ काम करते हुए वे राष्ट्रभक्ति के गीत गाते। अँग्रेज़ों तक ख़बर पहुँची तो देशद्रोह टाइप कुछ आरोप लगा और बीस कोड़ों की सजा मिली। मगर अँग्रेज़ी अत्याचारों से हारकर देशभक्ति छोड़ने वालो में नहीं थे सन्तूजी। जो भी हो अहिंसा के उनके पाठ के कारण ही उस दिन बारबर का वध नहीं हुआ।

दीवान से मन्त्रणा के बाद बारबर ने उसे बबली से मिलकर बयान के बारे में कुछ समझाने भेजा और ख़ुद राजासाब के पास आया। दरबार में जैसे ही वह पूछताछ करने लगा, खबर आई किसी ने बबली की हत्या कर दी है। कह सकते हैं, सबसे बुरे दिन भी किस्मत के धनी थे राजासाब, जो उस रात पूछताछ कुछ लम्बी खिंच गयी और बारबर के सामने ही बबली की हत्या होने की खबर आ गयी यानी स्वयं हत्या करने का इल्ज़ाम राजा पर नहीं लगा।

किसने की बबली की हत्या? अन्त तक रहस्य रहा। रियासत के जिस भी पुराने व्यक्ति से पूछा, उसका जोर इसी पर था कि हत्या दीवान के आदमियों ने बारबर के इशारे पर की। क्योंकि बबली ने आते ही राज्य के कामकाज में हस्तक्षेप करना और अपने कुछ लोगों को महत्त्वपूर्ण पद पर रखवाना चाहा था, इसलिए दीवान की भी उसका सफाया करने में रुचि थी।

दूसरा शक रहा षड्यन्त्रों में अग्रणी रानी नम्बर तीन, पाँच और छे पर। रियासत का दीपक जलानेवाले को जन्म देने के उनके महत्वाकाँक्षी प्रयास पर बबली के आगमन के बाद पानी पड़ गया था। आशंका यह भी रही कि बबली के ही किसी

साथी साजिन्दे ने उसके गहने और जवाहरात लेकर निकलने के इरादे से यह हत्या की, क्योंकि तलाशी में बबली के पास बहुत ही कम माल निकला और गहने तो केवल वे ही मिले, जो मौत के समय बदन पर थे।

लेकिन तफ्तीश करते हुए तलाशी का काम बारबर की पुलिस ने किया था। आप समझ सकते हैं, पुलिस तो उस समय भी वैसी ही थी, जैसी आज है। बबली के साथी साजिन्दों पर भी पूरे दावे से शक नहीं किया जा सकता, क्योंकि उनके आवास बबली से काफ़ी दूर थे। जो भी हो, हर तरफ़ से षड्यन्त्रों का शिकार होकर, राजे-रजवाड़ों की कठपुतली यानी बबली अपनी मौत का रहस्य अपने साथ ले गयी और हमारे राजा विजयसिंगजी को भारी मुश्किल में डाल गयी।

गोविन्दसिंह रिटायर्ड एसआई हैं। लालगढ़ में पुश्तैनी ज़मीन है, सेवानिवृत्ति के बाद यहीं बस गये हैं। बबली और बंटियर कांड के दिनों उनकी पोस्टिंग दूर बागली में थी, लेकिन लालगढ़ से जुड़े थे, कांड पर नज़र थी, उनके अनुसार, "बारबर चाहता था कि हत्या का आरोप किसी रानी पर या दो-तीन रानियों पर मढ़ दें। लेकिन हत्या से दस मिनिट पहले दीवान उससे मिले थे। गलती यह हो गयी कि बबली से मुलाकात की बात उन्होंने उन लोगों के सामने बारबर से कबूल कर ली, जिन्होंने उन्हें बबली के कक्ष से निकलते देखा था।"

आशंका यह थी कि सब तरफ़ से घिरने और यह पता लगने पर कि रीजेंट बुलवाकर बयान लेंगे, डरकर या घबराकर बबली ने आत्महत्या कर ली। उसने प्यार किया था राजा से, उसके ख़िलाफ़ बयान कैसे देती। गोविन्द सिंह की बात में दम इसलिए नज़र आता है कि दीवान के मार्फत बारबर ने बबली पर मनचाहा बयान देने का ज़ोर डाला था। काने और बहरे हो चुके बूढ़े वीरसिंग माड़साब को याद है, राज्य में कोई गड़बड़ी हो जाए, तो बारबर और उसके आदमी रिश्वत लेते थे और हर साल जो पैसा मिलता, उसमें बारबर का भी प्रतिशत बँधा था। एक बार जब एक लाख छत्तीस हज़ार के ढाई प्रतिशत की गणना को लेकर मतभेद हो गया, तो दोनों पक्षों ने मध्यस्थता और सही गणना के लिए वीरसिंग माड़सा को बुलवाया था।

वीरसिंग का यह भी मत था कि अगर बबली की हत्या नहीं होती, तो रीजेंट बबली को बयान देने बुलाता और अगर बबली बयान में कहती कि वह अपनी मर्जी से राजा के साथ आई है या शादी करके साथ रह रही है, तो भी बारबर कुछ तो नुक्स निकालता और राजासाब को रिश्वत देनी पड़ती, जिसे उस जमाने के कायदे में दस्तूर कहते थे। लेकिन अगर बबली कहती कि राजा उसे जबरन लाया है, तो बारबर कुछ ज़्यादा रिश्वत लेता और केस को राजा के पक्ष में ही निपटाता। आख़िर राजासाब तो उसके आय के स्थाई स्रोत थे।

दरबारियों के सामने पैर पकड़ माफ़ी माँगने के बावजूद बारबर ने राजा को

गिरफ्तार किया। रिश्वत-भेंट आदि जो ली, सो इसलिए कि राजासाब इन्दौर में सामान्य कैदी के रूप में नहीं रहें, इसलिए कि वे अपने साथ ज़रूरी सामान ले जा सकें और इसलिए भी कि रीजेंट बारबर उनके विरुद्ध केस थोड़ा कमजोर बनाएँ।

ये दिन मोहनलाल, मामासाब, रियासत के अन्य जिम्मेदार अफसरों के साथ मित्र-मंडली के लिए भी गम्भीर परीक्षा के दिन थे। राजा को इन्दौर ले जाने के बाद बारबर का बर्ताव एक बार फिर बदल गया। सुना गया कि उस पर बम्बई के रीजेंट का दबाव आ गया था। बम्बईवाले ज़ोर दे रहे थे, राजा को हत्या का दोषी बनाया जाए। यह बात ख़ुद बारबर ने राजासाब को बताई और कहा, "अब मैं ऐसा कुछ नहीं कर सकता, जिससे लगे कि मैं तुम्हारे प्रति सॉफ्ट हूँ।"

अख़बारों में बबली केस विस्तार से छपता रहा। अख़बारों का ज़ोर कुछ कम हुआ, तो एक दिन राजासाब को कैद से निकालकर नज़रबन्द कर दिया गया। अब लोग उनसे मिल सकते थे। मोहनलाल और अन्य दोस्तों ने तय किया कि राजासाब को किसी भी तरह मुक्त करवाया जाए। बड़ा वकील खड़ा किया जाए। ऐसे में कंजूस गिने जानेवाले बुल्लू सेठ ने तिजोरी खोल दी और दोस्ती का फर्ज निभाया। सेठ सूरजभान आर्थिक मदद तो नहीं कर सके, किन्तु रियासत के अन्य साहूकारों और सेठों से उन्होंने काफ़ी सहायता दिलवाई।

राजा के गिरफ्तार होने पर प्रजा की प्रतिक्रिया का एक उदाहरण यह है कि उन दिनों ग्यारह मील यानी डेलचीपुर के लोगों ने पंचायत बैठाई और राजासाब के लिए प्रस्ताव पारित कर पत्र भेजा —राजासाब बहादुर विजयसिंगजी, आप जेल में हैं, जानकर बड़ा दुख हम डेलचीपुरवालों को है। इस बुरी स्थिति में हम सब आपको विश्वास दिलाते हैं कि जब तक आप जेल में रहेंगे, तब तक आप निसाखातिर रहें, हम डेलचीपुरवाले ऐसी कोई गड़बड़ी नहीं करेंगे, जिससे आपको किसी भी तरह की परेशानी हो। —अकल और सूझबूझ की डेलचीपुर शैली का अप्रतिम उदाहरण है यह पत्र, जिसे अब भी लालगढ़ रियासत के दस्तावेज़ों में देखा जा सकता है।

तो दोस्तों ने मदद की, जब दोनों हाथों से खर्च करने में भिड़ा राजा ही नज़रबन्द हो गया, तो धन की समस्या आसान तो होनी ही थी। वकील खड़े किए गये। प्रिवी कौंसिल तक अपील की गयी। वकीलों ने अपील कुछ ऐसी लिखी कि कुछ ही दिनों में दिल्ली बुलाया गया, मोहनलाल भी साथ गये। ख़ुद वाइसराय ने हस्तक्षेप किया और सशर्त आदेश दिया कि राजा को मुक्त कर दिया जाए। शर्त थी कि वे केवल सात दिन के लिए रियासत में जाएँगे और फिर नज़रबन्दी की अवधि यानी शेष दो महीने विदेश यात्रा पर चले जाएँगे। आदेश को गोपनीय रखने का अनुरोध मान लिया गया। सचमुच अँग्रेज़ों के जमाने में ऊपर की कुर्सियों पर कुछ तो भले लोग हुआ करते थे।

मामासा बताते हैं, ''वकीलों को फीस तगड़ी दी, लेकिन भगवान झूठ न बुलाए, उधर वाइसराय आफिस में चा-पानी से ज़्यादा कुछ खास खर्च नहीं हुआ।''

19

बेचारी बबली! पूरे प्रकरण में बबली के लिए आँसू बहाता कोई दिखाई नहीं दिया, लेकिन इत्तेफाक ही था जो प्रो. शुक्ला ने ऐसे एक व्यक्ति को ढूँढ़ निकाला। उज्जैन लौटते हुए बस ख़राब हो गयी। कंडक्टर ने बताया, ठीक होने में दो-तीन घंटे लग सकते हैं। दूसरी बस सुबह तक नहीं आने वाली। अन्य सवारियों के साथ शुक्लाजी भी दो मील दूर स्थित कस्बे की ओर बढ़े। चिमनी से प्रकाशित झोंपड़ों के बाद एक मकान में बिजली दिखी। गला सूख चला था, प्रोफेसर साब मकान के क़रीब पहुँचे। देखा, बाहर बोर्ड टँगा था— मास्टर पूरन प्रसाद नृत्यालय।

नाम पहचाना-सा लगा, तो वे अन्दर प्रवेश कर गये। विश्राम के दौरान मिली जानकारी ने उन्हें भावविभोर कर दिया। याद आया, बाबा पूरन प्रसाद नृत्यांगना बबली के गुरु और साजिन्दे थे। बबली राजासाब के साथ लालगढ़ आई, तो वे साथ आए और कुछ दिन बाद उन्होंने परिवार को भी बुलवा लिया। त्रासदी देखिए, हत्या और पोस्ट-मार्टम के बाद बबली की लाश को स्वीकार करनेवाला कोई न था। पूरन बाबा आगे आए। विरोध के कारण रियासत के क़ब्रस्तान में जगह नहीं मिली, तो सीमा से बाहर लाकर, सड़क किनारे छोटी-सी बस्ती के लोगों की मदद से अपनी प्रिय शिष्या को सुपुर्दे-खाक करवाया। आसपास खेती करनेवालों ने रहने-ठहरने की भी मदद कर दी।

बाबा पूरन वहीं कब्र से कुछ दूर झोंपड़ी बनाकर रहने लगे। जो थोड़ा बहुत पैसा था, कस्बे के किनारे थोड़ी सी ज़मीन ख़रीदी और मास्टर पूरनदास नृत्यालय की नींव रखी। नृत्यालय के वर्तमान संचालकों की स्थिति देख प्रोफेसर साब ने महसूस किया, कम-से-कम बाबा पूरन प्रसाद तो वो शख़्स नहीं थे, जिसने बबली के बेशकीमती गहने-पैसे ग़ायब किए। बबली के जाने के कोई दस साल बाद बाबा पूरन ने भी आखिरी साँस ली। उनकी इच्छा के अनुरूप अन्तिम संस्कार के बाद उनके फूलों को बबली की कब्र के पास ज़मीन में गाड़ा और समाधि बनाई गयी। सड़क किनारे बने उन दोनों स्मारकों पर आजकल कुछ फ़कीरों ने कब्जा कर लिया है, आती-जाती बसें-कारें रुकती हैं और गुरु-चेले की दरगाह पर फूल चढ़ाकर यात्रा की सफलता की कामना करती हैं।

नृत्यालय का संचालन इन दिनों बाबा पूरन के नाती आनन्द शंकर और उनकी

बेटी करुणा देख रहे हैं। प्रो. अवनि बबली के बारे में भी लिखनेवाले हैं, यह जानकर आनन्द शंकर ने भरी आँखों के साथ दोनों कानों पर हाथ धर बबली को याद करते हुए कहा, ''हम तो तब बहुत छोटे थे, पर आज भी हमें बबलीजी की चक्करदार परन याद है। उनके जैसा कोई नहीं कर सकता।''

नृत्य की बारीकियों से अनभिज्ञ अवनिजी ने पहले तो परन आदि का अर्थ समझने का प्रयास किया, फिर डायरी में नोट किया, बबली चक्करदार परन में लाजवाब थी। सच, सड़क किनारे एक अनाम-सी दरगाह और पूरनदास नृत्यालय के संचालकों की स्मृति में दर्ज बातों के अलावा बबली के जीवन का कुछ भी अवशेष अब शेष नहीं है।

राजा विजयसिंग नज़रकैद से पेरोल पर छूटे थे, लेकिन लालगढ़ में बाइज्जत बरी होने का प्रचार हुआ। स्वागत हुआ, गिने-चुने ही जानते थे कि राजा केवल सात दिन के लिए रियासत में हैं, उसके बाद उन्हें भारत-बदर होना है। राजा इस बार इंग्लैंड नहीं जाना चाहते थे। सुना है, लन्दन के अख़बारों में भी बबली और बंटियर कांड पर विस्तार से छपा था। दूसरा स्थान अमरीका बिलकुल अनजाना तो था, लेकिन पहचान लिए जाने पर वहाँ भी विवाद खड़ा हो सकता था। ऑस्ट्रेलिया या किसी अन्य द्वीप की यात्रा उन दिनों आज जैसी पसन्दीदा नहीं थी।

कहते हैं, उन सात दिनों में राजासाब ने रानियों को मनाने का प्रयास किया। गुस्सा शान्त करने के लिए उन्होंने एक-दो रानियों को विदेश यात्रा पर साथ चलने का प्रस्ताव भी कर दिया। बबली कांड के बाद इन रानियों ने बेटियों के साथ अपने पिता के पास लौटने की तैयारी कर ली थी। सामान्य हो रही स्थिति में रानियों का पीहर लौट जाना राजासाब की प्रतिष्ठा को और नीचे गिरा सकता था। उसके बाद शायद तीसरे या चौथे दिन वे मुस्कान अम्मा और सूफी बाबा चमनअली के दर्शन करने गये। मुस्कान अम्मा ने भेंट करते ही कह दिया, ''ज़्यादा परेशान मत हो, ख़ुदा देख रहा है। उसे पता है, उस रंडी की जान लेने में तेरा हाथ नहीं है। पर वो तेरी शरण में थी, शरण में होते हुए किसी ने उसकी जान ले ली, उसकी सज़ा तो झेलनी होगी।''

राजासाब काफ़ी देर अम्मा के ठीये पर बैठे रहे। मुस्कान अम्मा अजीबो-ग़रीब आशीर्वादों के लिए प्रसिद्ध थी। कहते हैं, बचपन में सूरजभान परीक्षा में पास होने का आशीर्वाद लेने गये थे। और अम्मा ने कहा, ''पास होकर क्या करेगा? दो बरस बाद तो तुझे बाप की गादी पर बैठना है।''

सूरजभान की आँखों में आँसू आने को हुए, तो समझाते हुए बोली, ''बेटा, ज़िन्दगी में कभी भूलकर भी पत्थर का काम मत करियो, भली करेगा राम।''

सेठ सूरजभान की कंगाली के दिनों में लालगढ़ के बाशिन्दे अकसर मुस्कान

अम्मा की हदायत को याद कर लिया करते थे। अम्मा का ठीया नागर नदी के किनारे कुछ ऊँचाई पर था। अकेली रहती थी। जाने कैसे पता चल जाता कि कोई मुरीद मुसीबत में है। बस, निकल पड़ती झोंपड़े से, मुसीबतज़दा की मुसीबत झेलने। प्रत्यक्षदर्शी बताते हैं, नदी में बाढ़ आती तो, भगत लोग दौड़ पड़ते उनके झोपड़े की तरफ़। मुस्कान अम्मा को और उनके सामान को निकाल लाते, अपने घर में रखते। लेकिन एक-दो बार ऐसा भी हुआ कि उधर ऊपरी इलाके में भारी बारिश हुई और इधर लालगढ़ में साधारण रिमझिम होती रही, तो लोगों ने ज़्यादा चिन्ता नहीं की।

और साब, आधी रात को नागर नदी जो चढ़ी कि शहर के बीच पहुँच गयी। सुबह उठते ही सब परेशान। कहाँ गयी होगी मुस्कान अम्मा? पर आप जानिए कि चमत्कार हो गया। पानी उतरा, तो लोगों ने देखा, अम्मा अपने ठीये पर बैठी हैं। दूर-दूर तक कीचड़ ही कीचड़ है, लेकिन अम्मा की झोपड़ी और ठीया सूखे पड़े हैं, अम्मा आने-जानेवालों से हँस-हँसकर कह रही हैं, ''कुछ नहीं हुआ, मैं तो सोई पड़ी थी, नींद खुली तो देखा, रात को कोई आसपास कीचड़ फैला गया।''

अस्तु, राजासाब ठीये से उठने लगे तो सिर चूमते हुए अम्मा ने कहा, ''परेशानी तो झेलेगा, लेकिन राजा बेटे, सारी मुरादें पूरी होंगी। गादी पर तेरा अपना बेटा ही बैठेगा। इस कथन ने राजासाब को उत्साह से भर दिया। संकट झेलने की शक्ति आ गयी उनमें। उत्साह बढ़ा हुआ था, इसीलिए विदेश यात्रा पर एक या दो रानियों को ले जाने का आश्वासन उन्होंने दे दिया था। सोचा, मुस्कान अम्मा ने कहा है, तो क्यों न विदेश में भी रानियों को साथ रखा जाए।

हत्या के आरोप से और जेल से बच गये थे। रियासत पटरी पर लौट रही थी। उस शाम महफिल जमाने की तैयारी थी। तभी बेंडी रानी सतनावाली ने रास्ता रोक लिया। जान चुके थे राजासाब कि बबली की हत्या के दूसरे दिन से बेंडी रानी सूफी के डेरे पर हाजिरी देकर मनुहार कर रही हैं, ''कुछ भी हो, कुछ ऐसा करो कि मेरे साब पर आँच न जाए। उनको कुछ हुआ, तो वहीं से नदी में कूदूँगी, जहाँ से मंगलू-मस्तान कूदे थे।''

बाबा की दरगाह की यात्रा करवाते हीरासिंग ने बताया था, ''बेंडी रानी बाबा के आगे घंटों रोती रहती। ऐसे पीछे पड़ी कि बाबा को अलग से इबादत शुरू करनी पड़ी। अस्तु, मौका देखकर रास्ता रोक बेंडी रानी ने कहा, ''बाबासाब कई दिनों से याद कर रहे हैं आपको।''

राजासाब महसूस कर रहे थे, वे जिस आसानी से कांड से बाहर आए, वह चमत्कार है। अँग्रेज़ तो बेदखल करके राज्य को कब्जे में ले सकते थे। कुछ उदाहरण याद आए, जिसमें अँग्रेज़ों ने कुटिलता से रियासत को कब्जा लिया। बबली कांड के सदमे की मानसिकता ने राजा में सुधार की प्रक्रिया भी चला रखी थी। पहले किसी

रानी ने ऐसे रास्ता रोका होता, तो रानी की शामत आ जाती। लेकिन आज उन्होंने बेंडी का हाथ पकड़ा और कहा, ''चल, अभी चल।''

''आज तो आना ही था तुझे! आता कैसे नहीं?'' झोपड़ी के बाहर भक्त-मंडली से घिरे सूफी ने गम्भीर स्वर में कहा, तो लगा बाबा ने आगमन का पूर्वाभास कर लिया था। ख़बरें पहुँच चुकी थी या शायद बाबा ने होनी को महसूस करते हुए कहा, ''कहाँ जाने का इरादा है?''

राजासाब समझ गये, विदेश यात्रा की पूछ रहे हैं। बेंडी रानी को इस बारे में पता नहीं था, धीमे स्वर में कहा, ''बाबा, अभी तय नहीं है। दो-तीन जगहें हैं, आप बताएँ वहाँ चले जाएँगे।''

कथन का अर्थ था, तीनों जगहों में से आप जहाँ कहें, वहाँ चले जाएँगे, किन्तु बाबा ने पूछा, ''हज करने चलेगा? हमने तैयारी कर ली है।''

बाबा के सवाल पर वे इनकार न कर सके। जिन रानियों ने विदेश जाने के घुँघरू बाँधे थे, वे निराश हुईं, लेकिन शुभचिन्तक को ख़ुश हुए। नागरिकों ने भी इसका स्वागत किया, तो इस कारण कि सूफी बाबा चमनअली साथ रहेंगे, तो राजासाब से अय्याशियाँ दूर रहेंगी। शराब और अय्याशियों ने राजासाब पर स्थाई प्रभाव दिखाने शुरू कर दिए थे। जब भी वे प्रजा के बीच किसी भी कारण से दिखाई देते, दर्शन लाभ कर प्रसन्न होनेवाला भी उनकी सेहत पर चिन्तित हो जाता।

निर्धारित अवधि में राजासाब ने रियासत छोड़ दी। दीवान सुन्दरदास ने तार करके छोड़ने के समय आदि की सूचना रीजेंट को दी। सूफी बाबा के अलावा राजा के लवाजमें में मोहनलाल, खजांची सुल्तानअली के छोटे भाई अच्छेअली के अलावा दो साधारण कारिन्दे रामप्रकाश और सोहबतहुसैन और एक-दो अन्य व्यक्ति दो महीने की यात्रा की तैयारी के साथ चल रहे थे।

शादी के बाद बेंडी किसनी के साथ घुड़साल दारोगा रामचन्द्र कुछ दिन तो मौसा-मौसी के साथ रहे। लेकिन फिर किसनी ने अपने कर्कश तेवर दिखाना शुरू किए। पत्नी की शिकायतों को देख मोहनलालजी ने बीच का रास्ता निकाल रामचन्द्र से कहा, ''घुड़साल का कामकाज रहा है, ऐसे में तुम्हारे इधर चले आने से गड़बड़ी हो सकती हैं, इसलिए मैंने घुड़साल से लगी तीन कोठरियाँ तुम्हारे लिए खाली करने का आदेश कर दिया है।''

रामचन्द्र जानते थे असल क्या बात है। अन्यथा भांजे की शादी के बाद बहू की सेवा का आनन्द लेने की बातें करते रहते थे मौसा-मौसी। मौसी का घर छूटा, सम्बन्धों की उष्णता कम नहीं हुई। विदेश यात्रा की तैयारी करते-करते मोहनलाल ने रामचन्द्र को बुलाकर समझाया कि इस दौरान उसे अपने घर और घुड़साल के साथ इस घर का भी ख्याल रखना है। छोटे भाई संकर्षण को भी बुलाकर मोहनलालजी ने

समय-समय पर विजया भाभी को देख जाने की हिदायत दी।

बाबा के साथ जा रहे हों तो क्या हुआ, विदेश यात्रा उन दिनों विदाई देनेवालों की आँखें आँसुओं से भर देती थी। चक्कीवाले किशोर त्रिपाठी भावुकता के साथ बताते हैं, "मुसाहिब दद्दाजी, जो हैं सो, जब पाल्टी के साथ रवन्ना हुए, तभी आप समझो कि दादीजी को इलहाम हो गया था। मेरा मतलब है, लग गया कि इस रूप में आख़िरी मुलाकात है। बसस्टैंड पर आप समझो हज़ारों की भीड़, पर उस समय सन्नाटा खिंच गया, लोगों की आँखें भर-भर आईं, जब दादीजी सारी लाज शरम छोड़कर दद्दाजी से लिपट कर रोने लगीं। सच, जिसे देखो उसकी आँखों में आँसू।"

और मोहनलाल तो ठहरे मोहनलाल। गमज़दा तो थे, लेकिन पत्नी के आँसू पोंछते, धीरे से बोले, "देख, ज़्यादा मत रो, लोग समझेंगे कि मैं हज करने नहीं, तेरी सौतन लेने जा रहा हूँ।"

पति पर पूरे भरोसे का प्रमाण ये कि बिछोह की इस दुखद स्थिति में भी सौतन वाले कथन पर विजयालक्ष्मी हँस पड़ी। और लोग कहते हैं, लालगढ़ बसस्टैंड पर उस दिन जैसा विदाई देनेवालों का मेला फिर नहीं देखा।

20

तथ्यों का कन्फ्यूजन यानी आप समझो लेखक का सबसे बड़ा दुश्मन और प्रो. शुक्ला के लिए तो और भी बड़ी परेशानी इस मारे कि इरादा लालगढ़ पर पी.एच.डी. करने के साथ उपन्यास टाइप कुछ लिखने का रहा। पहला तथ्य— संकट ये कि राजा विक्रमसिंग और मोहनलाल मुसलमान किस परिस्थिति में बने? बाबा चमनअली, राजासाब, मोहनलाल एंड पार्टी के बारे में यहाँ-वहाँ सारे तथ्यों को खंगाल लिया पर मन में उठते प्रश्नों का जवाब नदारद। लगता है, हज करके लौटने के बाद भी भाई लोगों से किसी ने पूरी यात्रा के बारे में कोई बात ही नहीं की।

अब यही देखिए, लेखक महोदय ने पहले लिखा— मुसलमान हज करने जाते हैं, फिर उसके बीच में 'सिर्फ़' और 'सकते' घुसेड़ा। अब वाक्य बना— सिर्फ़ मुसलमान ही हज करने जा सकते हैं। उसके आगे लिखा— अगर कोई शख़्स मुसलमान नहीं है, तो हज नहीं कर सकता। राजासाब की पार्टी को सऊदी पहुँचते ही रोक दिया गया। कहीं दर्ज नहीं है कि कहाँ रोका गया?

प्रश्न यह भी कि हज-यात्रा पर ले जाने से पहले क्या बाबा चमनअली को भी इसकी जानकारी नहीं थी? शंका का लाभ देकर मान लिया जाए कि बाबा को

सूचना मिली हो कि बबली से शादी के समय विजयसिंग मुसलमान बन गये हैं, लेकिन जब मोहनलाल आदि उनके साथ हुए, तब तो चमनबाबा को बताना था कि हज करने सिर्फ़ और सिर्फ़ मुसलमान ही जा सकते हैं।

लेकिन लेखक को तो कन्फ्यूजन के बीच से निकल, जितने भी तथ्य मिलें उन्हें आधार बनाकर सहज समझ में आनेवाली बात कहनी होती है। झूठ से बचने का सबसे बढ़िया तरीका ये कि किस्से को शॉर्ट-कट में निपटा दिया जाए, इस हिदायत के साथ कि 'भूल-चूक-लेनी-देनी'। तो राजा-चमन-मोहन मंडली पहुँची सऊदी। दरवाज़े पर रोक दिए गये। क्या करें? विकल्प यह था कि बाबा चमन टीम के मुस्लिम सदस्यों के साथ हज पर निकलें और हिन्दू पार्टी आसपास के किसी अन्य देश में डेरा डाले। साला, अँग्रेज़ों के आदेश का उतारा जो करना था। बाबा तो चाहते थे कि विजयसिंग हज करें, ताकि उनके ऊपर की अला-बला टल जाएँ। कुछ तय नहीं हो पा रहा था, तो बाबा चमन ने कहा, "बेटा, अब सो जाओ। रात बहुत हो रही है। जो भी तय करना है, सुबह तय करना, देखें, अल्लाह की क्या मरजी है।"

होटल रही, धर्मशाला रही, सराय या कोई ठिकाना, जैसी भी व्यवस्था थी, सब सो गये। अब जैसा कि बाबा ने कई बार कहा था, सऊदी तो जानो कि करिश्मात की ज़मीन। करिश्मा ये हुआ कि रात को राजा और मोहन को सपना आया बिलकुल एक जैसा। दोनों का सपना ये कि दोनों जन्नत में पहुँचे हैं। फरिश्तों, हूरों, परियों, कोमल-बदन लड़कों ने उन्हें घेर रखा है। कोई पंखा झले, तो कोई अन्य सेवा करने को तत्पर। सामने छोटा सा मंच बना है, जिस पर नर्तकियों का दल ऐसा मादक नृत्य कर रहा है कि राजासाब तो झूम उठे। सपने में नर्तकियाँ और खासकर कोमल-बदन लड़कों को देख मोहनलालजी की रिएक्शन क्या रही, यह भी कोई नहीं बता सका।

दोनों ने देखा, आसपास जो भी है, सब सोने-चाँदी का बना है। जवाहरातों के ढेर लगे हैं। खाद्य पदार्थ का तो कहना ही क्या, आपकी मरजी से घूमनेवाला दस्तरखान बिछा है, मुर्ग-मुसल्लम से लेकर पोहे-जलेबी और साबूदाने की खिचड़ी तक जिस भी भोजन की कल्पना करो, समझ लो कि सामने आ जाए। (पाठक आश्चर्य न करें, उमठवाड़, मालवा के लोगों के लिए पोहे-जलेबी और साबूदाने की खिचड़ी बड़ी ही स्वर्गिक कल्पना है।) सूखे मेवे और मिठाइयों के तो ढेर लगे थे।

यहाँ विषयान्तर बल्कि सपने का विश्लेषण करते हुए अवनि शुक्ला ने लिखा है— और सब तो ठीक है, पर जब भी लोग स्वर्ग का सपना देखते हैं, तो वहाँ उन्हें हीरे-जवाहरात के ढेर क्यों दिखाई देते हैं? सोना और जवाहरात स्वर्ग के किसी फर्नीचर पर चिपके दिखें, दीवारें सोने से मढ़ी हों, हीरे-मोती से कलात्मक डिजाइन हो तो सपने की भव्यता कहा जा सकता है, लेकिन स्वर्ग की ज़मीन पर जवाहरात के

ढेर पटके रखना, यह तो स्वप्न की भी फिजूलखर्ची है और स्वर्ग की भी। पर क्या करें, लोग ऐसा ही सपना देखते हैं। हो सकता है, सपने में ऑल-इन-वन दस्तरखान की कल्पना करते राजासाब ने वीवीआईपी ब्रांड-युक्त शराबों के काउंटर देखे हों, जहाँ गंगाजल में प्याले धो-धोकर हूरें सर्व कर रही हों। कुल मिलाकर जन्नत और स्वर्ग के विवरण में जो भी आजतक कहा गया है, वो सब दोनों को एक साथ और एक जैसा, क्षमा कीजिए, लगभग एक जैसा दिखाई दिया। फ़र्क़ बस इतना कि राजासाब सपने में सामूहिक एवं मादक नृत्य निहारते हुए जिन नर्तकियों को देख-देख निहाल हुए, उनमें से एक उनकी अत्यन्त प्रिय नर्तकी भी थी।

अत्यन्त प्रिय नर्तकी देखने की पुष्टि मामासा, राजासा आदि कई ने की। अब यहाँ फिर एक अनुत्तरित प्रश्न है, राजासाब ने जिस नर्तकी को अपनी प्रिय नर्तकी बताया, वो स्व. बबलीजी थीं या कोई और? अवनिजी का अनुमान रहा कि सपने में दिखी नर्तकी बबली तो नहीं रही होगी। क्योंकि अगर बबली स्वर्ग में दिखाई दे जाती, तो मुसलमान बनने के बजाय मोहन-विजय द्वय का निश्चय होता, "नहीं, अब और मुसीबत नहीं, बबलीवाले स्वर्ग में तो भूलकर भी पाँव नहीं रखना।"

राजा से ऐसे सवाल पूछे भी तो कौन? जब मोहनलाल-राजासाब के सपने इक-दूजे से टेली हो गये, तो इसका यह निष्कर्ष कैसे निकाल लिया कि उन्हें इस्लाम स्वीकार कर लेना चाहिए, शायद सूफीबाबा से भी सलाह ली हो। लेकिन मूल सवाल वहीं का वहीं, दोनों को आए एक समान सपने का यह अर्थ आखिर निकाला कैसे? पर मैं तो लेखक हूँ, यह सोचना मेरा काम तो है नहीं। जो सुना, जैसा सुना, सो लिख दिया। स्वप्न-शास्त्र के आधार पर इस सपने का विश्लेषण करना और आनेवाली घटनाओं की घोषणा करना काम है स्वप्न-शास्त्रियों का। और स्वप्न शास्त्रियों के अनुसार सपने में हीरे-जवाहरात और समृद्धि देखने का मतलब है—बुरे दिन क़रीब ही हैं।

जो भी हुआ हो, प्रोफेसर साब की राय यह बनी कि स्वप्न देखने के बाद जब राजा उठे, तो उन्होंने महसूस किया कि अगर वे मुसलमान हो जाएँ, तो मुरादें पूरी हो सकती हैं। हो सकता है, यह भी लगा हो कि पाप धुल जाएँगे। राजा के सोच का आधार राजसी भी था, लगा होगा, इस साइड में आकर मरा, तो जो जन्नत मिलेगी, वहाँ प्रिय नर्तकी तो होगी ही। सात्विक साइड में चलें तो लगा होगा कि मुसलमान हो गया, तो बेटा, कुलदीपक पाने की मुराद पूरी हो जाएगी। मुस्कान अम्मा और सूफी चमन का आशीर्वाद तो है ही, मक्का-मदीना का भी मिल जाए, तो पूरी गारंटी।

पंडित मोहनलाल का इस्लाम स्वीकार करने का आधार तो जाहिर है दोस्ती रहा। यथा राजा तथा प्रजा भी और एक जैसे सपने भी। कहा ना कि धर्म परिवर्तन

और हज यात्रा के दौरान क्या और कैसे हुआ, उसका बस अनुमान ही लगाया जा सकता है। क्योंकि हज से लौटते ही राजासाब ने सख्त आदेश जारी किया था, "इस बारे में कोई भी कैसी भी बात नहीं करेगा।"

जब दो बड़ों ने धर्म बदला तो शेष छोटे कर्मचारियों के मुसलमान होने के कारण का अनुमान लगाया जा सकता है। तो धर्म बदलकर राजा विजयबहादुर तो हो गये नवाब बाजबहादुर खान और मोहनलाल हुए मोहसिन खाँ। अन्य के नाम भी मिलते-जुलते हुए रखे गये।

यात्रा पूरी हुई। वैसी ही जैसी हज यात्रा होती है। विस्तार से पता नहीं। सब लौट आए। उनके साथ जो गुजरा, उसे जानकर अवनिजी को लगा कि इसमें मोहनलाल पर अलग से ध्यान देना ज़रूरी है यानी शिव भाई ने बार-बार जोर देकर ठीक ही कहा था, "पहले रामचन्द्र और मोहनलाल पर ध्यान दो, उस राजा की कहानी को अभी जाने दो गद्धी की...!"

रियासत के लोगों को ख़बर मिली, राजासाब वापस लौट रहे हैं, भीड़ उमड़ी, लेकिन जैसे ही पता चला कि राजासाब अब नवाब बाजबहादुर खान हो गये हैं, तो सनाका खिंच गया। मुख्यत: हिन्दू आबादी वाली रियासत के बाशिन्दों को समझ में नहीं आ रहा था कि इस पर कैसे प्रतिक्रिया दें? आप जानो कि राजा के खिलाफ बोलने की तो लालगढ़ में परम्परा ही नहीं थी।

लालगढ़ी शान्तिप्रिय होने की अब तक पहचान यह रही कि राजा जो करे प्रजा उसी में ख़ुश। इतना बड़ा बबली हत्याकांड हो गया, पर प्रजा राजासाब को निर्दोष मानकर अँग्रेज़ों को ही दोष देती रही। लेकिन इस बार प्रजा हतप्रभ थी। गनीमत थी कि फूट की आँच ज़्यादा तेज़ नहीं हुई थी, कट्टर धर्मान्ध लोग नहीं थे अन्यथा ख़ूनखराबा, क्रान्ति कुछ भी हो सकता था। राजा का धर्म परिवर्तन प्रजा के दिल में चुभा था, प्रमाण यह है कि रियासत के श्रद्धेय बाबा चमनअली के दरबार में उन दिनों गिने-चुने लोग ही पहुँच रहे थे और वे भी जरा बचकर ही जाते।

राजासाब के प्रति प्रजा की नाराज़ी की चारण दिल्लाबाबा अलग ही वजह बताते हैं, "हम तो लेखक साब, जनता से जुड़े लोग हैं। सच बताएँ तो राजासाब से एकौ आदमी नाराज़ नहीं था। अस्सल डर ये था कि राजा मुसलमान हुआ, तो यथा-राजा तथा-प्रजा की पॉलिसी के हिसाब से सबको इस्लाम कुबूल करने का हुकुम हो गया तो? सच, सब अपने लिए रो रहे थे, मुसलमान हो गये, तो जे घर में जो ठाकुरजी रखे हैं, इनका क्या होगा? कोई बोले, जल्दी से मुंडन-जनेऊ करवा लो, मुसलमान हो गये, तो ये मौलवी लोग फिर थोड़े ही करने देंगे।"

जोगीबाबा इसे और स्पष्ट करते हैं, "साब, मुसलमान होने की नहीं, लोगों की अस्सल फिकर ये कि मुसलमान हो गया, तो रोजाना बजरंगबली के दर्शन का

व्रत है, इसका क्या होगा? शिवजी को तो बहुत से मुसलमान भी हाथ जोड़ते हैं। अरे, जल भी चढ़ा देते हैं, लेकिन औरतें तीज, करवा चौथ कैसे करेंगी? मौलवियों का डर नहीं, डर है कि पुजारीजी ने मन्दिर में आने से रोक दिया तो व्रत कैसे चलेगा? रोजे के बीच साबूदाने की खिचड़ी अलाऊ करेंगे या नहीं?''

''बिलकुल यही बात थी साब,'' दिल्लाबाबा याद करते हैं, ''कुछ ने तो काजीसाब से ही पूछ लिया था, आपके यहाँ कुलदेवी-कुलदेवता की पूजा होती है या नहीं? और जब काजीसाब ने मना किया तो चिन्ता में पड़ गये, अरे, कुलदेवी देवता नहीं पूजेंगे, तो मंगलकार्य कैसे करेंगे?''

दिल्लाबाबा सहित रियासत के सारे कर्मचारी उन दिनों बेहद आतंकित। हरेक सोचता, राजासाब ने अगर ख़ुद बोल दिया, मुसलमान हो जाओ, तो क्या जवाब दूँगा? राजासाब किसी भी काम से बुलाएँ, हुकुम बजानेवाला एकदम से फटी में आ जाता। इसलिए जब पुनः धर्मान्तरण की हवा चली, तो इसी डर के चलते प्रजा के साथ कर्मचारियों ने उसका बड़े उत्साह से स्वागत किया।

राजासाब के धर्मान्तरण पर प्रतिक्रिया में कुछ देर तो लगी, लेकिन एक बार शुरू होने पर आग की तरह फैली। मामासा कहते हैं, पहले आर्यसमाज और हिन्दू सभा के लोगों की भृकुटियाँ तनीं। राजा विक्रमसिंग का कथन है कि उरमतसिंह वाला क्षत्रीय समाज इसमें भी अग्रणी रहा। इधर राजासाब अँग्रेज़ों को सूचना दे रहे थे कि उन्होंने आज्ञापालन कर दिया है, इसलिए निर्वासन समाप्त कर राजगद्दी पर उनके अधिकार को वैधता प्रदान की जाए और उधर क्षत्रिय समाज और हिन्दू सभा ने हाथ मिलाकर हालत यह कर दी कि कुछ ही दिनों में आसपास के छोटे राजा स्वयं और बड़ी रियासतों के राजा-महाराजाओं के प्रतिनिधि लालगढ़ पहुँचने लगे।

स्वागत सत्कार में मोहनलाल उर्फ मोहसिन खाँ राजासाब के साथ सक्रिय थे। ऐसे में राजा को फुर्सत कहाँ थी कि सोच भी सके कि दोस्त मोहसिन की भी कोई समस्या हो सकती है, उसे भी हिन्दू हो जाना चाहिए। राजा के इस व्यवहार के बचाव में मामासा कहते हैं, ''हिन्दू-सभाइयों, क्षत्रिय समाज और प्रमुख हिन्दू राजाओं ने मिलजुलकर सब इतनी जल्दी निपटाया कि राजा को मोहसिन खाँ तथा अन्य मुसलमान बने कर्मचारियों की सोचने का समय ही नहीं मिला।''

बड़ा सा यज्ञ-मंडप बना। काशी-प्रयाग से पंडित पधारे। कर्मकांड की विधियाँ सम्पन्न हुईं और नवाब बाजबहादुर फिर से राजा विजयसिंग हो गये। दिल्ली-बम्बई-कलकत्ता ही नहीं सुना है लन्दन के अख़बार में भी ख़बर और फीचर छपे। और ख़ुशी का शीर्ष बिन्दु यह रहा कि स्वभाव से लालगढ़ के दुश्मन रीजेंट बारबर ने उनकी सजा समाप्त कर दी, दोष मुक्त घोषित कर दिया और काफ़ी समय से लागू प्रतिबन्धों को वापस लेते हुए राजा विजयसिंग को पुनः राजतिलक

करवा कर गादी पर बैठने का आदेश दे दिया। और रियाया एक बार फिर अन्त भला तो सब भला शैली में अपने राजा को पहले जैसा प्यार और सम्मान देने को तत्पर हो गयी।

लेकिन हज यात्रा और धर्म परिवर्तन के इस प्रकरण के बाद राजा को मिली ख़ुशी से कुछ ज़्यादा बड़ी थी रानियों की ख़ुशी। दो महीने से राजासाब ने शराब छूई भी नहीं थी। वैसे मामासा इस तथ्य का खंडन करते हैं, लालगढ़ी पधारने के बाद पहली रात जब कोई रानी उनके पास नहीं गयी और ख़ुद उन्होंने अलग कक्ष में सोना पसन्द किया, तब मामासा और राजा के दोस्तों ने मिलकर उनके साथ दारू की लम्बी बैठक की थी।

जो भी हो, शराब कम तो हुई ही थी। सूफी बाबा के कारण मर्यादा पालन हुआ, इस कारण यात्रा के बाद सेहत में सुधार आया और रानियों के मन में जिसे कहते हैं लड्डू, वो फूटने लगे। जैसा कि रनिवास का कुटीर-उद्योग रहा है, राजा को रिझाने की प्रतियोगिता शुरू हुई। चूँकि हज यात्रा से पहले बेंडी-सनी राजासाब को बाबा के पास ले गयी थी, इस कारण उसका वर्चस्व बढ़ा। लेकिन इन्द्रमहल में अब हर रात राजा विजयसिंग को बबली की याद आए बिना नहीं रहती। इसे फ़िल्मी शैली में न लें, दिवंगत रानी की याद बड़ी ख़तरनाक होती है, फिर भले ही वह राजा की ग्यारह रानियों में से एक क्यों न हो। महल में राजा जिधर जाते, बबली उन्हें अपने आजू या बाजू में महसूस होती। जो भी रानी पास आती, राजा को बबली की छाया दिखती। कई बार तो राजासाब आधी रात को पलंग बदलकर दूसरी के पास चले जाते। नींद ही नहीं आती।

क्या किया जाए? महल की शुद्धि करवाई। अन्य पूजा-पाठ हुए। फ़र्क़ नहीं पड़ा। स्वयं सूफी चमनअली ने आकर महल की जाँच की। महल के एक-एक कोने-कमरे में घूमे। नमाज भी पढ़ी, लेकिन वापस जाते हुए कह दिया, "लगता तो नहीं कि यहाँ किसी हवा का असर है।"

ज्योतिषियों की बन आई। रोज कोई ज्योतिषी पंचांग लेकर चला आता। उन्हीं के कहने पर फिर से महल का वास्तु पूजन करवाया गया, फ़र्क़ नहीं पड़ा तो तय हुआ निवास बदल दिया जाए। रनिवास की राजनीति ऐसे समय ही सक्रिय होती है। फौरन याद दिलाया जाने लगा कि जब से महल बना है, अवनति हुए जा रही है। प्रगति तो हुई ही नहीं है। इन्द्रमहल है तो अनूठा, लेकिन शायद पिताजी ने गलत मुहूर्त में प्रवेश किया, शायद वास्तुदेव रूठ गया है। इसलिए राजासाब रानियों समेत एक बार पुराने महल में चले जाएँ। कुछ दिन वहाँ रहें, फिर शुभ मुहूर्त में वापस इन्द्रमहल में पूजापाठ करवा कर वापस लौटें। कुल मिलाकर जितने लोग उतने सुझाव।

आदेश हुआ, पुराने महल को नया करें। दो महीने नयी सजावट, तोड़फोड़ का दौर चला। राजा की बैठकों में आना तो मोहनलाल अर्थात मोहसिन खाँ ने पहले ही कम कर दिया था। फिर से हिन्दू नहीं होने के कारण उनकी अपनी समस्याएँ थीं। एकान्त की तलाश करते अब वे अधिक से अधिक नहरबाग और खेतियों की व्यवस्था में निकल जाते। फिर पुराने महल के नवीनीकरण के काम ने एक बार फिर उन्हें पूरी तरह व्यस्त कर दिया।

हज से लौटे चार महीने हो गये थे। शराब की मात्रा कम हो गयी थी, क्योंकि राजासाब ज़्यादा झेल ही नहीं पाते थे। पुराना महल नया करने का काम पूरा होने को था। एक दिन विजयसिंग काम का निरीक्षण करने चले गये। मोहसिन खाँ ने विस्तार से सब बताया। जिस काम के लिए उनकी प्रसिद्धी थी, खास बैठक से संडास तक हर काम का विवरण देते हुए राजासाब को हँसा-हँसाकर बेहाल कर दिया। ख़ूब हँसकर नयी ऊर्जा अनुभव करते हुए, उन्होंने पूछ लिया, ''क्यों मोहन अ आँ मोहसिन खाँ, तुम फिर से हिन्दू क्यों नहीं हो जाते?''

मोहसिन खाँ कुछ देर राजा को देखते रहे। राजा ने सोचा, कोई हँसानेवाला जवाब मिलेगा। शायद मोहसिन खाँ ने सोचा, जिसके कारण धर्म बदला, उसे अब याद आ रही है। जबकि मुझ जैसे दोस्त की याद उन्हें तब आनी थी, जब यज्ञ-वेदी के सामने बैठाकर उन्हें वापस हिन्दू बनाया जा रहा था। मोहसिन खाँ ने देखा कि राजासाब जवाब के लिए उसकी ओर देखे जा रहे हैं, तो गम्भीर स्वर में कहा, ''हुकुम, आप तो जानते हैं, हम गौड़ ब्राह्मण हैं। हम धर्म को कभी मजाक में नहीं लेते। अब एक बार मुसलमान हो गये तो हो गये, खेल नहीं है ये।''

उसके बाद इस सम्बन्ध में दोनों में कोई बात नहीं हुई। राजासाब को पुराने महल का नवीनीकरण पसन्द आया। जल्दी ही वे रानियों सहित उसमें रहने चले गये।

21

गौड़ ब्राह्मण मोहनलाल त्रिपाठी उर्फ मोहसिन खाँ को उस दिन इन्द्रमहल से लौटते रात होने को आई। दोपहर को बसस्टैंड पर राजासाब के स्वागत में संकर्षण और रामचन्द्र मिल लिए थे। लेकिन राजासाब के साथ स्वागत यात्रा, मुसलमान होने के बारे में राजा के मित्रों रिश्तेदारों के सवालों के जवाब देते, समझाते, मजाक करके वातावरण हलका करते, पूरा दिन ऐसे बीता कि ख्याल ही नहीं आया कि जब अपने परिवार से सामना होगा, तो कैसे पेश आएँगे?

दूर से देखा, विशाल आवास पर परिचितों-रिश्तेदारों की भीड़ जमा है।

विजयालक्ष्मी के पिता अर्थात मोहनलाल के ससुर अपने बड़े भाई त्रिभुवन शास्त्री सहित आए थे। छोटे भाई संकर्षण और भांजे रामचन्द्र ने खातिरदारी का जिम्मा ले रखा था। विजयालक्ष्मी ने कारिन्दे की ड्यूटी लगा दी थी, वह थोड़ी-थोड़ी देर में इन्द्रमहल जाकर देख आता कि मोहनलाल/मोहसिन खाँ क्या कर रहे हैं, कब तक लौटने की सम्भावना है। समाज के वरिष्ठजन भी विराजमान थे। कुछ तो एक दिन पहले ही आ गये थे। इरादा था विदेश यात्रा से लौटे समाज के महत्त्वपूर्ण व्यक्ति अर्थात मोहनलालजी का स्वागत करने का। सभी रिश्तेदार स्वागत के लिए कुछ-न-कुछ भेंट लाए थे। कुछ उन्हें याद दिलाने आए थे कि विदेश यात्रा के बाद ब्राह्मणों में शुद्धि कराना आवश्यक है। लेकिन सभी को आने के बाद पता चला कि अब उन्हें मोहनलाल नहीं मोहसिन खाँ का स्वागत करना है।

सकते में थे सब। सहानुभूति थी विजयालक्ष्मी के साथ। नाराज़ी थी राजासाब से धर्म परिवर्तन करवाने पर। छोटे सब बड़ों की ओर देख रहे थे, जात बाहर करने के अलावा रास्ता क्या है? हर तरफ़ असमंजस था। महिला रिश्तेदारों के बीच विजयालक्ष्मी आँसू बहाते हुए सिर झुकाए बैठी थी। पुरुष समाज के सामने सिर झुकाए खड़े भांजे रामचन्द्र को पिता दशरथजी ने बैठने का इशारा किया। वे नहीं चाहते कि ऐसे परिवार के साथ बेटे का जुड़ाव किसी को दिखाई दे। लेकिन बरसों से नाराज़ बेटे ने आदेश अनदेखा कर दिया। तभी किसी ने ख़बर दी, ''आ रहे हैं।''

जीवन के हर क्षण पर मुस्कराने, ठहाके लगाने, मजाक करने के कोण बन सकते हैं, फिर भी कुछ अपवाद होते हैं, मोहसिन खाँ को यही एहसास हो रहा था। जाति-समाज के उस समूह के सामने पड़ते ही उन्होंने मुस्कराते हुए पूछा, ''नमस्कार कहूँ या अस्सलाम वालेकुम?''

मुसलमान सही, परिवार और घर के मुखिया तो अब भी वे ही थे। ब्राह्मण संस्कार के अनुरूप हाथ-पैर धोए। मेहमानों से कुछ हटकर बैठ गये। सब बताया। हज के नियम, दोस्ती का तकाजा, उस रात आए स्वप्न आदि, सब समझाया। आपत्तियाँ उठीं, कुछ के जवाब थे, कुछ के नहीं। जैसे इसका कोई जवाब नहीं था कि आपने दोस्ती, राजकाज आदि को धर्म से ऊपर कैसे समझ लिया? सनातनकाल से धर्म को राजा से उच्च स्थान प्राप्त है। कैसे एक ब्राह्मण ने एक क्षत्रिय के आदेश पर मुसलमान होना स्वीकार कर लिया? मुसलमान पति का हिन्दू पत्नी के साथ सम्बन्ध कैसे होगा? दोनों साथ कैसे रह सकते हैं?

वापसी पर भी विचार हुआ। हिन्दू हो सकते हैं, किन्तु गौड़ ब्राह्मण कैसे बनेंगे? कौन होगा कुल देवता, कुल गुरु? और पहले वाला गौत्र कैसे वापस मिलेगा। विजयालक्ष्मी की वैवाहिक स्थिति क्या रहेगी? पिता जीवित होते, तो गोद ले लेते और कुल देवता, कुल गुरु, गौत्र आदि की गुत्थियाँ सुलझ जाती, छोटा भाई

गोद ले सकता है क्या? कुछ प्रश्नों के उत्तर मिल रहे थे, कुछ के नहीं। आधी रात को निर्णय हुआ, पहले विजयालक्ष्मी, उनके पिता और देवर से सहमति ली गयी। फिर निवेदन स्वर में आदेश हुआ— पुन: हिन्दू होने तक मोहसिन खाँ बैठक से आगे प्रवेश न करें। बैठक तक प्रवेश विजयालक्ष्मी के यह कहने पर दिया कि मुसलमान तो बैठक तक रोजाना आते हैं।

मोहसिन खाँ ने निर्णय स्वीकारा। उस रात दालान में मेहमानों से हटकर बिस्तर लगा। तीसरे दिन उन्होंने अपने लिए कोठी खाली करवाई, घर छोड़ दिया। पत्नी की आँखों से बहते आँसू और फिर शेष मेहमानों की उपस्थिति में बात होने की स्थिति ही नहीं बन सकी। संकर्षण को बुलाकर केवल इतना कहा, ''अपनी भाभी का ख्याल रखना, कुछ कहे तो मुझे बता देना।''

राजा विजयसिंग के आसपास भी गतिविधियाँ तेज़ी से घूम रही थीं। रिश्तेदार राजे-रजवाड़े, फिर से हिन्दू हो जाने का ज़ोर बनाना शुरू कर दिया। रनिवास में भी विरोध तो रहा, किन्तु राजा को रोक सके, इतनी ताब किसी में नहीं थी। राजा विजयसिंग इन्द्रमहल में ही अलग कक्ष में रहे। यह पहला अवसर था, जब रानियों ने एक होकर उनका बहिष्कार किया। हिन्दू सभा और क्षत्रीय समाज आदि के दबाव के बारे में वे मोहसिन खाँ से भी मन्त्रणा करते रहे, किन्तु भूलकर भी यह नहीं सोचा कि इस मूलत: कट्टर ब्राह्मण पर ख़ुद पर कैसी गुज़र रही है?

मोहसिन खाँ कोठी में रहने लगे। जात बाहर होकर जाति प्रमुखों के निर्णयानुसार जाति में वापस लेने की प्रक्रिया की प्रतीक्षा करने लगे। एक-दो बार उन्हें सन्देश भी भेजा, लेकिन जाति प्रमुखों ने जब बेरुखी दिखाई, जिन व्यक्तियों को सन्देश वाहक बनाकर भेजा था, उनसे उचित व्यवहार नहीं किया, तो मोहसिन खाँ ने उधर देखना बन्द कर दिया। अपनों से मिले अपमान की पीड़ा ने गुस्से से भर दिया था। जिस दिन घर छोड़ा, उसके तीसरे दिन विजयालक्ष्मी का मनुहार भरा सन्देश मिला, ''जात बदलने से रिश्ता नहीं बदलता। भोजन करने आ जाया करो।''

मोहसिन खाँ सुबह-शाम अपने घर जाते, बरामदे में भोजन परोसा जाता। विजयालक्ष्मी उनसे कुछ दूर बैठकर भोजन करवाती। बातें करते, लौट आते। रिश्तेदार छूट गये, मुसलमानों में मोहसिन खाँ को कोई अपना कहने को नहीं था। फिर लालगढ़ के मुसलमान जुटने लगे। मेहमान आने लगे तो कोठी पर ही भोजन आदि की व्यवस्था हो गयी, अन्य व्यवस्थाओं पर भी विचार होने लगा। अब वे कभी-कभार विजया के हालचाल पूछने जाते या वार-त्यौहार पर विशेष भोजन करने। मोहनलालजी की प्रिय वस्तु श्रीखंड-पूरी या अमरस-पूरी बनने पर बुलावा आता। इस बीच कुछ पुराने रिश्तेदार टकरा गये, तो उन्होंने परिचित होने के शिष्टाचार का भी निर्वाह नहीं किया। लेकिन जो अपनेपन के साथ मिलते और दोनों

हाथ उठाकर कहते, "जय श्री कृष्ण, दादा।"

तो जवाब में उन्हें भी मोहसिन खाँ से लम्बी मुस्कान के साथ सुनने को मिलता, "जय श्री कृष्ण, भैयाजी। कैसे हो?"

लालगढ़ उमठवाड़ की संस्कृति ही ऐसी है, यहाँ कभी भी किसी पंडित को कहते सुनेंगे, "इन्शा अल्लाह, आपका काम ज़रूर हो जाएगा।"

और खाँ साब, बरनी का ढक्कन खोलने का प्रयास करते हुए कहेंगे, "जय बजरंग बली।"

प्रो. अवनि शुक्ला के फुटकर नोट्स में लालगढ़ी संस्कृति के ऐसे कई उदाहरण दर्ज हैं, लेकिन वे इनका उपयोग अपनी थीसिस में या उपन्यास में कहाँ पर करनेवाले थे, इसका पता नहीं चलता। तो अब कथा को आगे बढ़ाते हैं।

राजा विजयसिंग उनकी परवाह किए बिना हिन्दू हो गये और एक बार फिर वारिस उत्पत्ति के कुटीर उद्योग अर्थात रनिवास में व्यस्त हुए, हालाँकि अब पहले जैसी सेहत नहीं थी और साथ बैठकर पीनेवाली मंडली पर भी बन्दिशें लग गयी थीं। डॉक्टरों-वैद्यों से मुलाकात का क्रम बढ़ गया था। मोहसिन खाँ इन बैठकों में तो कम दिखाई देते, किन्तु जेब-खास मुसाहिब के साथ ही राजासाब को हँसाने का क्रम फिर पुराने स्तर पर आ गया था। राजासाब की जाँच आदि के लिए अब वे ही इन्दौर और बम्बई साथ जाते। हाँ, पुत्र प्राप्ति के अनुष्ठान आदि से मोहसिन खाँ को छूट मिल जाती। और वे अनुष्ठान कर्मकांड दिन-ब-दिन बढ़ते ही जा रहे थे।

इसी बीच वह दिन भी गुज़र गया, जब पुराने महल की सजावट देखते राजा ने मोहसिन से धर्म परिवर्तन के बारे में सवाल किया और दोस्त से मिली चोट ने उनका मुसलमान बने रहने का निर्णय पक्का करवा दिया। विजयालक्ष्मी के लिए आर्थिक सुरक्षा व्यवस्था कर दी। छोटा भाई संकर्षण और भांजा रामचन्द्र इस बीच पहले की तरह मिलने लगे। सब बातें करते, धर्म को छोड़कर।

जिस कोठी में वे रहते थे, उसे 'मोहसिन खाँ की कोठी' कहा जाने लगा। आज भी यही नाम है जीर्ण-शीर्ण हो चुकी इमारत का। व्यवस्था पूरी तरह नौकरों के जिम्मे थी। मोहसिनखाँ दिन भर रियासत के कामों में ख़ुद को व्यस्त रखते। देर रात कोठी पर आकर सो जाते। तभी एक प्रस्ताव ने इस अकेलेपन को तोड़ दिया। कुशलगढ़वाली के प्रयत्न से बीकानेर के पास किसी नवाब के नायब वजीर की बेटी का रिश्ता आया और सप्ताह भर में निकाह आदि की रस्में पूरी हो गयीं।

कहते हैं, ख़ुद राजासाब ने इसके लिए कुशलगढ़वाली से कहा था, क्योंकि मोहसिन खाँ से ऐसी-वैसी बातें करने में उन्हें असुविधा महसूस होने लगी थी। प्रस्ताव मिलने पर मोहसिन खाँ ने विजयालक्ष्मी से दूसरी शादी की अनुमति माँगी, जवाब मिला, "मैं तो ख़ुद कहनेवाली थी। वो कहते हैं ना, बिन घरनी घर भूत का

डेरा। देखरेख करनेवाली न हो तो आदमी भूत लगता है।''

इससे पहले जब निस्सन्तान स्थिति की चिन्ता करते हुए विजयालक्ष्मी दूसरी शादी का सुझाव दे देती, तो मोहनलाल अकसर नाराज़ हो जाते, किन्तु आज सिर झुकाकर सब सुन लिया। चलते-चलते विजयालक्ष्मी ने कहा, ''शादी के बाद लेकर आना उसे।''

लेकर तो नहीं जा सके, दोनों पत्नियों की मुलाकात हुई राजासाब की बारहवीं शादी के दौरान। बहन की तरह मिली विजया लेकिन शाहिदा सौतन की गन्ध नहीं निकाल पायी। कहते हैं, बाद में भी जब मोहसिन खाँ ने कहा, शाहिदा ने विजया से मिलने से साफ इनकार कर दिया। बता चुका हूँ, राजासाब की बारहवीं शादी बिना दहेज हुई, लेकिन शादी के बाद जो ताने सुनने को मिले उन्होंने रानी को पागल-सा कर दिया। फिर भी वर्तमान महाराजा परम प्रतापी विक्रमादित्यसिंगजी अर्थात लालगढ़ रियासत के वारिस को जन्म देने का सौभाग्य उन्हीं को प्राप्त हुआ।

माँ के नीम-पागल होने और शरीर में भूत-प्रेत या भेरूजी आने की बात पर विक्रमसिंग कहते हैं, ''आप भी सर, अफवाहों में विश्वास करते हो! सब मेरी माँ का नाटक था, सर। क्या मैं पागल माँ की औलाद लगता हूँ? और फिर मेरे पैदा होने के बाद वे बिलकुल ठीक कैसे हो गयीं? असल में नीम-पागल तो वो मेरी बड़ी माँ थी। सर, वो आपको बताया था ना बेंडी-रानी।''

प्रोफेसर साब ने सहमति में सिर हिलाया, तो राजासाब बोले, ''वो, बात ये है सर, कि धनवान रानियों के बीच अकेली कंगाल की बेटी थी मेरी माँ। ऐसे में भेरूजीवाले पैंतरे नहीं दिखाती, तो मेरी बड़ी अम्माएँ, पिताजी हुकुम के पास उनको कभी जाने नहीं देतीं और मतलब मैं इस दुनिया में आता ही नहीं। वो पागल होती, तो क्या पिताजी हुकुम उनके कहने पर पूजा-अनुष्ठान करते?''

अवनिजी विश्लेषण करने लगे, पुराने महल में लौटने पर क्या मिला? एक— राजा को रानी क्रमांक बारह प्राप्त हुई। दो— चाहे स्वास्थ्य खराब होने से हो, उनकी शराब और अन्य अय्याशियाँ कम हुईं यानी आर्थिक दशा कुछ सुधरी। तीन— इसे धर्म कहें या टोने-टोटके का अन्धविश्वास, जो भी हो, उस तरफ़ झुकाव बढ़ा। और हाँ, चार— रियासत में स्थिरता दिखाई देने लगी आदि।

22

शाहिदा और मोहसिन खाँ के एक लड़के और तीन लड़कियाँ होने का विवरण मिलता है। बेटे इनायत से अवनि शुक्ला रामचन्द्र त्रिपाठी की अन्त्येष्टी में मिले थे।

एक बेटी लालगढ़ में ही ब्याही थी और सुना है मोहसिन खाँ के भाई संकर्षण त्रिपाठी से परिवारिक रिश्ते-रस्में तब तक निभाती रही, जब तक संकर्षणजी लालगढ़ छोड़ इन्दौर न चले गये। कहते हैं, संकर्षणजी के यहाँ पुत्र जन्म पर मोहसिन खाँ की ये बेटी, जिन्हें सब अरमान बुआ कहते थे, गाजे-बाजे सहित बधावा लेकर आ पहुँची। आँगन में बिछात आदि की गयी। अरमान ने नवजात को गोद में लिया, तिलक आदि लगाया, कपड़े-गहने आदि भेंट कर रस्म निभाई।

बदले में संकर्षणजी ने अरमान बुआ को उनकी फरमाइश के अनुरूप जरी का सरोपा भेंट किया बल्कि तत्काल समीप की दुकान से दस-बीस थान बुलवाए और बधावे में आए सभी महिलाओं-पुरुषों को तिलक लगाकर उनकी पसन्द के अनुसार पेरावणी की यानी कपड़े भेंट किए।

ख़ुद इनायत खाँ ने बताया, माँ शाहिदा बेगम को पीहर जाने की लत सी थी। लालगढ़ के तो नाम से चिढ़ जाती। बीकानेर लौटने का बस, कुछ भी कारण ढूँढ़ती। चारों बच्चों को बीकानेर के अस्पताल में ही जन्म दिया। बेटियों को पढ़ाई के बहाने नाना के पास रखा, केवल मोहसिन खाँ के प्यार के कारण इकलौते बेटे इनायत की शुरुआती पढ़ाई लालगढ़ में हुई, लेकिन आगे की पढ़ाई के लिए शाहिदा ने उसे भी बीकानेर पहुँचा दिया। इनायत बताते हैं, "बड़ी माँ (यानी विजयालक्ष्मी) बहुत प्यार करती थी। जब भी जाएँ खाना खिलाए बगैर वापस नहीं आने देती। जब भी माँ बीकानेर चली जाती, पिताजी अकसर हमें उनके पास लेकर जाते थे।"

"जब राजासाब की तबीयत बिगड़ी और पिताजी उन्हें लेकर बम्बई गये। तब भी माँ बीकानेर गयी हुई थी। घर पर हमें सम्हालने वाला कोई नहीं था। बहुत छोटे थे तब हम। क्या करते? पिताजी ने बिना झिझक हमें एक नौकर के साथ बड़ी माँ के पास भेज दिया। बहुत अच्छे से रखा हमें। खाना बाहर बैठाकर खिलाती थी, लेकिन रात को सुलाती हमेशा अपने पास ही।"

रियासत शोकाकुल थी। आज राजा विजयसिंग का पार्थिव शरीर बम्बई से लाया जानेवाला था। इनायत याद करते हैं, पुराने महल का मैदान और सड़कों पर लोग ऐसे खड़े थे कि आगे बढ़ते नहीं बने। नौकर की मदद से बड़ी माँ मुझे थामते-सम्हालते कोशिश करके एक ओटले पर चढ़ गयी। मैंने देखा, "जीप पर रखी थी बड़ी-सी पेटी, बरफ से भरी हुई। पेटी पर राजासाब को लिटा रखा था। चेहरा एकदम पीला दिखाई दे रहा था। लोग, 'जय' बोल रहे थे। और पीछे की तरफ़, जीप में पिताजी खड़े थे। बार-बार रूमाल से आँखें और नाक पोंछ रहे थे।"

ख़बर तीन दिन पहले आई, लेकिन डॉक्टरों ने सात दिन पहले जवाब दे दिया था। लिवर फट गया था। कहते हैं, डॉक्टरों ने राजासाब को शराब छूने से भी मना किया था। राजासाब किसी की सुनते तो थे नहीं, महल से शराब बिलकुल हटा दी

गयी थी। फिर भी एक रात उन्होंने कहीं से ढूँढ़ निकाली और दो पेग चढ़ा लिए। दूसरे दिन ही उन्हें कार से बम्बई ले जाना पड़ा। पूरी खबर रखनेवाले बड़े गर्व से बता रहे थे, "ड्राइवर ने तो साब, जो यहाँ से गाड़ी दबाई, तो बस दो जगह पेट्रोल और पानी-पिसाब के लिए रुके। मुसाहिबजी ने रुकने ही नहीं दिया।"

इन नोट्स के बीच अवनिजी ने लिखा है — जिस व्यक्ति को भारत में बंटियर के नाम से जाना जाता हो, विदेशी अख़बारों ने बबली और बंटियर कांड की खबर छापते हुए दुनिया को बताया हो कि 'बंटियर' किसे कहा जाता है, उस व्यक्ति की मौत ऐसी ही तो हो सकती थी।

शव उतारकर ज़मीन पर रखा गया। रानियों और अन्य महिलाओं का समूह परदे से बाहर आकर शव के एक ओर जमा हो गया था। विजयालक्ष्मी इनायत को नौकर के सुपुर्द कर महिला समूह के बीच पहुँची। किसी के आँसू पोंछ रही थी, तो कभी चूड़ी तोड़ने की रस्म में मदद कर रही थी। रियासत के सारे प्रमुख व्यक्ति राजासाब के शव के दूसरी ओर खड़े थे। रियासत के पंडित भी रस्में पूरी करने की तैयारी कर रहे थे। आँसू और रस्मों की उस मार्मिक घड़ी में विजयालक्ष्मी की नज़र रियासत के महत्त्वपूर्ण पुरुषों की भीड़ में सबसे आगे खड़े अपने पति पर चली गयी। "अरे, ये इन्हें क्या हो गया?"

सोचती रह गयी, "महीने भर पहले देखा था, तब तो अच्छे भले थे। कैसे हो गये इतने दुबले? और ये चेहरा ऐसा लाल क्यों हो रहा है? क्या हो गया है इन्हें?"

रोती-बिलखती रानियों को छोड़ वे उठीं। शव की आधी परिक्रमा करती दूसरी ओर मोहनलाल, नहीं, मोहसिन खाँ के क़रीब पहुँचीं। एक क्षण देखती रहीं, फिर सारी मर्यादाएँ लाँघकर गले से लिपट गयीं। जाने कब से रियासत के ज़िम्मेदार व्यक्ति का स्वाँग रचते मोहसिन खाँ के आँसुओं का बाँध भी ऐसा टूटा कि रानियाँ भी रोना रोक उनकी ओर देखने लगीं। राजा के अन्य दोस्त भी, जो अब तक अपने पुरुष होने का ध्यान रखे शान्त खड़े थे, फूट-फूटकर रो पड़े। अगले कई दिनों तक रियासत में राजासाब के अन्तिम संस्कार की चर्चाओं के साथ पति-पत्नी का यह गले लिपट कर रोना और उनके साथ सारे दरबारियों का रोना लोगों को द्रवित करता रहा।

किसी ने इस घटना को मर्यादा से नहीं जोड़ा, किसी ने हिन्दू-मुसलमान से नहीं जोड़ा। यही तो मालवा उमठवाड़ लालगढ़ संस्कृति की खासियत है। राजसी सम्मान से हुए अन्तिम संस्कार और कर्मकांड के अधिकतर समय विजयालक्ष्मी मोहसिन खाँ के आगे-पीछे रही। रात देर हो चुकी थी, मोहसिनखाँ ने समय निकाल, विजया से पूछा, "घर जाओगी या यहीं रहोगी?"

"घर जो जाना ही है। इनायत अकेला होगा।"

"अकेली मत जाना। देखो, मैं किसी को साथ भेजता हूँ।" कहकर मोहसिन आसपास देखने लगे। तभी विजयालक्ष्मी अनुरोध के स्वर में बोली, "एक बात मानोगे?"

"हाँ, हाँ, बोलो।"

"बाहर मैंने डॉक्टर साब को रोक रखा है। आप कहें, तो उन्हें बुला लूँ। जाँच कर लेंगे।"

आते ही अपना बैग खोलते हुए रियासत के डॉक्टर माखन सिंग ने कहा, "मोसिन भाई, सच बताऊँ, भाभी के कारण आपकी जान बची है। अगर इन्होंने लिपटकर आपके आँसू नहीं निकाले होते, तो कुछ भी हो सकता था।"

वाकई, ब्लड-प्रेशर अभी भी काफ़ी अधिक था। दवाइयाँ और हिदायतों के साथ इलाज शुरू हुआ। तेरह दिन महल में, शोक बैठकों में मोहसिन खाँ की उपस्थिति राजकीय तौर पर भी ज़रूरी थी और राजासाब के खास मुसाहिब और दोस्त होने के कारण भी। इस अवधि में विजयालक्ष्मी ने ऐसा ध्यान रखा कि एक बार फिर मोहसिन खाँ के हिन्दू धर्म में लौट आने की चर्चा चलने लगी।

और तेरहवें दिन मित्रों की झिड़की, डॉक्टर की गम्भीर सलाह के साथ उन्हें दो सप्ताह के पूर्ण विश्राम के लिए घर भेज दिया गया। घर यानी मोहसिन-कोठी पर। लेकिन राजासाब की मृत्यु के साथ ही अँग्रेज़ों ने रियासत हथियाने की कार्रवाई शुरू कर दी, तो मोहसिन खाँ पूर्ण विश्राम तो क्या कर पाते। दूसरी पत्नी मृत्यु का समाचार सुन बीकानेर से लौटी। इनायत उस समय सातेक साल के रहे होंगे, वे बताते हैं, "पिताजी की देखरेख तो कभी करती ही नहीं थी, सभी कुछ नौकरों के जिम्मे था। कभी मैं उनके पैर दबाता, तो पास बैठाकर देर तक प्यार करते रहते।"

सुखद समाचार बस इतना आया कि कुछ ही महीने बाद बारहवीं रानी ने वारिस विक्रमसिंग को जन्म दिया। मोहसिन खाँ और वकीलों की मेहनत का नतीजा यह रहा कि रियासत कब्जे में लेने या राजा की बेटियों के बीच बँटवारा करने के बजाय वारिस के बालिग होने तक कामकाज दीवान सुन्दरदास के हाथों में सौंप दिया गया। दीवान ने अधिकार बढ़ते ही कुचक्रों का जाल फैलाया। गनीमत थी, इस जाल से चार-पाँच साल में ही मुक्ति मिल गयी, जब भारत आज़ाद हुआ।

दबी जबान से कहा जाता है कि दीवान ने अपने कुचक्र में कुछ रानियों को बदनाम करने की कोशिश की थी। रानियों से निकटता की अफवाहें फैलाने का अन्त यह हुआ कि एक दिन किसी रानी ने उन्हें महल में पधारने का बुलावा दिया और फिर सबने घेरकर उनकी खुब कुटाई कर दी। आज़ादी क़रीब थी, दीवान चाह कर भी इस अकस्मात पिटाई का बदला नहीं ले पाए।

मोहसिन खाँ स्वास्थ्य के कारण घर बैठ गये। दीवान ने पेंशन तय कर दी।

एक दिन जब शाहिदा बच्चों को लेकर बीकानेर गयी हुई थी, कोठी के स्थाई नौकर भी दो दिन की छुट्टी पर थे, मोहसिन खाँ सीढ़ियों से फिसले और रीढ़ की हड्डी क्रेक हो गयी। जहाँ गिरे थे, हिलने में भी असमर्थ होकर शाम से दूसरे दिन सुबह तक असहाय पड़े रहे। शाहिदा और बच्चों के चले जाने के बाद भोजन के लिए विजयालक्ष्मी का बुलावा आ जाता था। उस दिन भी आया था, लेकिन वे नहीं गये, तो विजया ने सुबह किसी को देखने भेजा। खबर मिलने पर संकर्षण को दौड़ाया, अस्पताल पहुँचाया, इलाज शुरू हुआ। राखी डोरा बाँधनेवाली स्व. विजयसिंग की तीन रानियाँ, जो अब राजमाता का खिताब ढो रही थी, देखने आई। मामासाब ने भी मदद की, शाहिदा बेगम को पधारने की फुर्सत तीन महीने बाद मिली। कारण बताया, ''बच्चों की परीक्षाएँ चल रही थीं, कैसे आती?''

और आई तो बस, दो दिन मोहसिन खाँ का इलाज देखती रही। कहते हैं, जानने की कोशिश भी नहीं की कि क्या हुआ था। फिर बच्चों की पढ़ाई के बहाने से तीसरे-चौथे दिन जाने की तैयारी कर ली। कमजोरी और दर्द से तड़पते मोहसिन खाँ ने शाहिदा बेगम को पास बुलाया, कान के पास धीरे से कहा, ''बेगम, अब जब तक मैं ख़ुद न बुलवाऊँ, लौटकर मत आना।''

कहकर करवट बदल ली। शाहिदा की कुछ कहने की हिम्मत नहीं हुई। कुछ देर खड़ी रही, फिर पैर पटकती चल दी। कहते हैं, दोनों की यही आखिरी मुलाकात थी। मोहसिन खाँ का तरीका ही ऐसा था। चाहे जब हँसी के फव्वारे रच देते, लेकिन गम्भीर होकर कुछ बोल देते, तो सामनेवाला एक शब्द भी कहने में सहम जाता। माँ की इच्छा के विरुद्ध बेटा इनायत रुक गया, किन्तु बाद में मोहसिन खाँ ने समझाइश हिदायतें देकर उसे रवाना कर दिया।

इलाज जारी था, मोहसिन खाँ कमज़ोर होते जा रहे थे। खर्च की नहीं, समस्या थी तो देखरेख की। विजयालक्ष्मी को एक ही काम था, पति की खबर लेते रहना, मनौतियाँ करना ''हे भगवान, मेरे पति मोहनलाल को, जो भले ही मोहसिन खाँ हो गये हैं, जल्दी से ठीक कर दो।''

फिर एक दिन देवर संकर्षण को बुलवाया। मकान पर ताला जड़ा और चाबियाँ उसके हाथों में देते कहा, ''जब तक हम ज़िन्दा हैं, देख लिया करना। फिर उसके बाद सब तुम्हारा ही है।''

एक छोटा सा सन्दूक लेकर चल पड़ी। संकर्षण को समझ में नहीं आया, माँ समान भाभी से क्या कहे? क्या पूछे? वे जा कहाँ रही हैं? सन्दूक ले लिया। साथ चलने लगे। अनुमान था बस-स्टैंड जाएँगी। दो गलियाँ पार करते ही समझ में आने लगा। कुछ नहीं बोले। मोहसिन खाँ की कोठी का गेट खुला था। संकर्षण को गेट से ही विदा कर विजयालक्ष्मी अन्दर प्रवेश कर गयी।

"मुझे मालूम था, तुम आओगी।" सुनकर विजयालक्ष्मी धन्य हो गयी। हलका सा मुस्कराई और सेवा की जिम्मेदारी अपने पर ले ली। समय पर दवाई देना, डॉक्टर-वैद्य के बताए पथ्य तैयार करना, मालिश करना। एक-एक करके सारे काम उनके हाथों में पहुँचकर सुचारु होने लगे। मोहिसन खाँ के पलंग के पास ज़मीन पर सोती, रात में दो-तीन बार उठकर पानी आदि का प्रश्न करती। पन्द्रह दिन से ज़्यादा नहीं लगे, मोहसिन खाँ सहारा लेकर बैठने लगे।

जब हिन्दू थे, विजयालक्ष्मी को कभी विजया, कभी विजू बुलाते, लेकिन कट्टर धार्मिक पत्नी के इस रूप पर चकित मोहसिन इन दिनों विजया को 'पंडिताइन' ही पुकारते। सुनकर विजया मुस्कराती, हँसती, जानती थी, इसके पीछे मोहनलाल का कटाक्ष नहीं आभार, धन्यवाद छुपा है।

सच कहें, हिन्दू-मुसलमान की खिचड़ी हो गये थे मोहसिन और विजयालक्ष्मी भी। सुबह उठते ही 'कराग्रे वसते लक्ष्मी' की रट लगा बैठते और छींकने के बाद कह बैठते- बम भोले। आलस तोड़ते तो बरबस निकल पड़ता— हरि ओम। वार-त्यौहार के दिन कोने में रखे ठाकुरजी के साथ रखी मक्का-मदीना की तस्वीरों को पति-पत्नी हाथ जोड़ते। खाने बैठते, तो विजयालक्ष्मी टोक देती, "अरे, ऐसे कैसे खाने लगे। भगवान नहीं मानते तो क्या हुआ, अल्ला को भोग लगा लो।"

सुना है, एक दिन विजयादेवी इन्द्रमहल पहुँच गयी और महल के खानसामे से मटन-मुर्गा-आमलेट आदि बनाना सीखकर आई। फरमाइश पर अपनी देखरेख में बनवाती, वैसे उनका अपना शाकाहारी चूल्हा अलग ही रहा। जाति-समाज में चर्चा हुई। संकर्षण और रामचन्द्र वैसे भी रोजाना आते थे। रिश्ते की कुछ महिलाएँ सहेलियों जैसी थीं, अकसर आने लगीं। कुछ रिश्तेदार भी स्थिति देखने आने लगे। मिलने का क्रम किसलिए है, समाज में क्या पक रहा है, यह मोहसिन खाँ भी समझ रहे थे और विजयालक्ष्मी भी, किन्तु आपस में दोनों ने कोई बात नहीं की।

आखिर वह दिन आ गया, जिसका अंदेशा था। भोजन करने के बाद पति-पत्नी बातें कर रहे थे। विजयादेवी ने पानदान से पान निकाला, जाफरानी पत्ती, किमाम डालकर पति की ओर बढ़ा दिया। मोहिनी तम्बाकू डालकर ख़ुद भी एक टुकड़ा मुँह में रखा। बरसों की आदत थी, क़रीब आधे घंटे बाद शेष पान पीकदान में उगलने के बाद मोहसिन खाँ झपकी लेने की मुद्रा में आ गये। तभी सूचना मिली, ससुर शंकर शास्त्री जाति-समाज के पदाधिकारी त्रिभुवन शास्त्री आदि पधारे हैं।

याद आया, हज यात्रा के बाद ये ही लोग हिन्दू-धर्म में वापसी की विधि पता लगाने का वादा करके गये थे। अभिवादन के बाद चुप्पी ठान ली। समाज के लोगों ने सुविधा महसूस की, उनके पास मोहसिन खाँ से कहने को कुछ था भी नहीं। उनकी चिन्ता विजयालक्ष्मी द्वारा मुसलमान पति की सेवा को लेकर थी। हालचाल

आदि औपचारिकता के बाद वह प्रश्न पूछा, जिसके लिए वे आए थे, "जब तक ये काफ़ी बीमार थे, तब तक ठीक था। अब और कब तक ऐसे चलेगा?"

"कब तक कैसे चलेगा?"

"ऐसा, यहाँ, इनके यहाँ, इनके साथ रहना।"

"पति हैं, पति के साथ रहती हूँ, धर्म निभाती हूँ। आप लोगों को क्या आपत्ति है इसमें?"

"सुनो विजया, आज जाति-समाज में हमारी प्रतिष्ठा है।" ऊँच-नीच समझाने की कोशिश की। बताया गया कि बच्चों की शादी में अड़चनें आएँगी। आपको सोचना चाहिए। मुख्य प्रश्न जाति की प्रतिष्ठा से जुड़ा था। जब दूसरी-तीसरी बार प्रश्न दोहराया गया, तो विजयालक्ष्मी एकाएक उठ खड़ी हुई। जो व्यक्ति धर्म-कर्म, कर्तव्य आदि समझाने की अदा में गरिष्ठ भाषण झाड़ रहा था, इशारे से उसे रुकने को कहा। भाषण रुक गया। नजरें विजयालक्ष्मी पर स्थिर हो गयीं। उठी, चलकर मियाँ के सिरहाने पहुँची। तिपाई पर रखा पीकदान उठाया। ख़ुद मोहसिन खाँ कुछ समझें, उससे पहले पीकदान की किनारे पर होंठ लगा दिए। होंठों के किनारे से कत्थई बूँदें छलक आईं। पीकदान रखते हुए कहा, "अब ये है मेरी जात और ये ही है मेरा धर्म।"

सब खड़े हो गये। कहने को अब रह भी क्या गया था? बेटी-दामाद से विदा लेते पिता ने नमस्ते या आशीष जैसा कुछ किया, पता नहीं। अग्रणी व्यक्तियों के मुँह से भी एक बोल नहीं फूटा।

विद्वान और जाति की सदस्या की चिन्ता करनेवाले बन्धुओं के जाने के बाद भी काफ़ी देर दोनों में से कोई कुछ नहीं बोला। फिर मोहसिन खाँ ने क़रीब आने का संकेत किया। विजयालक्ष्मी क़रीब पहुँची। उन्होंने दोनों हाथ बढ़ाकर उसे क़रीब खींच लिया। आँसू बह निकले। बहते रहे।

सुना है, उसके बाद जाति का प्रश्न उस दिन उठा जब बीमार पति की सेवा करते विजया देवी पलंग के पास लगी कुर्सी पर बैठी की बैठी रह गयी। डॉक्टर ने बताया, "ये है सहज स्वाभाविक मौत। बस, आप समझो कि ज़रा दर्द नहीं हुआ और दिल ने काम बन्द कर दिया।"

सजग रिश्तेदारों के जाति-गर्व ने ज़ोर मारा और हिन्दू रीति से विजयादेवी का अन्तिम संस्कार किया। किसी के पास उनके मुसलमान होने का प्रमाण नहीं था। लेकिन मोहसिन खाँ जानते थे, वे दारोगा रामचन्द्र को अपने अन्तिम संस्कार को लेकर कुछ हिदायत देकर गयी थी।

और स्व. राजा विजयसिंग के जेबखास मुसाहिब मोहसिन खाँ भी बीमार तो थे ही, ढाई महीने बाद वे भी चल बसे। बेटा इनायत तब उनके पास था। इनायत को

उन्होंने खास तौर पर हिदायत दी थी, ''बेटे, सब कुछ हो जाने के बाद ही उसे ख़बर देना।''

उसे यानी किसे? इनायत जानता था। सुपुर्दे खाक करने की तैयारी चल रही थी। कोठी का अहाता और सड़क पर रियासत के लोग जमा थे। तभी दारोगा रामचन्द्र ने धूसर से काग़ज़ की पुड़िया इनायत के हाथ में धरते हुए कहा, ''भाई, इसे मौसाजी के कफ़न में कहीं पर रख देना।''

पुड़िया को उलटते-पलटते इनायत ने धीरे से पूछा, ''क्या है इसमें।''

''मौसी... मौसी के फूल हैं। मौसी कहकर गयी थी, चुन लेना और उनके साथ रख देना।'' इनायत के उत्तर की प्रतिक्षा किए बगैर दारोगा भीड़ में जाकर खड़े हो गये।

मोहनलाल और राजकुमार विजय नामक दोस्तों की कहानी यहाँ समाप्त हुई।

23

अरे पर अवनि शुक्लाजी का क्या हुआ? पता ही नहीं चला कि वे थीसिस का काम बीच में छोड़ एकाएक चले क्यों गये?

प्रो. अवनि शुक्ला के हिसाब से कथा पूरी हुई। लालगढ़ के बारे में केवल 15 अगस्त, 1947 तक ही थीसिस का विषय था। जो रफ सिनोप्सिस हमें मिली उसे देखकर भी यही लगता है। जबकि शिवभाई के आदेशानुसार विक्रमसिंग व आज़ादी के बाद के लालगढ़ का भी हाल दर्ज होना था। इतिहास जुटाने में दिल और दस्तावेज़ दोनों खोलकर मदद करनेवाले वर्तमान राजा की भी यही इच्छा रही कि अवनिजी वो सब कुछ लिखें, जो आज़ादी के बाद उनके साथ गुज़रा।

विस्तार से राजा ने नोट करवाया था, कैसे माधव कॉलेज, उज्जैन के एक सामान्य छात्र विक्रम को पढ़ाई छुड़ाकर इसलिए लालगढ़ बुलाया गया कि उस दिन वे बालिग हो गये थे। समारोहपूर्वक उन्हें लालगढ़ का राजा घोषित किया गया। ऐसा राजा जो राजा बनने के दिन से भूतपूर्व था। पंडितों ने दूध-पंचामृत आदि से स्नान करवाकर, अन्य कई भूतपूर्व हो चुके राजाओं की गरिमामय उपस्थिति में राजतिलक किया। अधिकार शून्य हो चुके राजा विक्रमसिंग की मिल्कियत अब केवल कुछ इमारतों और खेतों तक सिमिट चुकी थी, फिर भी उन्होंने प्रजा की भलाई के काम करने का प्रयास किया और उसमें, जो भी कहे, कहीं सफल या असफल रहे।

आज़ादी के बाद की जानकारी के साथ राजासाब ने बताया था कि कैसे दो चुनाव हारने के बाद उन्होंने पार्टियों द्वारा की गयी टिकिट पेशकश ठुकराई। दिलकश

प्रवचनकार नयना भारती से रोमांस के किस्से के साथ ही संतूजी, सत्यानन्द, श्यामनारायण नेता, सिक्सरजी रंगरेज, करीम भड़भूँजा, खाट बाबा आदि कितने चरित्र और घटनाएँ राजासाब से अवनिजी ने नोट किए थे।

''अरे रोमेश, आज़ादी के बाद के इस राजा के और रियासत के बड़े गरमा-गरम किस्से हैं।'' कहते हुए डा. शिव शर्मा का ज़ोर था कि उपन्यास को आज की तारीख तक बढ़ाया जाए, लेकिन फिर इस पर मान गये कि अगली बार इसमें से अवनिजी को बाहर करते हुए आज़ादी के बाद का उपन्यास, मतलब हुज़ूर-ए-आला पार्ट-टू बल्कि पार्ट टू एंड हाफ लिखा जाए।

थीसिस के सिलसिले में चार-छे महीने में अवनिजी ने कई बार दो-दो सप्ताह लालगढ़ में बिताए और ज़्यादातर दिनों में उन्होंने रात का दारूमय भोजन राजासाब की बातों को सुनते हुए ही किया था। उन दिनों वे जब भी उज्जैन से लौटते, राजासाब के लिए झोले में एक-दो बोतलें ज़रूर होतीं, ख़ुद कम पीते और अधीरता के साथ दस-ग्यारह बजे तक राजासाब से विदा ले लेते। क्यों ले लेते थे, अनुमान लगाया जा सकता है।

अनुत्तरित प्रश्नों के उत्तर और अवनिजी के गायब होने का रहस्य जानने डॉ. शिव शर्मा के कहने पर रोमेशजी ने लालगढ़ की यात्राएँ कीं। पता चला, बूढ़े विक्रमसिंग हर्निया से परेशान हैं। छोटी-सी मुलाकात हुई। दूसरी बार पता चला, इलाज कराने बाहर गये हैं। विजयसिंग, मोहनलाल, रामचन्द्र त्रिपाठी, मामासा आदि से जुड़े प्रश्नों के उत्तर हीरासिंग और जोगीबाबा ने दिए। वे दोनों भी अब साठ के पेटे में जा चुके। रोमेशजी ने पहली बार जब अवनिजी के बारे में प्रश्न किया, तो दोनों तनाव में आ गये। जोगी बाबा ने तो पूरी तरह चुप्पी साध ली और हीरासिंह ने अनुरोध किया था, ''उनकी बात मत करो हुकुम, अपनी जाँघ उघाड़ने से अपने को ही शरम आती है।''

हीरासिंग का संकोच तोड़ने के इरादे से रोमेशजी ने उन्हें अवनिजी के अमरीका पहुँचने आदि की जानकारी दी, ई-मेल पता, फोन नम्बर दिया, तो चहक कर हीरासिंग कहने लगे, ''उन दिनों मिल जाते, तो आप समझो, टपक चुके होते। राजासाब ख़ुद गोली मारने को घूमते रहे।''

किताब लिखो तो उसमें अनसुलझी गुत्थी छोड़ी जा सकती है क्या? इसीलिए महीने दो-महीने बाद ख़ुद शिवभाई रोमेशजी के साथ लालगढ़ गये। गेस्ट हाउस से शाम के समय हीरासिंग भेंट करने आए। राजासाब अभी भी आउट ऑफ स्टेशन थे। बड़ी मुश्किल से हीरासिंग खुले। पूरी कथा बता बैठे।

हुआ ये कि जिस रहस्यमयी मच्छर अगरबत्ती बाला का जिक्र अवनिजी की डायरी में आया है, एक रात, लालगढ़ इन्दौर की आखिरी बस में वे उसे लेकर फरार

हो गये थे। नाम था रत्ना और रिश्ते में राजासाब की भांजी थी। रिश्ता ये कि राजासाब के दादा विक्रमबहादुर सिंग की दूसरी रानी सुरेन्द्रनगर वाली नयनजयलक्ष्मी की नातिन की बेटी थी। रत्ना पढ़ाई के लिए गाँव से इन्दौर आई थी और छुट्टियों में मामा से मिलने आ जाती थी। कहते हैं, मामा-भांजी में बड़ा प्यार था।

डा. शिव शर्मा बताते हैं, ''वो थीसिस का बंडल है ना, वो रात क़रीब दस बजे ये कहकर रख गया कि वापस आएगा तो ले जाएगा। उसके यहाँ चूहे काट जाएँगे। भाई ने बताया भी नहीं कि वापस कब आएगा? पता लग गया होगा कि विक्रम बन्दूक लेकर उसे तलाश रहा है। महीने भर कॉलेज में नहीं दिखा तो मैंने ऑफिस में पूछा, कितने दिन की छुट्टी पर है? पता चला, भाई नौकरी से इस्तीफा दे गया। अरे, उन दिनों आप लोग भी तो आए थे उसकी पूछताछ करने?''

''हाँ, हम लोग तो दो-तीन साल तक उन्हें ढूँढ़ते रहे। पर कहीं पता नहीं लगा। उस दिन के बाद से आप समझ लो कि अपने ये रोमेशजी साब ने जो उनकी खबर दी ना, तभी उनका पता चला।'' हीरासिंग ने कहा। जबकि हमारी सूचना के अनुसार लालगढ़ी से पलायन करने और उज्जैन से इस्तीफा देने के बाद दोनों के दोनों जने इन्दौर में थे और बड़े आराम से एमएसडब्लू यानी मास्टर ऑफ सोशल वर्क की पढ़ाई कर रहे थे। रोमेशजी ने पूछा, ''जब रत्नाजी ने पासपोर्ट बनवाया, तब भी आप लोगों को पता नहीं चला।''

''कह रहे हैं ना सर, आप जब पहली बार लालगढ़ आए थे और उनके बारे में बताया, बस, तभी पता चला।'' हीरासिंग के इस जवाब के बाद काफ़ी देर तक हम दोनों अवनिजी की आगे की यात्रा की बातें करते रहे। कैसे डिग्री लेकर वे यूके गये। वहाँ कामिनीदेवी (याद करें, वे राजा विक्रम बहादुर की तीसरे नम्बर की रानी थी और उनकी बेटी लन्दन में ही पली-बढ़ी थी।) की नातिन ने उनकी मदद की। फिर वे यूएस गये और वाशिंगटन डीसी के किसी प्रसिद्ध अस्पताल में नौकरी पा गये आदि।

हीरासिंग उठने लगे, तो औपचारिकता के साथ शिव शर्मा ने सवाल किया, ''और विक्रम कहाँ है? सुना है कुछ तबीयत खराब थी उसकी? मैंने पढ़ाया है उसे। अच्छा स्टूडेंड था।''

''अरे हाँ, मैंने आपको बताया नहीं। राजासाब विक्रमसिंग हुकुम अमरीका गये हुए हैं। हर्निया का इलाज कराने। रत्ना ने ही तो बुलवाया है।''

अब लेखक द्वय यानी शिवभाई और रोमेशजी एक-दूसरे को देख रहे थे और तय नहीं कर पा रहे थे कि इस हालत में भी अवनि शुक्ला का असली नाम पाठकों को बताया जाए या नहीं!

❑❑❑

णाणं
पयासयं

वीर नि.सं. 2470

ई.सन् 1944

भारतीय ज्ञानपीठ